D

Christian Mähr

Semmlers Deal

Roman

Deuticke

1 2 3 4 5 12 11 10 09 08

ISBN 978-3-552-06077-7

Satz: Eva Kaltenbrunner-Dorfinger, Wien
Druck und Bindung: Ebner & Spiegel, Ulm
Printed in Germany

Semmlers Deal

1

Er hätte, dachte er viel später, einfach weiterfahren sollen. Denn alles, so dachte er, was ihm später widerfahren war, das Gute wie das Böse, kam davon, dass er angehalten hatte. Genau das hielt er für ungerecht. Nicht die Neugier hatte ihn anhalten lassen, die Sensationslust, so etwas einmal live zu sehen, was man sonst nur aus dem Fernsehen kannte. Anhalten lassen hatte ihn das reine Verlangen, zu helfen.

Weil es ging. Er war ja nicht verrückt. Wenn das Auto gleich versunken wäre – keine Idee, da noch etwas machen zu wollen. Aber es lag nicht einmal zur Hälfte im Wasser, die rechte Seite tiefer, die linke Seite höher; der Wagen stand auch. Nicht ganz, er bewegte sich vom Ufer weg, aber wirklich nur sehr langsam, und man konnte doch sehen, dass er in der wirbelnden braunen Brühe *stand*, auf den Rädern regulär zum Stillstand gekommen war, im kaum knietiefen Wasser auf dieser Seite – dass er aber im weiteren Verlauf nach rechts driften und in tieferes – viel tieferes! – Wasser geraten und mitgerissen würde wie die Baumstämme und allerhand Zeug, das man vom Ufer aus nicht einordnen konnte, nur sehen, dass es hinab trieb, sehr schnell, und dass es verloren war.

Sehen konnte jeder, der nicht einfach aufs Gas stieg und der Stelle auswich, wo die Straße abgebrochen war wie mürber Lebkuchen; sehen konnte jeder, dass die Frau, die am Steuer saß, dort sitzen blieb. Schreckstarre, Schock, das kalte Wasser. Sie würde ertrinken, elend, und nichts anderes.

Wer, fragte er sich oft, hätte *nicht* den Wagen auf die andere Seite gefahren, wäre nicht ausgestiegen, wäre *nicht* zur Abbruchkante gelaufen – nur einen Meter über dem Fluss? Wäre *nicht* hinunter gesprungen, hätte *nicht* die Fahrertür aufgerissen, die Frau am Arm gepackt und rausgezerrt? Wer denn nicht?

Auch wenn Koslowski nachher sagte, nicht alle hätten getan, was Semmler getan hatte. Aus Angst vor dem Wasser. Wieso Angst? Dort am Rand ging ihm das Wasser nicht einmal bis zum Knie, war auch nicht so reißend wie schon einen Meter weiter gegen die Mitte zu; die Tür ließ sich leicht öffnen, die Frau war nicht bewusstlos, nur benommen, half mit beim Aussteigen, machte zwei unsichere Schritte auf die Böschung zu, legte die Arme drauf, er, Semmler, packte ihre Beine, hob sie hoch und schob sie auf den intakten Asphalt, der war rutschig, die Dame krabbelte voran, setzte sich auf, was war ihnen passiert, ihnen beiden? Semmler hatte sich die Hosenbeine nass gemacht und die italienischen Schuhe ruiniert, also schön, die waren hinüber – hätte er die Frau ersaufen lassen sollen? Wegen der Schuhe?! Und sie wäre sitzen geblieben in ihrem japanischen Zwergauto (10 000 Euro Neupreis) und wäre untergegangen, denn als sie sich danach umdrehten, stand das Wasser schon bis zur Seitenscheibe, gurgelte draußen und drin in wilden Wirbeln, der Wagen drehte sich hin und her, als hielte er es dort nicht mehr aus, wo er zum Stehen gekommen war. Dann, ohne Vorwarnung oder irgendein Zeichen, kippte er nach rechts, streckte einen Augenblick noch die linken Räder aus dem Wasser und war verschwunden. Sie sahen ihn auch nicht mehr auftauchen, etwa Dach, Reifen oder sonst ein Teil, das Auto war weg.

»Danke, danke!«, sagte sie immer wieder, ergriff seine

Hand mit beiden Händen und ließ die längste Zeit nicht los, »Danke, danke!«, wie eine Beschwörung; vielleicht hatte sie die Sprache verloren und konnte nun nur noch dieses eine Wort ausstoßen, es war ihm peinlich, er hatte ihr das Leben gerettet, ja und? Jeder andere hätte …

… daran lag es ja, was ihn so störte an der Sache. Viel später. Viel, viel später.

Wenn ihm alles, was ihm noch zustoßen sollte, zugestoßen wäre, weil er die Frau hätte ertrinken lassen – dann hätte man einen gewissen Sinn darin erkennen können. Strafe, Rache, etwas dieser Art. Aber alles, was ihm zustieß, geschah, weil er Gisela Mießgang das Leben gerettet hatte. Das war nicht gerecht.

Sie hatte die Sprache nicht verloren, begann aber am ganzen Körper zu zittern; der Schock, dachte er, das ist jetzt der Schock; er führte sie zu seinem Wagen, setzte sie auf den Beifahrersitz, stieg ein und ließ den Motor an. Er drehte die Heizung auf.

»Eine Decke habe ich leider nicht«, sagte er.

»Das macht nichts«, sagte sie, »machen Sie sich keine Umstände.« Sie vermied es, ihn anzusehen, wurde ruhiger, erinnerte sich wohl an ihr übertriebenes »Danke-Danke!«; das war ihr jetzt peinlich, ein gutes Zeichen geistiger Gesundheit. Er betrachtete sie von der Seite, er durfte das unter den gegebenen Umständen, das war nicht aufdringlich, sondern Zeichen der Fürsorge. Ehe er losfuhr, musste er sich doch überzeugen, dass sie transportfähig war, nicht auf der Fahrt kollabierte oder so … sie war blass, aber normal blass, nicht leichenblass oder kalkweiß; er kannte sich aus, er hatte bei seinem Zivildienst als Sanitäter Leute in solchen Umständen gesehen, diese Blässe hier war in Ordnung.

Mittelgroß, braunes Haar, Anfang dreißig, höchstens. Aber nicht gut aussehend. Das überraschte ihn. Es gab in diesem Alter keine Frauen, die nicht gut aussahen. Es gab schöne Frauen und hässliche (sehr selten), aber keine nicht gut aussehenden. Das fiel ihm jetzt auf, als eine neben ihm saß. Was war das Kriterium? Ob ich, dachte er, mir vorstellen könnte, mit ihr ins Bett zu gehen. Das war die Definition von »gut aussehend«. Bei dieser hier nicht der Fall. Schmales Gesicht, große dunkle Augen und volle Lippen. Die Details nicht übel, jedes für sich betrachtet, hatte etwas Anziehendes, nur der Gesamteindruck stieß ihn ab; über allem der Eindruck von etwas Widerlichem, das nicht hergehörte; und nicht aus unglücklichem Zufall, sondern aus Absicht, als hätte man die Früchte eines Stillebens mit einer dünnen, eben noch wahrnehmbaren Dreckschicht überzogen.

Die Kleidung konnte er nicht zuordnen, dafür hatte er kein Auge; grüner Anorak über einem mausgrauen T-Shirt, ein blauer Rock und rote Sportschuhe. Die konnten teuer sein oder billig, das wusste er nicht, er besaß keine solchen Sachen, kannte die Codes nicht.

»Wohin soll ich Sie bringen?«, fragte er.

»Ich weiß nicht … machen Sie sich keine Mühe … ich sollte das melden … mit dem Auto …« Sie suchte in der Handtasche herum. »Ich hab mein Handy verloren! Ich hab das Handy verloren!« Sie begann zu schluchzen, blickte ihn von der Seite an, unterdrückte das Geräusch, während er in seinem Jackett nach Papiertaschentüchern suchte. Er gab ihr eines.

»Tut mir leid«, sagte er, »das mit dem Auto.«

»Das Handy hab ich verloren«, sagte sie, schüttelte den

Kopf. Eine reichlich unangemessene Reaktion, ihr Auto weg, aber sie beklagte den Verlust des Handys, das war wohl irgendein psychischer Schutzmechanismus, über den er nichts wissen wollte.

»Ich bring Sie zur Polizei«, sagte er, ehe sie wieder mit dem Weinen anfangen konnte, »und dann heim. Wo wohnen Sie?«

»In Dornbirn, aber das ist viel zu weit, Sie müssen doch sicher ...«

»Macht nichts«, sagte er, »ich hab Zeit.« Draußen fuhr ein großer Mazda vorbei, schwenkte nach links und hielt am Straßenrand. Semmler startete den Motor.

»Wohin wollten Sie?«

»Nach Mellau zu meiner Schwester.«

»Sie hätten nicht fahren sollen unter diesen Umständen ...«

»Ich hab nicht gedacht, dass es so schlimm wird ... und jetzt kann ich sie nicht einmal anrufen ...«

Semmler fuhr los. Aus dem Mazda fünfzig Meter vor ihm war ein Mann ausgestiegen, der in ihre Richtung blickte und winkte. Semmler hob die Hand, was man als Winken oder verscheuchen einer Fliege deuten konnte. Als sie an dem Wagen vorbei waren, sagte er: »Sie hätten sowieso keine Verbindung, bei dem Unwetter ist das ganze Mobilnetz zusammengebrochen.«

»Meine Schwester hat einen Festanschluss.«

»Dann rufen wir von der Polizei aus an.«

Im Rückspiegel sah er den Mann neben dem Mazda stehen und ihnen nachwinken. Ein Idiot.

Er hat mich nicht erkannt, dachte Koslowski. Kein Wunder, wie auch. Ich bin heute dicker. Viel zu dick. Dann ging er langsam zu der Abbruchkante hinüber. Der Himmel war noch von dicken Wolken verhangen, die sich in den Pfützen spiegelten, aber es regnete nicht mehr. Es hatte drei Tage und Nächte durchgeregnet. In der Luft lag ein Tosen, das lauter wurde, je näher er an die Kante kam. Das Wasser hatte die Farbe von Milchkaffee mit etwas zu viel Milch. Die Ach war doppelt so breit wie sonst und viel tiefer. Auf der anderen Seite des Flusses stand das Ufergebüsch in einem See, dort konnte sich das Hochwasser in die Wiesen ausbreiten fast bis zum gegenüberliegenden Hang.

Auf der Seite, auf der er stand, lag das Gelände höher, hier war alles in Ordnung bis auf das abgebrochene Stück Straße, zwei Meter breit und dreißig Meter lang, wie ein langer Span; es war nicht zu sehen, warum der Fluss das Ufer genau an dieser Stelle unterspült hatte, nichts Besonderes, keine Kurve, nicht einmal leichte Krümmung, aber hier war es passiert. Es hätte einen Kilometer vor oder nach dieser Stelle genau so passieren können. Jeder, der sein fünf Sinne beieinander hatte, würde unter diesen Bedingungen die Straße in den Bregenzer Wald meiden oder spätestens beim ersten abgebrochenen Stück umkehren.

Er zögerte, trat nicht an die Kante heran. Er hatte nur den Jaguar vor sich gesehen, nicht den Kleinwagen dieser Frau; erst die Frau, dann Semmler, dann er selber, das war Zufall, es hätte auch heißen können: Koslowski, Semmler, unbekannte Frau. Oder unbekannte Frau, Koslowski, Semmler. Wie wäre es dann ausgegangen? Das war nun wiederum von keinem Zufall abhängig: Ganz sicher wäre Paul Koslowski nicht in die hochgehende Ach gesprungen, um die unbekannte Frau zu retten. Nicht einmal eine Frau von beliebig intensivem Bekanntheitsgrad hätte er gerettet. Nicht einmal seine eigene Frau. Koslowski hatte die Fähigkeit, sich die Dinge in allen Folgewirkungen bis in die letzten kausalen Verästelungen vorzustellen; er konnte das nicht nur, sondern er musste es tun, die Dinge zu Ende denken. Es war ein Fluch, keine Gabe. Nur deshalb kam er auf den Einfall, Ursula an die Stelle dieser völlig belanglosen Frau, die ihm nichts bedeutete, zu setzen – und sich einzugestehen, dass er sie hätte ersaufen lassen. Ja, händeringend und weinend (sicher hätte er geweint dabei, herzzerreißend, so gut kannte er sich), aber eben summa summarum untätig. Warum? Weil nur ein Irrer da hinein springen würde. Es war *lebensgefährlich.* Die Feuerwehr würde davor warnen. Es nicht gutheißen, nein, nein. Es kam nichts Gutes dabei heraus, wenn Laien … nur ein Irrer … seine Gedanken verhedderten sich.

Alles ein Spiel des Zufalls. Nicht *er* war als zweiter der Reihe gefahren und nicht Ursula als erste. Nicht Ursula war in den reißenden Fluss gefallen, sondern eine Unbekannte. Und Semmler als zweiter hatte sie ohnehin herausgezogen, das war doch, man konnte es drehen und wenden, wie man wollte, die beste Variante von allen.

Er sog tief die Luft ein, klar, feucht und kühl nach der Hitze. Sie roch nicht mehr nach Staub und Ozon wie die Wochen zuvor, alles ausgewaschen. Wo das Ozon geblieben war, wusste er nicht, der Staub des langen August trieb als brauner Dreck im Hochwasser der Flüsse auf die Nordsee zu. Vorsichtig, beinahe in der Straßenmitte, bewegte er sich auf die Stelle zu, an der Semmler die Frau herausgezogen hatte. Dort wagte er einen Schritt auf den Rand. Es konnte objektiv nicht so gefährlich sein, wie es aussah,

Semmler war reingesprungen und heil wieder herausgekommen, ganz an der Kante war die Strömung schwach, musste schwach sein, das konnte man logisch ableiten, sonst hätte die Flut Semmler fortgerissen, das war kein Supermann mit überirdischen Kräften; man konnte bis an den Rand gehen, wo der Asphalt eine gezackte Linie bildete, ungefährlich. Selbst wenn noch ein Stück abbrach, das Stück, auf dem er stand; Koslowski würde nur einen Meter tief ins Wasser fallen, das dort am Rand nicht reißend genug war, ihn ums Leben zu bringen. Aber er wagte nur einen einzigen Schritt.

Woher hatte Semmler gewusst, dass es ungefährlich war? Er hatte es natürlich nicht gewusst. Er kannte Semmler fast vierzig Jahre, hatte seine Stimme im Ohr. »Du denkst zu viel«, hatte er oft zu Koslowski gesagt, »das bringt nichts.« Es war eine nette Form zu sagen: »Du bist ein Feigling!« Koslowski war feige, darüber machte er sich keine Illusionen. Weil er eben die Dinge zu Ende dachte und sich vorstellte, wie sie sein würden. Diese Dinge am Ende. Wer das tat, kam zum selben Ergebnis wie Koslowski und ließ die riskanten Sachen sein. Selbstschutz. Aber man nannte es Feigheit, er selber nannte es so. Sie hatten nie darüber gesprochen, das Wort war nie gefallen. Eigentlich hätte Koslowski in den vergangenen vier Jahrzehnten den Lohn seiner Vorsicht einfahren und der Draufgänger Semmler hätte scheitern müssen.

So war es aber nicht gelaufen. Nicht dass Koslowski gescheitert wäre. Scheitern konnte man es nicht nennen. Matura, Chemiestudium. Und dann eben keine riskante Forschungskarriere bei einem deutschen Konzern, sondern eine viel schlechter bezahlte, aber weit sicherere Stelle in einem heimischen Pharmaunternehmen – also schön, was heißt schon »Pharma« … sie hatten sich auf Salben und Tinkturen spezialisiert, auf Basis von Stein- und Latschenkieferöl. Die Firma gab es schon hundert Jahre, vom Bioboom der letzten Jahrzehnte hatte sie profitiert. Ohne eigenes Zutun. Und ja, sie betrieben dort Forschung und Entwicklung. *Er* betrieb Forschung und Entwicklung. Er und ein Laborant. Stimmte schon. Sie hatten die Rezeptur verbessert, die Galenik, die Kosten gesenkt. Und so weiter. Das war schon was. Im provinziellen Rahmen.

Semmler dagegen: der hatte nach dem Gymnasium Betriebswirtschaft studiert – also schön, das war weder Wagnis noch Schicksal-in-die-eigene-Hand-nehmen. Lag nur nahe bei dem Elternhaus … aber dann. Zuerst hatte er geerbt. Was alles leichter machte, das musste man objektiv zugeben, Semmler war mit einem Schlag reich geworden. Aber statt das Vermögen nun zu verschleudern, die Fabrik zu ruinieren – was Koslowski von seinem *Schulfreund* erwartet hätte – war es Semmler gelungen, die Fabrik, als es mit der Textilbranche unübersehbar abwärts ging, durch irgendwelche Schliche in einen Gewerbepark umzuwandeln und richtig beschissen reich zu werden. Noch reicher. »Reich ist nur der Vorname«, wie man in der Schweiz sagt. Koslowski spekulierte selbst ein bisschen mit Derivaten und blieb immer schön unterhalb des Niveaus, wo es gefährlich werden konnte. Er verlor, aber er gewann öfter, alles auf der Basis von »Spielgeld«, das man riskieren konnte, das dazu vorgesehen war. Er hatte damit den einen und anderen Urlaub finanziert, er hatte einen Riecher für Gelegenheiten. Manchmal, nicht oft. Seine Vorsicht hielt ihn vor großen Risiken ab. Und vor großen Gewinnen. Solche Gewinne aber schien

Semmler zu machen. Koslowski kannte die Semmlervilla, als sie beide noch ins Gymnasium gingen, war er dort manchmal zu Besuch gewesen. Es gab ein automatisches Tor. Zwei Meter groß, aus starken vierkantigen Stahlstäben. Vom Tor führte die gekieste Einfahrt an den Garagen vorbei zum Haus.

Aus irgendwelchen Gründen benützte Semmler nicht immer die Garage, sondern ließ den Wagen auf der Einfahrt stehen. Koslowski sah diesen Wagen dort so oft, dass es kein Zufall sein konnte: Semmler wollte ihn ausstellen. Wer zum Gewerbepark wollte, musste an dem breiten Tor in der Thujenhecke vorbei, das dazu aufforderte, einen Blick in den Garten der Semmlervilla zu werfen. Der fiel dann auf den Jaguar. Koslowski ließ es sich, wenn er vorbeifuhr, nicht nehmen, anzuhalten, auszusteigen und das Auto aus der Nähe anzuschauen. Jaguar. Semmler hatte schon in der Schule von dieser Marke geschwärmt. Andere auch, aber als Einziger in der Klasse hatte er auch die reale Aussicht auf ein Auto dieser Art. Koslowski war ans Torgitter getreten, hatte wie ein Sechsjähriger das Gesicht zwischen die Stäbe gepresst und auf das Auto gestarrt. Alles im Aufnahmebereich der Kamera, die hoch und unübersehbar am rechten Torpfosten befestigt war. Hatte gehofft, dabei von Semmler beobachtet, erkannt und über den Torlautsprecher angesprochen zu werden. Dann hätte sich eine kleine Unterhaltung ergeben, er wäre hinein gebeten worden, man hätte sich ausgetauscht, wie geht's, was machst du so, bist du verheiratet, Kinder? Ein Kontakt wäre neu geknüpft worden, der schon ein Jahr nach der Matura abgerissen war. Semmler war zu keinem einzigen Jahrestreffen erschienen (Koslowski ging immer hin), und Semmler war auch kein einziges Mal vor seinem Haus aufgetaucht, wenn Koslowski dem Jaguar gebührende Bewunderung zollte. Vielleicht hatte er ihn aber auf dem Überwachungsmonitor doch gesehen, erkannt – und gehofft, Koslowski, der Versager, möge bald wieder verschwinden. »Das weißt du nicht«, hatte Ursula gesagt, »vielleicht ist er gar nicht zu Hause … du bist ja fixiert auf diesen Semmler!« Dann bedauerte er, ihr von dem Wagen erzählt zu haben; er konnte sich einfach nicht zurückhalten.

Auf der Straße, direkt vor seinen Füßen, lag ein Schlüsselbund. Schwarzes Leder, ziemlich groß. Er hob ihn auf. Sechs Schlüssel, zwei schmale, vier mit breiterem Bart, alles neue, komplizierte Sicherheitsschlüssel. Semmlers Schlüssel.

Er steckte den Bund ein und ging zum Auto zurück. Nein, Ursula hatte unrecht. Er war nicht fixiert auf Semmler. Er war nur vier Jahre neben ihm in derselben Bank gesessen und hatte ihn abschreiben lassen. Immer. Ohne eine einzige Ausnahme, da hatte es nie die geringste Diskussion gegeben. Latein, Mathematik. Einfache Sache. Semmler war faul, Koslowski fleißig. Aber Semmler stand nicht so schlecht, dass eine bessere Note aufgefallen wäre; wenn er sie erreichte, die bessere Note, hieß es nur: diesmal hat er ja doch gelernt! Semmler war sagenhaft geschickt beim Schwindeln … Ursula durfte er diese Dinge, an die er sich noch genau erinnern konnte, nicht erzählen, sie rollte sonst mit den Augen, ihre Stimme wurde schrill. Das sei krankhaft, meinte sie.

Er stieg ein, wendete den Wagen und fuhr talauswärts. Er wollte vermeiden, Semmler zu begegnen. Der würde zurückfahren und seinen Schlüssel suchen. Nein, er war nicht fixiert auf Semmler. Blödsinn. Die Sache heute durfte er Ursula auch nicht erzählen, um Gottes Willen, sie würde behaupten, er sei Semmler nachgefahren, so weit sei es schon, »Du verfolgst den Mann«, hatte sie ihm neulich vorgeworfen, »das ist doch nicht normal, du bist ein – wie heißen die – diese Psychopathen, die dann …«

»Stalker …«

»Ja, eben!«

Ja, eben! Was, bitte, sollte das heißen? Er hatte natürlich vermieden, diese Frage zu stellen, aus der sich ein hässlicher, lang gezogener Streit entwickelt hätte; das war es nicht wert.

Natürlich war er Semmler nicht nachgefahren. Blödsinn. So konnte man das nicht nennen. Er hatte sich das Hochwasser aus der Nähe anschauen wollen. Und Semmler auch. Er hatte nicht an Semmler gedacht, bis der keine fünfzig Meter vor ihm auftauchte, wo eigentlich? Das hatte er vergessen. Als er den silbergrauen Jaguar sah, war ihm Semmler eingefallen, wie auch nicht, sieh an, Semmler in seinem Jaguar, er kannte das Auto … sie fuhren dieselbe Strecke in den Bregenzer Wald, sollte er jetzt einen Riesenumweg über Langen machen, nur um sich nicht dem Vorwurf auszusetzen, er verfolge Semmler? Wenn sie dabei gewesen wäre, Ursula, hätte er die Strecke über Bregenz und Langen genommen, aber sie hatte ja nicht mitgewollt, ihn einen Katastrophentouristen genannt. Er war allein gefahren, über Schwarzenberg, das war der kürzeste Weg, alle, die aus der Stadt in den Bregenzer Wald wollten, nahmen diese Strecke, Semmler natürlich auch.

Und hätte er beim Unfallort vorbeirasen sollen? Er hatte in sicherem Abstand vom Abbruchrand angehalten, und hatte … also, nachgeschaut, ob Semmler bei seiner Rettungsaktion vielleicht Hilfe brauchte. Hatte er nicht, die Rettungsaktion war schon im Gange, als Koslowski aus dem

Auto stieg und dann – dann war es ihm unangemessen vorgekommen, hinzulaufen und Hilfe anzubieten, die offensichtlich nicht benötigt wurde. Semmler kam mit der Frau allein zurecht.

Er würde heimfahren und Semmler anrufen. Es hatte keinen Zweck, zu warten, dass Semmler *ihn* anrief. Koslowski war nun überzeugt, dass ihn sein *Schulfreund* beim Vorbeifahren nicht erkannt hatte. Aber er, Koslowski, hatte diesen Gesichtsausdruck an ihm gesehen, durch die Scheibe, diesen Ausdruck, den er immer in Gegenwart von Frauen hatte; als ob er nicht ganz bei sich sei, so etwas Verhaltenes – die Frau war Durchschnitt, Koslowski hatte sie nicht weiter beachtet, aber bei Semmler kam es ja auch nicht darauf an, ob die Frau jung oder schön war, dass es darauf nicht ankäme, hatte er immer erklärt, sei das ganze Geheimnis. Semmler hatte unheimlich Schlag bei Frauen. Das störte Koslowski nicht, das war eine Naturbegabung; Semmler hatte nie geheiratet und spielte die Rolle des begehrten Junggesellen, von Playboy konnte man nicht reden, das wäre sogar den Betroffenen lächerlich vorgekommen, es war alles provinziell, drei Stufen heruntergefahren; in den Gratiskäseblättern standen immer dieselben fünfzig Hanseln, die mit ihren jeweils aktuellen Greteln bei zahlreichen *events* die *society* darzustellen versuchten.

Er würde Semmler anrufen, wenn er zu Hause war.

Sie sind dann doch nicht zur Schwester gefahren. Bei der Gendarmerie in Egg riet man dringend von einer Weiterfahrt ab. Gisela – so hieß die Gerettete – rief die Schwester in Mellau an; dort war alles in Ordnung und alle wohlauf. Der

Verlust des Autos (Toyota Aygo) wurde gemeldet und protokolliert. Totalverlust. Es schien den Gendarmen nahezugehen. Sie sahen gestresst und übermüdet aus. Semmler bot an, die Frau nach Hause zu fahren. Sie hieß Gisela Mießgang. (Sie hatten sich auf der Fahrt zur Polizei bekannt gemacht.) Frau Mießgang sträubte sich erst eine kleine Weile, wie es der hiesige Minimalanstand erforderte; es wäre unhöflich gewesen, ein Anerbieten gleich beim ersten Mal anzunehmen (»Das ist doch nicht nötig«, »Machen Sie sich keine Umstände«, usw.), aber beim zweiten Mal willigte sie ein.

Frau Mießgang war bei der katholischen Kirche angestellt, erfuhr Semmler auf der Rückfahrt. Er hatte danach fragen müssen; sie hüllte sich vier, fünf Kilometer weit in Schweigen. Er verstand es, das neue Auto war weg, aber gab es da nicht eine Versicherung? Er hatte sich um solche Dinge nicht gekümmert, das machte alles Dr. Wohlgenannt, sein Steuerberater, kaum anzunehmen, dass Frau Mießgang einen Steuerberater hatte. Danach zu fragen schien nicht opportun, es kam nun, dachte er, darauf an, sie nicht aufs Thema Autototalverlust zu bringen, aber so steinernes Schweigen die ganze Fahrt lang hielt er nicht aus. Sie schien das zu begreifen und antwortete auf seine Fragen, nicht gerade einsilbig, aber kaum mehr als zwei- bis dreisilbig. Es wurde klar, dass der Verlust des Wagens eine Katastrophe für sie bedeutete; die Kirche mochte reich sein, ihre Angestellten waren es nicht. Sie hatte das Auto erst vor vier Wochen gekauft. Frau Mießgang, erfuhr er, arbeitete als Haushälterin beim Pfarrer Moser. Pfarrer Moser galt als Original, jeder im Land kannte ihn, weil er in den Leserbriefspalten der größten lokalen Tageszeitung extrem konservative Einsichten verbreitete. Semmler interessierte der reaktionäre Pfarrer nicht, aber mit dem Thema kamen sie endlich von dem abgesoffenen Auto weg. Wie er denn so sei, wollte er wissen, dieser Pfarrer Moser, als Chef und Mensch. Nett, sagte sie, privat sei er sehr nett, ein guter Mensch. Nun, das war zu erwarten gewesen, jemand wie Frau Mießgang würde keine Details über ihren Chef erzählen, pikante schon gar nicht. Als sie an der Unfallstelle vorbeifuhren, bat sie ihn, anzuhalten. Er unterdrückte mit knapper Not ein Seufzen.

»Ich möchte nur noch einmal …«, sagte sie; was sie noch einmal wollte, erfuhr er nicht, nickte, murmelte »aber natürlich«, als habe er alles verstanden, und ließ sie aussteigen. Seine Anwesenheit war nicht erforderlich. Abschied vom Auto, ein bisschen sehr diesseitig für eine kirchliche Angestellte, kaum anzunehmen, dass Pfarrer Moser so eine Anhänglichkeit an einen profanen Gegenstand billigen würde.

Frau Mießgang stand auf der anderen Straßenseite an der Abbruchkante. Die Seitentür hatte sie offen gelassen. Dann holte sie mit ihrer Handtasche weit aus und warf sie nach vorn in die brodelnde Ach. Einen Augenblick fürchtete er, sie werde gleich hinterher springen, aber sie kehrte auf dem Absatz um und kam zum Auto zurück. Er konnte nicht so tun, als hätte er nichts gesehen. Er ärgerte sich, wie immer bei irrationalem Verhalten – noch mehr ärgerte es ihn, dass er nun darauf eingehen musste.

»Was war das jetzt?«, fragte er. Der scharfe Ton schien sie nicht zu stören.

»Ein Opfer«, sagte sie, »einfach nur ein Opfer.«

»Und wofür – ist dieses Opfer?« Sie blickte ihn von der Seite an.

»Für mein Leben!« Die Frage schien sie zu überraschen.

»Für Ihr Leben? Sie opfern die Handtasche für Ihr Leben?«

»Ja, es ist ein bisschen spät, ich weiß. Ich hätte es gleich machen sollen …«

Er fuhr los. Nach einer Weile sagte er: »Wann gleich?«

»Als Sie mich grade rausgezogen hatten. Natürlich: opfern tut man eigentlich vorher, das ist ja klar, aber in besonderen Fällen geht es auch kurz danach – ich meine, wenn Ihnen vom Universum etwas Besonderes erwiesen wurde, was Sie vorher nicht wissen konnten, dann haben Sie ja dafür vorher auch nicht opfern können, verstehen Sie?«

»Nein.«

»Ganz einfach: Dieser Unfall, davon konnte ich ja nichts wissen, bevor er passiert war, oder? Und als er passiert war blieb zum Opfern keine Zeit, ich hatte einen Schock, dann sind ja auch schon Sie gekommen und haben mich gerettet – in solchen Fällen kann man auch nachträglich opfern – um dem Universum seine Dankbarkeit zu erweisen«, fügte sie nach kurzer Pause hinzu.

»Aha«, sagte er. »Sie opfern also dem Universum.«

»Ja, natürlich, etwas anderes hätte ja auch keinen Zweck, oder?«

»Verzeihen Sie, vielleicht verstehe ich da etwas nicht richtig, ich war auch schon länger nicht mehr in der Kirche – ›Universum‹ – damit meinen Sie doch Gott?«

»Nein, ich meine das Universum. Gott ist bloß so eine … so eine Vorstellung. Aber es kann das jeder nennen, wie er will.«

Eine Zeitlang wurde geschwiegen, sie schien nicht geneigt, die Sache zu vertiefen, und er wusste nicht, wie eine Fortsetzung des abseitigen Themas ausschauen sollte. Eine

Esoterikkiste, damit hatte er noch nie etwas anfangen können. Langweilig. Immerhin war sie keine von diesen mittelalten Frauen, die an fremden Türen läuten und sich mit jedem, der aufmacht, »über Jesus« unterhalten wollen; dass sie überhaupt von ihrer Privatreligion anfing, lag an den besonderen Umständen, der überstandenen Todesnähe und so weiter. Die Frau hatte heute viel durchgemacht. Zweiter Geburtstag. Da hatte sie es nicht verdient, angeschwiegen zu werden.

»Erzählen Sie«, sagte er, »wie sind Sie auf diese Theorie mit dem Universum gekommen?« Ich bin ein guter Mensch, dachte er, wenn man es genau nimmt, bin ich wirklich ein guter Mensch.

»Das ist keine Theorie«, sagte sie. »Es gibt einen Haufen Bücher darüber, finden Sie in jeder Buchhandlung, ›Wünsche ans Universum‹ und so weiter, alles Quatsch.«

»Ach tatsächlich?« Wenn sie seinen Tonfall bemerkt haben sollte, so ging sie darüber hinweg. Wahrscheinlich hatte sie keinen Sinn für Ironie.

»Was diese Leute meinen, ist einfach beten – Wünsche ans Universum – das klingt halt besser, als wenn einer sagt: ich bete zu Gott. Im Grunde dasselbe …«

»Sie sprachen doch eben selbst vom Universum …«

»Aber ich bete nicht! Ich opfere, das heißt, ich kündige zunächst ein Opfer an. Das ist ein großer Unterschied!«

»Inwiefern?« Die Sache begann ihn zu interessieren.

»Ganz einfach: ein Gebet ist im Prinzip eine Bitte. Man kann auch sagen: eine Bettelei. Man hat nichts und bittet Gott, das Universum, was immer Sie wollen – dass er oder es einem etwas gibt, einfach so, verstehen Sie? Bei einem Opfer dagegen …«

»Ja, ja, das ist schon klar, da ist es ein Tausch, wie ein Handel, ›do ut des‹ …«

»Ich gebe, damit du gibst«, übersetzte sie.

»Sie können Latein?« Das war ihm so rausgerutscht, peinlich, ohne, dass er hätte begründen können, warum die Frage arrogant und herablassend klang. Die Frau war vielleicht nicht immer Putzfrau gewesen, hatte vielleicht ein paar Klassen Gymnasium hinter sich oder sonst einen achtbaren Bildungsweg, dann, durch widrige Lebensumstände und eigene Fehler die geplante Karriere verfehlt und gerade noch so eben im sozialen Netz der Kirche aufgefangen, die sie dafür hasste und schon deshalb die offizielle Lehre ablehnte.

Er blickte sie von der Seite an. Sie hatte sich in den Sitz zurückgelehnt, den Kopf an die Stütze gelegt wie beim Versuch, während der Fahrt ein wenig Schlaf zu bekommen. Doch ihre Augen standen offen. Sie lächelte.

»Ja«, sagte sie, »ich kann Latein.«

Vorne kam ein Traktor in Sicht, den Semmler lang nicht überholen konnte. Als es endlich gelungen war, sagte er: »Weiß eigentlich der Pfarrer Moser von ihren Ansichten?«

»Natürlich nicht. Und wenn er's wüsste, würde es ihn nicht wundern. Und es wär ihm egal …«

»Ich kann mir nicht vorstellen, dass er nicht …«

»Hochwürden Moser hält nicht viel von Frauen im Allgemeinen und noch weniger von mir im Besonderen«, unterbrach sie ihn. Die Stimme klang nun schriller. Ihr Chef war ein wunder Punkt.

»Schikaniert er Sie?«

Sie lachte laut auf.

»Nein, nein, das tut er nicht! Selbst wenn er es wollte,

könnte er … wie soll ich sagen: ich bin nicht wert, schikaniert zu werden – aber ich sollte nicht solche Interna ausplaudern, am Ende sind Sie Journalist und schreiben einen Artikel über … über ›Zoff im Pfarrhaus‹ – oder so ähnlich!«

»Ich bin kein Journalist.«

»Nein, natürlich nicht, das war nur ein Scherz, verzeihen Sie.«

Ihre Bemerkung hatte ihn verstimmt. Es war nicht die Unterstellung, Journalist zu sein, er pflegte keinen Dünkel in dieser Sache; die wenigen Menschen, zu denen er überhaupt ein freundschaftliches Verhältnis unterhielt, waren Journalisten. Es waren nicht ihre Worte, die ihn störten, sondern die Art, wie sie die ausgesprochen hatte – Tonfall und Duktus so falsch, so talentfrei gespielt, dass es jedem aufgefallen wäre; ein absichtlich verunglücktes Ablenkungsmanöver. Was bezweckte sie damit? Wollte sie sich über ihn lustig machen? Hielt sie ihn für so dumm, dass er es nicht merkte? Aber genau das, wonach es sich anhörte, konnte es nicht sein: wer würde seinen Lebensretter verhöhnen wollen, keine Stunde nach der Rettungstat? Vielleicht war sie ein bisschen verrückt? Oder total?

Auf dem Rest der Fahrt wurde fast nichts gesprochen; sie dirigierte ihn zu einem siebziger Jahre Wohnblock in Dornbirn. Drei Stockwerke, kürzlich renoviert, vor allem mit Farbe. Gelb, rosa, blassblau, zwischen den Gebäuden Rasen und Magnolienbäume. Niemand war zu sehen.

»Kommen Sie«, sagte sie beim Aussteigen, »ich mach Ihnen noch einen Kaffee!« Sie schritt voran auf eines der Häuser zu, ohne sich nach ihm umzudrehen. Ihr Rock war immer noch feucht, die Schuhe trug sie in der Hand. An der Haustür fiel ihm auf, dass der Rock nicht feucht war, sondern nass. Ihr Hintern zeichnete sich unter dem dünnen Stoff ab. Sie sieht gut aus, dachte er, sie sieht verdammt gut aus, nicht das Gesicht, aber die Figur, warum fällt mir das jetzt erst auf?

Die Erektion befiel ihn wie ein Frösteln von einem Windstoß. Es tat weh, er beugte sich keuchend vor, um Platz in der Hose zu schaffen, trat einen Schritt näher, hielt im letzten Augenblick noch Distanz, obwohl ihm keine denkbare Wonne wünschenswerter schien, als sich an diesen prallen Hintern zu schmiegen; sein Atem ging in flachen Stößen, er spürte den Puls in den Hals schlagen, er war wieder siebzehn und kurz, bevor … er verdrängte den Gedanken, atmete tief durch. Sie nestelte mit dem Schlüssel herum, wieso hatte sie überhaupt einen Haustorschlüssel, sollte der nicht in der Handtasche sein, die sie der Ach geopfert hatte, nein, dem »Universum«? Warum erregte ihn diese Frau, die eher ganz- als halbverrückt, vor allem aber deutlich älter als alle seine Partnerinnen der letzten Jahre war?

Das Haustor ging auf, Stahlrahmen mit Drahtglas, siebziger Jahre, er kannte diese Tür, die falsche Bronzefarbe des Metalls; dahinter hatte er mit Sylvia geknutscht; es war genau dieselbe Tür, und Sylvia hatte nichts dagegen gehabt in jener über alle Nächte erhabenen Nacht. Und jetzt war es wieder so, genau so.

Sie traten ins Treppenhaus und die siebziger Jahre hatten ihn eingeholt, es roch jetzt auch so. Wohnblockmief, eine Note von Salmiak und synthetischem Zitronenaroma. Und Plastik. Der Handlauf des Geländers aus schwarzem Plastik, aus demselben, das auch die Vorderkanten der Stufen bedeckte, damit niemand ausrutschte. Er hatte das Jackett ausgezogen, über den Arm gelegt. Sehr asymmetrisch, damit der tiefer hängende Teil der Jacke die monströse Schwellung in der Hose bedeckte, denn jetzt war nicht zwei Uhr nachts wie damals, jetzt war später Nachmittag, Samstag; hinter den dünnen Wohnungstüren die Fernseher; volles Haus. Jeden Moment konnte jemand herauskommen. Ohne sich umzudrehen, fasste ihre Hand nach hinten, fand den Weg unters Jackett zu der Beule, er sog die Luft ein.

»Man muss«, sagte sie, »kein Ritual einhalten, keinen besonderen Ort aufsuchen«, sagte sie, während sie die Treppe hinaufstieg und ihn sanft massierte, ohne sich umzudrehen, Lift gab es keinen, natürlich nicht; »jeder Ort ist dafür geeignet, man muss es nur laut sagen, und dass es ein Opfer ist, das ist auch wichtig, und was man dafür opfert, das muss man auch laut sagen. Verstehst du?«

»Nein.« Seine Stimme versagte, heiseres Flüstern war alles, was er heraus brachte. Sie hatte es dennoch gehört.

»Dann nehmen wir einmal ein Beispiel.« Sie stieg nun langsamer auf, Stufe für Stufe, zog ihn an der Hose von hinten an sich, so dass die Schwellung an dem nassen Rock rieb. »Also folgendermaßen: ich opfere xy – hier setzt du den Gegenstand ein, den du opfern willst – ich opfere xy für einen Fick mit Gisela Mießgang. Das musst du dreimal sagen. Vorausgesetzt, du willst Gisela Mießgang ficken. Trifft das zu?«

»Ja.«

Sie waren im dritten Stock angekommen. Sie sperrte ihre Wohnung auf. »Mach hinter dir zu«, sagte sie. »Dieser nasse Rock bringt mich noch um«, sagte sie, zog ihn in einer einzigen, fließenden Bewegung aus, ließ ihn zu Boden fallen. Darunter trug sie nichts. Achtloser Umgang mit Kleidungsstücken schien eine Angewohnheit von ihr zu sein, überall lagen welche herum, auch andere Gegenstände. Bücher,

Zeitungen, Kaffeetassen bemerkte er, obwohl sein Blick auf den weißen Hintern gebannt war, der im Dämmerlicht des Spätnachmittags leuchtete, als sie den Flur ins Wohnzimmer voranging. Die Dinge waren nicht an den Orten, die sie einnehmen sollten. Auf dem Teppich standen Gläser, ein Schneidbrett lag da, daneben ein Messer, als habe sie auf dem Bauch liegend gegessen.

Er ließ die Hose fallen. »Und dann opferst du diesen Gegenstand. Da hast du zwei Möglichkeiten.«

»Zwei«, flüsterte er.

»Jawohl«, sagte sie, ließ sich vor der Couch auf die Knie nieder, legte den Oberkörper auf die Sitzfläche. »Du bringst das Opfer selber dar, indem du den Gegenstand der Vernichtung zuführst. Das macht man bei kleinen Gegenständen, wie meiner Handtasche. Oder du wartest, bis das Opfer angenommen wird ... mach schon.«

Er kniete nun hinter ihr. So weit war es mit Sylvia nicht gekommen. Er stieß zu, begann, sich zu bewegen. Sie antwortete mit ihrem Hintern; sprach flüsternd zu ihm mit rauher Stimme. Obszönitäten, die er aus keinem Mund je gehört hatte, Schauer überliefen seinen Körper.

Es kam, wie es kommen musste. Alle Freude schwand.

Beim Anziehen stellte er fest, dass der Hausschlüssel nicht mehr da war. Er trug das Etui in der linken Hosentasche, den Autoschlüssel in der rechten; der war noch da, die linke Tasche leer. Frau Mießgang war bei der Nachsuche keine Hilfe. Semmler, der über reiche Erfahrung verfügte, hatte den »post coitum«-Spruch, wonach »alle Lebewesen nach dem Geschlechtsakt traurig« seien, nie bestätigt gefunden;

weder bei sich selbst noch bei Partnerinnen, und immer als typische Philosophenausrede für schlechten Sex angesehen. Weil sie es nicht besser konnten, verliehen die alten Lateiner ihrem miesen Gefühl die Würde einer ontologischen Beschaffenheit – dass es vielleicht nicht an der Natur, sondern an den schwarzen Schwingungen der Sklavin lag, die es nicht so gut fand, jeden zweiten Tag vergewaltigt zu werden, darauf sind die Herren nicht gekommen ... warum ging ihm das nun durch den Kopf? Es lag wohl an Gisela Mießgang. Sie war mürrisch, um es vorsichtig auszudrücken. Dass er seinen Schlüssel verloren hatte, schien sie als persönliche Beleidigung aufzufassen, sie wollte ihn nun los sein, so rasch wie möglich.

Die Suche dauerte nicht lang und blieb ohne Ergebnis. Er habe, vermutete sie, den Hausschlüssel sicher bei der Rettungsaktion verloren, an der Ach, sagte sie, er hörte heraus, was sie meinte: In der Ach. Sein Hausschlüssel auf dem Weg in die Nordsee. Er müsse nachschauen, empfahl sie, wobei sie nicht die geringste Andeutung machte, im Falle der Nichtwiederbeschaffung des Schlüssels ihre Wohnung zur Übernachtung anzubieten; nicht dass er darauf angewiesen gewesen wäre, es hätte sich nur gehört, dachte er, als freundliche Geste.

Aber sie wollte ihn los sein, sonst war da nichts.

Als er die Treppe hinabstieg, brach er, wie er wohl wusste, seinen eigenen Rekord: er ärgerte sich über sie. Schon zwanzig Minuten nach dem Akt; bisher hatte das es immerhin eine Stunde gedauert bis ihm die Partnerin zu negativen Gefühlen verhalf. Er hatte nicht erwartet, dass sie ihn begleitete, aber sie hätte wenigstens ... beim Verlassen des Hauses fiel ihm wieder Sylvia ein. Darüber vergaß er, welches angemessene Verhalten er von Frau Mießgang, der Stütze von Hochwürden Moser, erwartet hätte.

Auf der Fahrt dachte er nicht mehr an Frau Mießgang.

Inzwischen war es Nacht geworden. Semmler führte im Auto eine Taschenlampe mit, das hatte Frau Mießgang, die ihm jetzt wieder einfiel, nicht wissen können; sie hätte ihm also eine zum Mitnehmen anbieten müssen, denn es war abzusehen, dass es an der bewussten Stelle, bis er dort war, vollständig finster sein würde. Aber nein, keine Taschenlampe, keine Hilfe von ihr. Er parkte den Wagen auf der flussabgewandten Seite und suchte den Boden an der Abrisskante ab. Nichts. Der Schlüsselbund war weg. Er machte die Taschenlampe aus und starrte in die Ach. Zu sehen war nichts mehr, nur zu hören, noch immer das Tosen, dazwischen Rumpeln und Poltern von den Steinen, die der Fluss auf dem Grund vorwärts rollte. Dort unten wurde alles zermahlen, zerrieben, groß und klein. Frau Mießgangs Auto, seine Schlüssel. Was immer hinein gefallen, auf den Grund gesunken war. Zwei Schritte. Zwei Schritte würden reichen.

Es roch nach frischem Wasser, obwohl die Brühe dreckbraun war. Oder war sie nicht mehr braun? Er schaltete die Lampe ein, richtete den Lichtkegel auf die Flut. Milchkaffee wie am Nachmittag. Das irritierte ihn. Nichts Muffiges, Faules in der Luft, sondern der Duft einer Quelle, eines riesigen, aus Abgrundtiefe heraufschießenden Schwalls kristallklaren Wassers. Trinken müsste man dieses Wasser in langen Zügen, immer weiter trinken, dann würde man gesunden. Von allem genesen. Das rührte ihn, die linke Wange wurde nass, die Kehle eng.

Er atmete tief durch, beruhigte sich. Das war nur eine … Irritation wegen des Schlüssels. Nichts weiter. Er musste

Bellmeyer anrufen. Bellmeyer hatte Ersatzschlüssel. Er kümmerte sich um das Anwesen, nicht nur den Garten, auch sonst um alles, sorgte dafür, dass die Putzfrauen nicht stahlen, dass der Elektriker kam, der Installateur, wenn es notwendig war. Semmler hatte Bellmeyer von seinem Vater übernommen. Früher war Bellmeyer Gärtner gewesen, er hatte ihn als Hausverwalter angestellt. In diesem Haus gab es siebenhundert Quadratmeter Wohnfläche, soviel, sagte Bellmeyer oft, wie in einem kleinen Block, da war ein Hausverwalter unverzichtbar.

Teuer war Bellmeyer nicht.

Wie ging dieser Spruch? Ich opfere XY für … für meinen Schlüsselbund. Er drehte sich um. Niemand da. Allein auf weiter Flur. Er machte die Lampe aus, durchwühlte die Taschen. XY musste nichts Besonderes sein, nur etwas, das passte – nicht zu wertvoll, aber auch nicht zu gering. Er fand nichts, ging zum Auto zurück. Im Handschuhfach lag immer noch das Feuerzeug. Nicht aus Gold, nur vergoldet, ihrer Finanzlage entsprechend. Wessen Finanzlage? Na, ihrer! Er grinste. Er kam doch tatsächlich nicht auf den Namen, etwas mit »A«. Anita? Anna? Nein … sie hatte es ihm zum Abschied geschenkt, wie viele Jahre das her war, hatte er auch vergessen. Egal. Das Feuerzeug war genau richtig für ein Experiment. Nicht zu wertvoll, nicht zu wertlos.

Er hielt es in der rechten Hand und sagte den Spruch auf. »Ich opfere dieses Feuerzeug für meinen Schlüsselbund.« Dann holte er aus, wie es Gisela Mießgang mit ihrer Handtasche gemacht hatte. Etwas ließ ihn innehalten. Ein Gedanke bestimmter Art, ein Rechengedanke. Dagegen konnte er nichts tun. Wann immer es um das Abschätzen von Werten ging, begann sein Kopf zu rechnen. Selbsttätig. Fix verdrahtet. Das Aufwands-Ertrags-Verhältnis stimmte nicht. Frau Mießgang opferte dem »Universum« ihre Handtasche – für ihr Leben, bitte schön, und er sollte dieses schöne Feuerzeug, Zeugnis eines hochromantischen Abschieds, für einen ordinären Schlüsselbund opfern, dessen Kopie sowieso bei Bellmeyer lag? Kam nicht in Frage. Beim Geschäft würde man sagen: er verderbe die Preise. Jetzt fiel ihm ein, er brauchte das Opfer nicht selbst zu bringen, das hatte sie gesagt. Er konnte warten, ob es angenommen würde, hatte sie gesagt. Er steckte das Feuerzeug wieder ein. Also würde er warten.

Bellmeyer am Telefon klang beunruhigt.

»Da wartet jemand auf Sie, Herr Kommerzialrat!« (Die Verwendung des nichts bedeutenden Titels ließ sich Bellmeyer nicht nehmen.)

»Was will er denn?«

»Etwas abgeben, hat er gesagt. Nur Ihnen persönlich abgeben, Herr Kommerzialrat. Er wartet.«

»Sie haben ihn doch nicht etwa reingelassen?«

»Wo denken Sie hin? Er wartet vor dem Tor, das ist öffentlich, da kann man nichts machen …«

»Schon gut. Hat er gesagt, wie er heißt?«

»Koslowski, hat er gesagt. Und dass er Sie von der Schule kennt.«

Sie saßen sich in der Bibliothek gegenüber. An die Bibliothek konnte sich Koslowski nicht mehr erinnern, Semmlers Vater erlaubte den Kindern hier keinen Zutritt; sie lag im Erdgeschoss im Ostteil des Gebäudes. Und jetzt saß er in einem Ledersessel, umgeben von Büchern, die er zu gern aus der Nähe betrachtet hätte. Nicht jetzt natürlich, später vielleicht, erst war das Verhältnis mit Semmler junior zu klären, der ihn ohne Umstände in diesen verbotenen Bereich geführt hatte. Das ließ ihn hoffen. Der Kontakt war da, es lag an ihm, ihn auszubauen.

Er war froh, dass sich Bellmeyer nach dem Namen erkundigt hatte, es wäre peinlich gewesen, Koslowski ohne Vorwissen gegenüber zu treten, denn er hätte ihn nicht erkannt. Und nie geglaubt, dass sich ein Mensch so zu seinem Nachteil verändern konnte. Es waren nicht die äußeren Zeichen des Verfalls – obwohl er mit Tränensäcken und Bauch keine gute Figur machte –, es war etwas an Koslowski selber, an der Mimik, der Art, wie er sich bewegte, unablässig auf dem Sessel herumrutschte, die Hände rieb, komplizierte Berührungsrituale mit Fingern und Daumen aufführte, eine Art Abzählmuster; ihm fiel nun ein, dass all dies schon der junge Koslowski an sich gehabt hatte, aber nicht so ausgeprägt. Es machte ihn verrückt, ihm dabei zuzuschauen, es war widerlich. Koslowski bot den Eindruck eines Menschen mit geheimen Lastern, deren äußere Zeichen er mit Mühe verbarg. Wenn ihm das nicht mehr gelang, wollte Semmler nicht in der Nähe sein. Er musste Koslowski loswerden. Schnell.

Sie redeten. Auf dem Tisch zwischen ihnen die bauchigen Gläser mit andalusischem Brandy, Duque d'Alba. Und in der Mitte der Schlüsselbund. Koslowski war also verheiratet, wie schön für ihn, und hatte eine Tochter, deren Namen von Koslowski genannt und von Semmler sofort vergessen wurde. Koslowski hatte den Schlüsselbund gefunden. Wie schön, ein seltener Zufall. Neben dem bin ich in der Schule gesessen, dachte Semmler, ein Jahr oder zwei? Er erinnerte sich nicht mehr genau. Wie war das gewesen, wie war Koslowski gewesen, sollte er das nicht wissen? Semmler lächelte. Der Koslowski von damals hatte ihn nicht interessiert. Ein Langweiler wie die meisten anderen. Den Koslowski von heute fand er abstoßend, denn er fragte ihn – man sollte es nicht für möglich halten! – um Rat! Unverblümt …

»Du hast doch an der Börse investiert«, hatte er gesagt, und Semmler hatte mit »Ja« geantwortet, weil er sich nicht vorstellen konnte, was auf diese Eröffnung folgen sollte.

»Du kennst dich also aus. Hast du keinen Tipp für mich?«

»Du spekulierst an der Börse?« Die Gegenfrage klang so entgeistert, dass es sogar Koslowski merkte, dem jedes Gefühl für Nuancen ebenso abzugehen schien wie Anstandsregeln. Einen Finanzmenschen fragte man nicht nach ›Tipps‹ – überhaupt ein schwachsinniger Ausdruck, den Semmler auf den Tod nicht ausstehen konnte. Tipps gab es bei Pferdewetten. Seit der Vermassung des Börsengeschäfts glaubte sich jeder, der einen Computer und irgendeine Charts-Software hatte, in unmittelbarer Nähe sagenhaften Reichtums. Und trachtete nach einem ›Tipp‹. Dass die Verwaltung eines Portfolios geduldiges Arbeiten erforderte, zähes Ringen um kleinste Vorteile, Analyse ausreichender Tiefe, das wussten all die Koslowskis nicht. Der ›Tipp‹ als Inbegriff des Geheimwissens – anders konnten es sich diese Brotesser nicht vorstellen: natürlich wurden die Reichen reich, weil eine Verschwörung im Gange war, wie denn sonst, weil sie eben über die richtigen ›Tipps‹ verfügten, eine Art Zauberspruch, der sie reich machte. Dass Erfolg etwas mit Kompetenz zu tun haben könnte, ging über ihren Horizont. Dabei war das Hauptproblem nicht, reich zu werden, sondern reich zu bleiben. Aber davon wussten sie nichts …

Koslowski hatte wohl auf seine Frage keine echte Antwort erwartet; er plauderte über seine Börsenerfahrungen, Semmler ließ ihn reden. Dann sagte er: »Weißt du, wie viel ich letztes Jahr verloren habe?«

»Du hast Geld verloren? Ich dachte, du …«

»Eine Million, eine runde Million! So geht das zu an der Börse. Ich hab sie wieder gekriegt und noch ein bisschen was dazu, aber da war auch Glück dabei, dass es mir in einem Jahr gelungen ist, den Verlust wettzumachen. Normal sind fünf Jahre. Und manchmal funktioniert es gar nicht, verstehst du, dann ist es futsch! Jetzt stell dir vor, du hättest es ganz so gemacht wie ich – mit meinen Informationen, meinen Investments, dann hättest du auch verloren.«

»Weniger …«

»Schön. Weniger. Sagen wir hunderttausend.«

Koslowski hob zur Abwehr beide Hände.

»Also schön, lass es fünfzigtausend sein. Du hast bis jetzt noch nie so eine Summe aufs Spiel gesetzt, sonst würdest du kaum hier sitzen – du hättest sie wahrscheinlich verloren … das Auto wäre weg, das Haus, die Ehe kaputt, alles wäre futsch, oder?«

Koslowski nickte.

»Siehst du den Unterschied? Ich kann so einen Verlust aushalten, obwohl bei dieser Million …«, er lachte, rollte die Augen und schüttelte die Hand, als ob er sich verbrannt hätte. »Kannst du dir vorstellen, wie kühl diese Banker plötzlich werden, wenn das Konto so ins Minus rauscht?«

»Die Banken sind überhaupt eine Pest …«

»Kannst du laut sagen. Bei mir werden sie kühl. Und bei dir? Was würden die mit dir machen?«

Koslowski antwortete nicht.

»Sie würden dich durch den Fleischwolf drehen. Zweimal, nur um sicher zu gehen … du hättest am Ende alles verkauft, was dir gehört und immer noch einen Haufen Schulden! Du würdest dein ganzes Leben kein Geld mehr sehen. Nein, mein Lieber, ich habe keine Tipps. Wenn du Geld anlegen willst, dann kauf solide Werte, einen Dachfonds vielleicht, kauf und lass liegen! Aber was rede ich da, das weißt du doch alles selber.«

Koslowski sagte immer noch nichts.

»Ich hab mich fast ruiniert mit der Scheißzockerei. Ich unterstütze niemanden dabei, der es auch versucht. Ich gebe keine Tipps.«

Eine Weile wurde geschwiegen, Koslowski sah weder unglücklich noch betreten aus, nippte am Brandy. Koslowski hatte immer zu denen gehört, die sich etwas sagen ließen. Sagen, wo es langging. Solche Sachen. Kein Rebell oder so.

Und er hatte den Schlüsselbund gefunden, Finderlohn war fällig, gehörte sich, für Semmler in seiner Stellung ganz besonders, erst recht in diesem Land. Semmler war die Vorstellung, hinter seinem Rücken könnte schlecht über ihn gesprochen werden, unangenehm. Die Leute, stellte er sich vor, hätten dann fast so etwas wie *Macht* über ihn, wenn sie Sachen über ihn sagten; Macht, die ihnen niemals zukam. Was sollte er anbieten? Geld kam nicht in Frage, das wäre eine abwertende Frechheit gewesen; immerhin hatten sie in der Schule nebeneinander gesessen … er zog das Feuerzeug heraus, das er an der Ach eingesteckt hatte. Gelegenheit für einen Test.

»Rauchst du?«, fragte er.

»Nicht mehr«, sagte Koslowski, »seit ich diese Magensache hatte, Ursula hatte mir damals geraten …«

»Du hast mir wirklich sehr geholfen mit dem Schlüssel, ich möchte mich erkenntlich zeigen. Willst du's haben?«

Er beugte sich weit vor, hielt ihm das Feuerzeug vors Gesicht, so dass Koslowski eine Handbreit zurückwich, dann das Feuerzeug entgegennahm, in seinen unruhigen Fingern drehte und wendete. Wie ein Zauberkünstler, der es gleich verschwinden lassen würde.

»Du schenkst es mir?«

»Sag ich doch. Als Zeichen meiner …« Mitten im Satz wusste er nicht weiter, ›Wertschätzung‹ hatte er sagen wollen, klang blödsinnig hochtrabend, etwas Besseres fiel ihm nicht ein, die Geschraubtheit Koslowskis begann auf ihn abzufärben. Koslowski betrachtete das Feuerzeug wie ein Firmling seine Uhr, die um einiges kostbarer ausgefallen war, als er erwartet hatte.

»Danke dir«, sagte er. Es klang verlegen. Danach kam nichts. Koslowski behielt die Uhr in der Hand. Er atmete tief ein. Tief atmen half manchmal, wenn ihm das Wasser in die Augen schoss, was oft bei Gemütsbewegungen der Fall war; ein peinliches Leiden, das er, so gut er es konnte, zu verbergen trachtete. Am sichersten war, keine Gemütsbewegungen zu haben und Situationen, wo sie gewöhnlich auftraten, zu vermeiden. Deshalb galt er unter den Kollegen als kalt und mürrisch, dabei war es nur seine Art, öffentliches Heulen zu verhindern und sich zum Idioten zu machen. Aber jetzt hatte ihn Semmler überrumpelt. Ein Geschenk. Das hatte er von Semmler nicht erwartet, erst diese Standpauke, die er verdient hatte: Semmler sorgte sich um seine, Koslowskis finanzielle Situation! Und dann diese Großzügigkeit, nur weil sie vier Jahre nebeneinander … er spürte das Beißen in der Nase, gerade noch rechtzeitig, atmete dagegen an – und behielt das Feuerzeug zu lang in der Hand, als dass er es wieder hätte weglegen können. Das hätte so ausgesehen, als schätze er den Wert, überlege Annahme oder Ablehnung. Er hätte es gar nicht in die Hand nehmen, lachend abwehren sollen: Was fällt dir ein, kommt überhaupt nicht in Frage, so weit kommt's noch …! In dieser Art. Er wollte das Feuerzeug nicht, er hatte keine Verwendung dafür; nur die verdammte Rührung hatte ihn übermannt und außer Gefecht gesetzt. Jetzt musste er es behalten. Und versuchen, nicht loszuheulen. Er nahm den Cognacschwenker mit der anderen Hand, trank das Glas in einem Zug aus, hustete, schüttelte sich, »Oh, der ist gut!« Genial. Das Wasser in den Augen fand nun eine vernünftige Erklärung: Koslowski war nichts Hochprozentiges gewohnt.

Dass Koslowski ein Prolet war, fiel ihm nun wieder ein, das war er doch immer gewesen und das hatte sich nicht geändert; kippte den edlen Brandy wie irgendeinen Obstler vom Discounter, keine Lebensart. Semmler verachtete Leute, die nichts von Alkohol und gutem Essen verstanden. Aber jetzt war es ausgestanden, Essen gehen würde er mit Koslowski nicht müssen. Er stand auf, Koslowski auch, der steckte das Feuerzeug in die Jackentasche, beiläufig, kam es Semmler vor, wahrscheinlich hatte er ein richtiges Feuerzeug noch nie aus der Nähe gesehen, seine Billigzigaretten immer mit den Plastikwegwerfdingern angesteckt … ist doch vollkommen wurscht, rief er sich selber zur Ordnung, geht dich gar nichts an, dieser Koslowski, noch was der Typ tut oder lässt; die Schlüssel waren wieder da, er hätte alle nachmachen lassen müssen, Koslowski verdiente eine Belohnung, aber dass er sie einfach so eingesteckt hatte …

An der Tür gaben sie sich die Hand. Koslowski ging die

lange Einfahrt hinunter, Semmler blieb draußen stehen, Koslowski merkte das, weil er hinter sich kein Schließgeräusch der Tür hörte, er drehte sich aber nicht um, das wäre nicht souverän gewesen, aber Semmler beeindruckte ihn: Er bleibt stehen und sieht mir nach, weil ich sein Gast bin, nicht ein Lieferant oder der Briefträger. Gästen sieht man nach, bis sie das Anwesen verlassen haben, das hat einfach Klasse.

Semmler drückte den Schalter für das Tor erst, als Koslowski dort angekommen war; er wollte sicher gehen, dass Koslowski auch tatsächlich hinaus ging, er musste *sehen*, wie der Typ das Grundstück verließ, das Tor sich hinter ihm schloss. Mit jedem Schritt, den Koslowski tat, wuchs Semmlers Abneigung gegen den Schulkollegen; verrückt war das, Semmler wusste es selbst, konnte sich nicht gegen das Gefühl wehren. Danke. Er schenkt ihm ein Feuerzeug, das aussieht wie Gold und was ist die Reaktion? Danke. Einfach nur: Danke. Das sagt man, wenn man um ein Papiertaschentuch gebeten oder sich einen Kugelschreiber ausgeborgt hat. Es war einfach nicht angemessen.

Er hätte das alles nicht sagen sollen mit der verlorenen Million. War auch übertrieben – seine Standardansprache, die er immer hielt, wenn er mehr oder weniger verklausuliert um ›Ratschläge‹ gebeten wurde. Von Leuten der Gesellschaft. Die sprachen nicht von ›Tipps‹, meinten aber dasselbe. An Koslowski war die schöne Rede verschwendet, ein kaltes ›Nein‹ hätte genügt. Die relativ Armen seiner Umgebung hatten Anspruch auf rhetorische Verbrämung; den wirklich Armen wie Koslowski konnte man ohne Umschweife sagen, dass sie zu wenig Geld hatten zum Mitspielen.

2

In den nächsten Tagen fühlte Semmler sich nicht wohl. Aus einem Grund, den er nicht festzumachen wusste, kam ihm Koslowski nicht aus dem Sinn. Und Frau Mießgang. Abwechselnd fielen sie ihm ein, störten ihn beim Studium der Charts, lenkten seine Gedanken gerade jetzt von der Sitzung ab, an der er als Berater einer Textilfirma teilnehmen musste. Dieser Firma ging es schlecht, worauf es hinauslief, war eine Liquidierung, da sollte Semmler sich einbringen. Alle hofften auf seinen Rat und darauf, das Kunststück, das er bei der Firma seines Vaters geschafft hatte, noch einmal zu sehen. Aber in Wahrheit – und hier vermischte sich das aktuelle Problem in seinem Kopf mit den Versagern Koslowski und Mießgang – in Wahrheit hatte er einfach nur das Glück gehabt, das den beiden fehlte. Das heißt: ›fehlen‹ ist nicht das rechte Wort, dachte er – Frau Mießgang hatte sogar großes Glück gehabt, dass er zur rechten Zeit am rechten Ort gewesen war. Aber das ist nicht das, was wir unter ›Glück‹ verstehen, diese Art ›Glück‹ kann uns gestohlen bleiben, wenn wir von Glück reden, meinen wir einen Lotteriegewinn und nicht, mit dem Leben davon gekommen zu sein.

Die Damen und Herren Eigentümer der »Opholzer Textil GmbH« schauten ihn alle an. Er referierte über den lamentablen Zustand der Firma. Das war nicht schwer; man brauchte keinen Abschluss in Wirtschaftswissenschaften, um zu erkennen, dass die Opholzer Textil auf dem letzten Loch pfiff, das ganze Land kannte die Wahrheit. Nur die zweiundzwanzig Besitzer der dritten Generation kannten sie nicht oder wollten sie nicht kennen. Semmler war von drei etwas weniger verbohrten Mitgliedern als Berater anheuert worden. Natürlich nicht offiziell, er galt als Freund der Familie und war eingeladen worden, einen »Überblick aus seiner Sicht« zu geben. Den stärksten Widerstand gegen das »Aufgeben« leisteten die Töchter; es hatte tränenreiche Auseinandersetzungen gegeben, wurde ihm berichtet, die häufigste Vokabel war »Verrat«, denn sie sahen in der Firma nicht das Geschäftsunternehmen, sondern die Heimat, die Kompensation und Trost war für alles, was in ihren kleinen Leben nicht nach Wunsch gelaufen war. Die angeheirateten Männer hatten weniger Bindungen an die Opholzer GmbH, aber loyal die Augen vor dem Offensichtlichen verschlossen.

Semmler schonte sie nicht. Er sprach von »liquidieren«. Manche stöhnten auf, Männer beruhigten murmelnd die neben ihnen sitzenden Gattinnen. Semmler war das egal. Medizin muss bitter, der Schnitt scharf und klar sein – wenn sie das einsahen, sich der Wirklichkeit stellten, würde er die Unternehmensberater ›Riesmeyer und Partner‹ ins Spiel bringen, die einen Plan ausarbeiten sollten, die unglückselige Firma möglichst geräuschlos zu verscherbeln. Gegen Entgelt natürlich. Riesmeyer und Partner schuldete er noch einen Gefallen.

Als er seinen Vortrag beendet hatte, begann die Diskussion. Schon mit den ersten Wortmeldungen wurde klar, dass die Wende eingeleitet, der Widerstand gebrochen war. Sie resignierten. Die Opholzer Textil GmbH gab es seit drei Generationen, Familienbesitz. Diese Familie war im Lauf der letzten neunzig Jahre gewachsen und bestand nun aus Personen, die von allem Möglichen Ahnung hatten, nicht aber von der Textilindustrie. Bei den Opholzers gab es unter den zweiundzwanzig Kernaktionären nicht einen einzigen Textiler; Semmler kannte das Phänomen von anderen Familienunternehmen. Die zweite Generation steigt noch, wenn schon ohne rechte Begeisterung, in die Fußstapfen der heroischen Gründerväter, die dritte wendet sich dann ab und flüchtet in Berufe mit dem größtmöglichen sachlichen und mentalen Abstand vom Metier des Großvaters. Orchideenfächer an der Uni oder Kunst und Medien. Er hatte das nie verstanden. Er hätte die Spinnerei gern weitergeführt, er hätte gern etwas hergestellt, er hätte, so dachte er, auch etwas davon verstanden; er hatte ein gutes Verhältnis zu seinem Vater gehabt und alle Ratschläge von dieser Seite aufgesogen – aber eben weil er etwas davon verstand, hatte er eingesehen, dass es hoffnungslos war. Und sehr einfach zu begreifen: man konnte am Ende des 20. Jahrhunderts nicht mit Lohnkosten vom Ende des 19. konkurrieren, wie sie in Asien üblich waren. Dafür hätte er auch nicht Betriebswirtschaft studieren müssen, jeder Volksschüler musste es einsehen; nur der Opholzer-Clan brauchte zum Begreifen mehr als zehn Jahre und ließ sich in dieser Zeit vom Umstrukturierungs- und Diversifizierungs-Gefasel diverser Geschäftsführer hinhalten, bis es fast zu spät war. Semmler fragte sich oft, wie viele von diesen Leuten, die ihr komfortables Studentenleben mit den Erträgen der Opholzer GmbH bezahlt hatten, den Unterschied zwischen Voll- und Halbzwirn hätten angeben können. Oder auch nur den zwischen Zwirn und Garn. Er verachtete sie alle.

Wirtschaften ist leicht, dachte er. Man folgt seinen Eingebungen. Hat man Geld, setzt man sie um, hat man keins, leiht man sich welches. Man kauft niedrig, verkauft hoch …

was war das für ein Scheiß, der ihm da durch den Schädel ging? Wie kam er auf den Blödsinn? Wirtschaften ist verteufelt schwer, und was heißt ›Eingebungen‹? Die musste man erst einmal haben, die wuchsen nicht auf Bäumen. Er zum Beispiel hatte seit Monaten keine Eingebungen mehr, nicht eine einzige … die anderen um ihn herum redeten, er bemerkte mit leichtem Entsetzen, dass er den Faden schon wieder verloren hatte. Alles nur wegen dieser unglücklichen Figuren. Mießgang und Koslowski. Unglück. Das war das Schlüsselwort. Das hatten die alle gemein. In der Reihenfolge ihres Auftretens: Mießgang, Koslowski, Opholzer. Natürlich relativ, das mit dem Unglück. Da gab es sicher eine Staffelung in umgekehrter Reihenfolge. Opholzer, Koslowski, Mießgang. Der junge Opholzer hatte als Firmenchef versagt, würde aber, wenn die Liquidierung auch nur halbwegs gelang, nie arbeiten müssen; sein Unglück war, dass ihn alle für einen Versager hielten. Koslowski: den kannte niemand, also konnte ihn auch niemand für einen Versager halten. Außer er selbst. Das tat er, und das war Koslowskis Unglück. Und Frau Mießgang: die kannte auch niemand, ob sie sich für eine Versagerin hielt, war uninteressant, denn sie *war* eine richtige, echte, unzweifelbare Versagerin mit Zertifikat. Das war *ihr* Unglück. Ja, so war das wohl …

Die Gespräche im Sitzungszimmer rauschten an ihm vorbei. Er hatte sich zurückgelehnt, die Unterlippe etwas vorgeschoben und betrachtete die Kaffeetasse auf dem Tisch. Nachdenklicher Zuhörer, der jedes Wort im Geiste wog. Aber keines, das im Raum gesprochen wurde. In der Reihe dieser Herrschaften Mießgang, Koslowski, Opholzer – wo müsste man den Namen Semmler einfügen? Hinten oder eher vorn?

Sein Handy meldete sich. Er hatte es nicht abgeschaltet, um den informellen Charakter des Treffens mit den Opholzer-Erben zu betonen; er nahm den Anruf an und verließ das Sitzungszimmer.

»Hör zu«, sagte Christoph Wurtz, »wir sollten diese Sache wegen der Obmannswahl noch einmal besprechen …«

»Glaubst du, da gibt's noch Probleme?«

»Na ja, ein paar von denen sind unsichere Kantonisten.«

»Na schön. Wann?«

»Wie wär's um zwei?«

»Moment …« Semmler ließ zwanzig Sekunden verstreichen, in denen er vorgab, seinen Organizer zu kontaktieren, dann sagte er für zwei Uhr zu und kehrte in den Saal zurück. Dort bat man ihn, die nötigen Schritte bezüglich ›Riesmeyer & Partner‹ einzuleiten und beendete die Sitzung. Für das anschließende Mittagessen ließ er sich entschuldigen, man hatte ihn natürlich eingeladen, aber nicht erwartet, dass er daran teilnehmen werde, Semmler war in der öffentlichen Wahrnehmung ein vielbeschäftigter Mann.

In Wahrheit tat er sehr wenig. Als der junge Opholzer im Namen aller Anteilseigner die Einladung zum Mittagessen ausgesprochen hatte, brauchte er keinen anderen Termin vorzuschützen, es reichte, bedauernd die Arme zu heben, das wurde schon verstanden. Die Fassade war intakt.

Semmler hatte keinen Termin. Die Verwaltung des Semmlerschen Vermögens nahm nicht einen Bruchteil der Zeit in Anspruch, die es nach seiner tiefinneren Überzeugung hätte in Anspruch nehmen sollen. Wenn das Warten auf die Kontoauszüge gutgeschriebener Zinsen und Dividenden eine Tätigkeit genannt werden konnte, dann war er *tätig*. Sonst nicht. Er hatte sein Vermögen genau so investiert, wie er es dem armen Koslowski geraten hatte: in solide Werte. Für etwas anderes hatte er nicht die Nerven, man konnte auch sagen: Dazu war er zu feige. Semmler wusste das und litt darunter.

Vielleicht ergab sich ja nun eine Änderung durch den Anruf von Christoph Wurtz. Er kannte ihn aus dem Kunstverein, um dessen neuen Obmann es im Telefonat gegangen war. In Wahrheit interessierte sich weder Semmler noch Wurtz für den Obmann, nicht für den alten und schon gar nicht für den neuen. Sie interessierten sich nicht einmal besonders für Kunst. Der Verein bot nur die ideale Möglichkeit gesellschaftlicher Kontakte. Der Anruf bedeutet daher nicht, dass Wurtz die wieder auf der Kippe stehende Obmannwahl mit Semmler besprechen wollte, sondern etwas ganz anderes, wofür weder das Telefon noch ein offizieller Treffpunkt geeignet war. Sie würden sich im Café Moosmann in Altach treffen, wo keine Gefahr bestand, von irgendjemandem aus ihrem Bekanntenkreis gesehen zu werden. Und nicht um zwei, wie ein etwaiger Telefonabhörer glauben sollte, sondern eineinhalb Stunden früher. Beide waren überzeugt, dass abgehört wurde; ein paar merkwürdige Transaktionen in der Vergangenheit ließen sich anders schwer erklären.

Bis halb eins war noch Zeit, Semmler fuhr nach Hause und ließ den Wagen auf dem kleinen Vorplatz außerhalb des Tores stehen. Über die Sprechanlage sagte er Bellmeyer, er müsse »noch weg mit dem anderen Wagen«. Dadurch wusste Bellmeyer, dass der Hausherr den Jaguar stehen lassen und den sieben Jahre alten Toyota Carina nehmen würde. Der stand immer in der Garage, nie vor dem Haus.

Semmler machte sich in der Bibliothek Kaffee und beobachtete Bellmeyer, der mit einem Rechen und einer Säge in den Park ging, um dort weiß Gott was für gärtnerische Arbeiten durchzuführen; Semmler hatte von dieser Seite seines Besitzes keine Ahnung und war froh darüber. Wenn er je begann, sich für Heckenschneiden und Pflanzzeiten zu interessieren, würde er sich auf dem stets abwärts führenden Pfad ins Reich der gärtnernden Grundbesitzer befinden, Idealverkörperung des Provinzspießers. Dann würde es aus sein mit allen höheren Ambitionen. Dann würde er sogar heiraten.

Er ging schnell aus dem Haus, bestieg den hellgrauen Carina und fuhr nach Altach.

Alles an Christoph Wurtz war blass. Die Augen blassblau, das dünne Haar hätte man »blassblond« nennen müssen, falls es so eine Tönung gab, die Haut blass-teigig. Wurtz sah aus wie einer, der nicht viel an die frische Luft kommt, was umso merkwürdiger war, als er mehreren Outdoor-Sportarten nachging; mit einem Eifer, den die Gesellschaft seiner Frau Hilde zuschrieb. Sie zwinge ihn zu all diesen Tätigkeiten, hieß es, er sei aber davon nicht begeistert, all das Mountainbiken und Segeln sehe man ihm auch nicht an … in Wahrheit lag das schlechte Aussehen des Dr. Wurtz an der vielen Arbeit, die er sich als Hausjurist der SILIV AG aufgebürdet hatte. Wurtz stammte aus kleinen Verhältnissen und war in verschiedenen Firmen immer höher steigend schließlich bei der SILIV AG in einer erstaunlichen Position der Geschäftsführung gelandet. Er war der Finanzchef des Unternehmens, das pharmazeutische Produkte herstellte; allerdings ein oder zwei Klassen höher als die Klitsche, bei der Koslowski untergekommen war. Koslowski fiel Semmler nun wieder ein, er wusste nicht, warum, als er Wurtz gegenüber Platz nahm. Weil beide von unten kamen, dachte er, und beide mit Medikamenten zu tun hatten, der eine ohne Erfolg, der andere mit.

»Wie geht's?«, fragte er.

»Schlecht«, sagte Wurtz.

Er sah auch blasser aus als sonst. Für Semmler war dieser Dr. Wurtz ein Getriebener, getrieben von Hilde, die gesellschaftlich mindestens zwei Klassen über ihm angesiedelt war und ihn gegen den Willen ihrer Eltern geheiratet hatte – mit der festen Absicht, aus ihrem Christoph etwas Besonderes zu machen, ihn in schwindelnde Höhen aufsteigen zu lassen, und ihren Vater Lügen zu strafen. Das war bis jetzt einigermaßen gelungen, wenn auch alle außer Hilde Wurtz (selber eine diplomierte Übersetzerin, die ihre Karriere der des Mannes geopfert hatte und so weiter und so fort) mit einem auch nur flüchtigen Blick auf Christoph Wurtz zur Einsicht kamen, dass der den Höhenflug nicht mehr lang aushalten würde. Sie bringt ihn um, dachte Semmler, der Mann sollte eine gemütliche kleine Kanzlei führen, spezialisiert auf Erbschaftsangelegenheiten oder so … nicht diesen Industriejob. Warum machte er das mit? Weil er fast ebenso vom Ehrgeiz zerfressen war wie seine Frau. Da hatten sich die richtigen zwei gefunden; sie trieb, aber er wollte auch getrieben werden.

»Alles muss unter uns blieben«, sagte Dr. Wurtz. Er sprach beiläufig, lächelte dabei, als erzähle er eine Anekdote. Semmler studierte die kleine Speisekarte. Man konnte im »Moosmann« nicht nur Kuchen und Torten, sondern auch Toasts und Wiener Schnitzel essen.

»Keine Frage«, sagte Semmler. »Es ist was Großes, oder?«

»PZ 405«

»Das sagt mir nichts …«

»Soll es auch nicht. Hochgeheim, nicht einmal die Codebezeichnung darf jemand wissen …«

»Lass mich raten: eure Geheimwaffe gegen Krebs!«

»Gegen Schlaganfallfolgen – soll die kaputten Arterien reparieren, frag mich nicht, wie, ich kenn mich damit nicht aus, jedenfalls sind jetzt die Testergebnisse aus Bulgarien da.«

Die Sache begann Semmler zu interessieren. Wurtz saß immerhin an der Quelle. Er besaß Wissen, das er nicht selber nutzen konnte. Dazu brauchte er Semmler. Er spürte, wie ihm der Schweiß auf die Stirn trat. Das war etwas äußerst Seltenes: eine wirkliche, wahrhafte *Gelegenheit.* Nicht vergleichbar mit ihren übrigen Geschäften; Semmler wusste das sofort, obwohl Wurtz nur in seine Kaffeetasse starrte und schwieg. Sie trafen sich ab und zu im »Moosmann«, wenn Wurtz Informationen hatte, die er nicht selber nutzen konnte. Sie blieben auch nicht geheim, er hatte sie nur Tage oder Wochen früher als die übrige Welt. Semmler nutzte dieses Wissen dann aus und kassierte seinen Teil. Beide machten ihren Schnitt. Strafbar, natürlich, Wurtz würde ins Gefängnis gehen, wenn es aufflog, oder doch nicht? Semmler machte sich keine großen Sorgen, es ging um ein paar Tausend jedes Mal; Wurtz litt darunter, was Semmler egal war.

Aber heute war es anders. Keine Gewinnwarnung. Keine Insiderinformation über die Höhe der Dividende. Kein klein-klein Gekasper um zwanzigtausend Euro. Sie waren bei diesen Geschäften immer sehr vorsichtig gewesen, um keine Aufmerksamkeit zu erregen. Es war ein Spiel; es hatte, wenn man es recht überlegte, den Charakter einer Kinderei, eines Bubenstreichs, wenn es hoch kam. Sie schlugen den Gesetzen ein Schnippchen. Im Grunde war es lächerlich und hatte nichts zu tun mit *Geschäften*, darüber war sich Semmler klar. Er freute sich nie so recht über die gelungenen Coups. Weil sie die Erwachsenenversion eines geglückten Raubzugs auf die Birnen in Nachbars Garten waren.

Wurtz sagte nichts. Und nicht deshalb, begriff Semmler, um die Sache dramatisch hinauszuzögern.

»Und? Repariert PZ 405 die kaputten Arterien?«

»Das wissen wir nicht. Es schickt jedenfalls sieben von zehn Leuten, die es eingenommen haben, ins Koma. Zwei sind gestorben, der Zustand von zwei anderen ist kritisch, zwei haben sich erholt.«

»Wieso habt ihr das …«

»… erst jetzt gemerkt? Keine Ahnung. Das Zeug wurde monatelang getestet, an Ratten, Meerschweinchen, irgendwelchen Affen, was weiß denn ich! Nie der geringste Hinweis … und dann beim Menschen …« Wurtz seufzte, so tief und echt, dass ein Beobachter, der ihn nicht gut kannte, dies wohl dem Mitleid mit den armen Versuchspersonen in der bulgarischen Klinik zuschreiben würde. Semmler wusste es besser. Wenn es jemanden gab, mit dem Wurtz Mitleid empfand, dann war es Wurtz selber.

»Hör zu«, fuhr er fort, »wenn du etwas daraus machen willst, musst du schnell sein. Wir halten das noch unter der Decke, die Kandidaten sind offenbar in einer prekären finanziellen Situation, sie wurden schließlich danach ausgesucht – mit Geld lässt sich da viel machen. Es sind schon ordentliche Summen geflossen, auch für die Ärzte und das Personal … aber auf Dauer geht es nicht, nein, auf

Dauer natürlich nicht …« Er schien den Faden verloren zu haben.

»Das bedeutet doch einen erheblichen Schaden für SILIV, wenn es rauskommt?«

Wurtz lachte auf. Dann beugte er sich vor, hatte Mühe, die Stimme weit genug zu senken.

»Du hast das Talent zum Komiker, Semmler, hast du das gewusst? Erheblicher Schaden! Für was hältst du die SILIV AG? Wir sind doch nicht Novartis oder Pfizer …«

»Soll heißen?«

»Es geht uns schlecht, Semmler. Der SILIV AG geht's schlecht … Wir sind nur eine bessere Mittelstandsbude, und leben tun wir von Methranon! Dafür läuft nächstes Jahr das Patent ab …«

Methranon war ein gut eingeführter Betablocker. Von allen Branchen war Semmler die Pharmaindustrie immer besonders langweilig vorgekommen; schon wegen der lachhaften Phantasienamen, die man glaubte, den Produkten geben zu müssen. Methranon. Es gab eigene Abteilungen, die sich die Namen ausdachten. Was sollte das heißen: Methranon?

»Habt ihr denn nichts anderes in der Pipeline?«

»Ich kann dieses idiotische Wort nicht mehr hören! Pipeline – da denkt man an ein dickes Rohr, aus dem es nur so raussprudelt. Quatsch! PZ 405 – das hatten wir in der Pipeline. Dahinter ist es trocken.«

Nun sickerte die Erkenntnis bei Semmler allmählich durch. Die waren auf dem Weg ins Aus.

Das war keine Neuigkeit, die Semmler überraschte. Der Aktienkurs der »Siegfried und Linda Vogel AG« war seit einigen Jahren auf einem von wilden Ausschlägen begleiteten

Weg nach unten, sanft, aber stetig. Das lag nicht an den Produkten, sondern an den Managementfähigkeiten der Geschäftsleitung, die nur ein bisschen besser waren als die der »Opholzer GmbH«. Das genügte nicht. So rangen bei SILIV nach dem Ausscheiden der Gründergeneration der weiße Ritter der Pharmainnovation mit dem schlammgrauen Monster des ökonomischen Schwachsinns; der Kurs richtete sich danach, welcher von beiden gerade die Oberhand hatte. Das Monster wurde als Favorit gehandelt. Ein einziger, gut plazierter Tiefschlag würde es zum Sieg führen. Wenn nicht ein Wunder geschah.

»Wir sind pleite, Semmler. Nicht heute und nicht in vierzehn Tagen, aber am Ende läuft es darauf hinaus. Die SILIV AG ist Geschichte. Deshalb müssen wir es diesmal richtig machen. Ein großer Schnitt, verstehst du?«

»Woran denkst du dabei?«

»Long Put, ganz einfach.«

»Wo steht ihr jetzt?«

»Bei zweiundneunzig, um den Dreh. Der Fünfundachtziger Put etwa bei acht.«

»Wie stark wird die Aktie fallen?«

»Keine Ahnung. Wenn es ganz wild kommt, auf die Hälfte.«

»Grob gerechnet fällt die Aktie also auf sechsundvierzig, Basispreis ist fünfundachtzig, macht eine Differenz von neununddreißig, abzüglich der Prämie von acht, sind einunddreißig. Bei einem Kontrakt über hundert Stück macht das dreitausendeinhundert …«

»… bei einem Einsatz von achthundert, ja. Fast vierhundert Prozent Gewinn.«

Schweigen senkte sich über den Tisch. Jeder sah in eine

andere Richtung. Nach einer Weile sagte Semmler: »Wo ist der Haken?«

»Es gibt keinen Haken, mein Lieber!« Wenn sich Wurtz zu dieser emotionalen Anrede verstieg, war er sehr aufgeregt. Aber warum? Kleine Schweißperlen glänzten auf seiner Stirn. Jetzt fiel Semmler auch auf, dass sein Gegenüber noch nichts gegessen hatte. Sonst bestellten sie sich immer Schinken-Käse-Toast, der war ungewöhnlich gut im »Moosmann«. Semmler rief nach der Bedienung.

»Willst du nichts? Ich glaube, ich könnte eine Kleinigkeit vertragen ...«

»Danke, mir ist nicht nach Essen. Hör zu, es kann sein, dass ich mich zu vorsichtig ausgedrückt habe ...« Er blickte auf, weil die Bedienung an den Tisch getreten war. Semmler bestellte ungeachtet der Ablehnung des Dr. Wurtz zwei Schinken-Käse-Toasts und ein Bier. Als die Frau gegangen war, sagte er: »Unterbrich mich, wenn ich was Dummes sage – aber vierhundert Prozent sind dann eher die untere Grenze?«

»Das kannst du annehmen. Und deshalb ist das auch keine Nummer, wo man so nebenbei ein paar Tausender riskiert und ein paar dazu einsackt. Es geht um meine Existenz, Semmler.«

»Also, jetzt mach aber einen Punkt. Du bist doch ...!«

»... nein, hör einfach zu, ja? Ich habe lang darüber nachgedacht. Es bleibt nur diese Lösung.«

»Was für eine Lösung?«

»Ganz großer Schnitt, Riesenreibach! Dieses eine Mal, dann ist es aus, dann bin ich sowieso weg vom Fenster. – Mit deiner Hilfe natürlich. Dreißig Prozent. Zufrieden?«

»Weiß Hilde ...«

»Natürlich. Es ist auch Geld von ihr dabei.« Wurtz schob ein schmales Buch über den Tisch. Es war Semmler bis jetzt nicht aufgefallen. »Das japanische Fährtenbuch« von Wolfgang Hermann. »Solltest du lesen«, sagte Wurtz, »bringt einen auf andere Gedanken.«

Semmler schlug das schmale Buch auf. Nach dem Vorsatzblatt lag eine Fünfhunderternote drin. Nach der ersten Textseite wieder. Und auch nach der zweiten.

»Danke«, sagte Semmler. »Du leihst es mir?« Das ganze Buch war voller Banknoten. Semmler begann zu lachen. Er steckte das »Japanische Fährtenbuch« ein.

»Du … du schaust es nicht durch?«

»Daheim. Da hab ich mehr Ruhe.«

Wurtz lächelte, schien sich zu entspannen. Er sollte sich scheiden lassen, dachte Semmler, die Frau bringt ihn um; die verschrobene Art der Geldübergabe, das kam doch von ihr, genau wie die Idee, alles auf eine Karte zu setzen. Hysterie. Und die glühende Furcht, mit einem Schlag könnte alles vorbei sein und Papa Recht behalten haben. Christoph Wurtz, der Versager.

Die Toasts wurden serviert, auch Wurtz aß den seinen. Jetzt, da die Sache eingefädelt war, ging es ihm besser. Alles Weitere würde Semmler machen. Gegen dreißig Prozent Provision.

An diesem schweigsamen und so gewöhnlichen Essen lag es, dachte Semmler später, dass alles nur so kommen konnte, wie es dann gekommen ist. Das hatte ihm Zeit zum Nachdenken gelassen, das Schinken-Käse-Toast-Essen. Was hätten sie dabei auch reden sollen? Über das Geschäft war alles gesagt, und der Toast gab nichts her. Wurtz redete sowieso nie viel, darin lag nun der Fehler, denn auch das banalste Geschwätz hätte Semmler davon abgehalten, über die Situation nachzudenken, darüber, was sie hier machten, an diesem Ort, wer sie beide waren und so weiter. Das war nicht gut, er wusste es, konnte seine eigenen Gedanken aber nicht unterdrücken. Wie eine Maschine ging es in seinem Kopf, ein Gedanke brachte den anderen hervor, und jeder war eine Nuance dunkler als der vorige.

Mit dem Toast fing es an. Der war gut, keine Frage, das war aber nicht das Problem. Sondern, dass er sich darauf *gefreut* hatte. Wie ein Student, der sich etwas Gutes tut, weil ein besonderer Tag ist, das Stipendium überwiesen, eine Zwischenprüfung bestanden – weil so ein Tag ist, *leistet* er sich was: einen Schinken-Käse-Toast in einem Kaffeehaus. Statt Mensafraß. Und Wurtz hatte sich auch gefreut, er müsste ihn nur fragen, arglos würde der es zugeben. Zwei Studenten. Herrgott! Sie hatten hundert Mal mehr Geld zur Verfügung als damals, aber den Studenten in sich immer noch nicht abgetötet – darum gingen sie in dieses triste Provinzcafé und aßen Toast. Toast! Warum nicht – aber dann nicht mit wässrigem Schinken und holländischem Industriekäse, sondern mit Beluga und einer Flasche Chablis. Und in – sagen wir … er musste fast eine halbe Minute nachdenken, bis ihm ein geeigneter Ort einfiel: Locarno. Warum machten sie so ein Megageschäft nicht in Locarno aus? Oder wenigstens in Zürich? In einer Stunde könnten sie dort sein. In einem Ambiente, das dem Anlass ein bisschen angemessener war als das Café Moosmann. In Altach.

Aber, dachte er weiter, Locarno, Zürich, Belugakaviar, Chablis – das fällt uns gar nicht ein. Und warum ist das so? Weil diese Worte Klasse haben, schon die Worte. Und wir haben keine. Wurtz nicht und ich auch nicht. Weil wir im

Grunde noch dieselben Bauerntrampel sind wie unsere Vorfahren. Dumpf und stumpf. Ohne Großmut, aber mit viel Angst. Nicht intelligent. Nur schlau, in einem bestimmten Sinne schlau. Für Bescheißereien wie diesen Derivate-Deal mit den Puts, unsere Form des Rosstäuschens. Ohne Eleganz, ohne Inspiration. Es ist nicht einmal ein Trick dabei wie beim Hütchenspiel, es gehört keine Fingerfertigkeit dazu und überhaupt keine Fertigkeit gleich welcher Art. Man weiß nur etwas, was alle anderen nicht wissen, und nützt es aus. Auf die Art betrügen kann jeder Idiot.

Und weil dies alles so war, ging es auch mit dem Land immer weiter abwärts. Die guten Leute blieben weg. Daheim sammelte sich das Mittelmaß. Das merkte keiner, darum war es ja Mittelmaß. Die SILIV AG war die einzige große Firma von überregionaler Bedeutung – gewesen; dass sie nun zugrunde gehen sollte, bedrückte ihn jetzt mehr als am Anfang des Gesprächs.

Sie zahlten und verabschiedeten sich. Es wäre besser gewesen, wenn Wurtz bei ihm geblieben wäre, wenn sie nach Zürich gefahren wären oder sogar nach Locarno, dachte er später, dann hätte er Wurtz fragen können, wie er die Dinge sah, einen anderen Eindruck gewonnen von allem. Das, so dachte er, hätte verhindert, dass er auf diese Idee kam, auf die er eben kam, sobald er allein im Auto saß und vom Parkplatz des Café Moosmann in Altach auf die Gemeindestraße fuhr.

Die Idee hatte mit Koslowski zu tun. Wenn nämlich schon er selber und Wurtz, das arme Schwein, weder Format noch Niveau hatten, dann galt dies umso mehr für diesen impertinenten Chemiker, der die unangenehme Eigenschaft der Bauernschläue, einer Art primitiver Gerissenheit geradezu idealtypisch verkörperte. Auf der Fahrt durch die Gemeinde Altach wuchs sein Ärger über Koslowski, er konnte ihn nicht unterdrücken. Die widerwärtige Mischung aus Frechheit und Unterwürfigkeit – eine Schicht klebrigen Schleims, darunter ein spitzer Stachel. Vor der Tür warten wie ein Lakai. Dann aber gleich nach einem Tipp fragen. Und dann das goldene Feuerzeug nehmen. Ein Tipp. Dem Manne kann geholfen werden!

Er fuhr auf den Parkplatz eines Supermarkts, suchte Koslowskis Nummer und rief ihn an. Koslowski war selber schuld, der hatte ihm seine Nummer aufgedrängt, und er hatte sie ins Handy eingetippt, wie er das bei allen Nummern machte, ein halb automatischer Vorgang. Warum hatte ihm Koslowski die Nummer gegeben? Doch nur in der Hoffnung, von Semmler irgendwann einmal angerufen zu werden – also wohl auch in der Hoffnung, dass es sich der Schulfreund überlegen und doch noch mit einem finanziellen Ratschlag rüberkommen würde – so dachte Semmler, als er die Nummer wählte.

Und Koslowski war auch schuld, weil er sein Handy immer eingeschaltet hatte und ständig bei sich trug. Semmler war sicher: hätte sich die Mailbox gemeldet, dann hätte er nichts gesagt. Gar nichts. Er hätte aufgelegt. Aber Koslowski, getrieben von der Angst, irgendetwas zu versäumen, nahm den Anruf entgegen. Semmler sagte ihm, was er sagen musste. Dass die SILIV AG ein heißer Laden sei, weil dort eine Übernahme ins Haus stehe, wovon kaum noch jemand wisse, weshalb er, Koslowski, wenn er zu Geld kommen wolle, schnell handeln müsse, sehr schnell, bevor die Rallye beginne! Koslowski war überrascht, stotterte Dankesworte, Semmler beendete den Anruf mit der Bemerkung, sie müssten ihren Kontakt nun fürs erste aufgeben, vor allem am Telefon, man wisse ja nie …

Die ganze Strecke nach Hause lachte Semmler vor sich hin.

Der Boden unter den Füßen fühlte sich an wie Watte, schien jedem Schritt nachzugeben. Es war kein unangenehmes Gefühl, er hatte nur nie geglaubt, dass diese Phrase »wie auf Wolken gehen« dem sinnlichen Eindruck so entsprechen würde, hatte das für blöde Übertreibung gehalten. Jetzt freute er sich. So sehr, dass ihm die Intensität des Gefühls die Luft nahm, er atmete stoßweise, war mit Luft vollgepumpt wie ein Ballon, dabei grinste und kicherte er vor sich hin; ich muss da wieder runter, dachte er, so kann ich nicht unter Leute.

Nach einem Cognac war es besser. Karin war in der Schule, Ursula hatte heute ihren »Damentag«, an dem sie sich mit Freundinnen in der Stadt traf, das war gut, er hätte sonst erklären müssen … das wäre nicht gut. Denn sie würde nicht billigen, was er nun tun wollte, tun musste. Er nahm die Sparbücher aus dem kleinen Tresor im Keller und fuhr zur Bank. Es gibt keine Zufälle, dachte er. Dass ihn Semmler gerade heute angerufen hatte, war Fügung. Er hatte drei Tage Urlaub genommen, um den Garten in Schwung zu bringen; wie hätte er in der Firma auf den Anruf reagiert? Er wäre zu nichts Vernünftigem mehr imstande gewesen, hätte alle fünf Minuten auf die Uhr geschaut und zu grübeln angefangen. Ja, das hätte er. Und dann – er kannte sich gut genug – hätte er Ursula alles erzählt. Und Ursula hätte Einwände gehabt. Nein, nein, kein

Blödsinn, den man beiseite schieben, sondern begründete Einwände, die man einfach nicht negieren konnte. Und dann? Dann hätte er angefangen zu zweifeln. Und die Sache zwei Nummern runter geschraubt, vorsichtig. Jedes Mal war das so. Beim Kauf des Grundstücks, beim Hausbau, bei Investments. Immer schön auf der sicheren Seite bleiben. Danach ärgerte er sich immer, nicht über sie: Sie war eben so, sie konnte nichts dafür. Über sich selbst ärgerte er sich: dass er *so* war. Dass er jedes Mal auf sie hörte. Dieses Mal, dieses eine Mal würde es anders sein. Er ließ ihr keine Chance, ihn von seinem Plan abzubringen.

Sein Privatkundenberater Baumann sah braungebrannt aus. Er sah das ganze Jahr so aus. Und zeigte diesen zweifelnden Gesichtsausdruck, als er ihm von dem Plan erzählte. Das bedeutete nichts, den zeigte er immer, auch, wenn er selber seinem Kunden etwas empfahl, sogar, wenn er vom letzten Urlaub erzählte. Als traue er den eigenen Worten nicht. Sein Widerstand gegen Koslowskis Plan blieb schwach.

»Einen todsicheren Tipp? Was glauben Sie, Herr Koslowski, wie oft ich das hier drin schon gehört habe!«

Reine Angeberei. So viele Kunden hatte Baumann nicht, dass er oft von einem »todsicheren Tipp« hätte hören können, schon gar nicht bei den Krämern und Groschenzählern, die seine Klientel ausmachten. Die Abwesenheit Ursulas wirkte sich positiv aus; sie hätte Baumanns Partei ergriffen. Automatisch, ohne auch nur eine Sekunde nachzudenken. Und er hätte nachgegeben. Aber Ursula war nicht da und Koslowski unerbittlich.

Er ließ alle vier Sparbücher räumen und das Geld auf das Verrechnungskonto übertragen. Und gab Order, Aktien der

SILIV AG »bestens« zu kaufen. So viele wie möglich. Baumann nahm den Auftrag schweigend entgegen. Enthielt sich der negativen, runterziehenden Bemerkungen, die er sonst jeder finanziellen Transaktion, und sei sie noch so unbedeutend, beizufügen pflegte. Der Mann war untragbar und saß nur deshalb auf seinem Stuhl, weil er mit einem der Bankdirektoren verwandt war; in Wien, dachte Koslowski, wäre das nicht möglich, einen Menschen mit so einer unmöglichen Art im Privatkundengeschäft einzusetzen; schon in Innsbruck hätten sie ihn in der Registratur verschwinden lassen, aber hier … Provinz. Damit würde auch Schluss sein, beschloss er. Sobald die Sache über die Bühne war, würde er die Bank wechseln.

Als ihm Baumann dann mit ernstem Lächeln die Hand gab, gestand er sich ein, dass er seinetwegen hergekommen war. Das Geld hätte er am Schalter abheben, die Kauforder telefonisch durchgeben können – aber er hatte auf Baumanns Äußerungen gewartet, um sie sich zu merken, jedes einzelne Wort. Und sie ihm dann, wenn alles gut gelaufen war, vorzuhalten. Aber Baumann war still geblieben. Ein Hochgefühl erfüllte Koslowski. Das konnte nur bedeuten, dass dieser Bankberater, sobald sich die Tür hinter dem Kunden mit den hervorragenden Insiderinfos geschlossen hatte, seine eigenen Geschäfte in Gang setzen würde. Wahrscheinlich rief er gleich einen Strohmann an, den Schwager oder so, und ließ auf Teufel komm raus SILIV-Aktien kaufen.

Der wahre Grund für Baumanns Schweigen hätte Koslowski irritiert. Baumann dachte schon seit Tagen nicht mehr über die idiotischen Pläne seiner Kunden nach, sondern über die bevorstehende Aufweitung eines verstopften

Herzkranzgefäßes, die man an ihm vorzunehmen gedachte. Um die Angina pectoris zu heilen, an der er seit fünf Wochen litt. Daran leiden tat er natürlich schon viel länger, wie ihm der Internist versichert hatte, aber vor fünf Wochen war er zum Arzt gegangen. Am kommenden Dienstag hatte er den Termin im Krankenhaus Feldkirch. Da er ein wenig zur Hypochondrie neigte, hatte er sich aus dem Internet Informationen über diese Operation besorgt. Die beschäftigten ihn unausgesetzt; er machte sich Sorgen.

Die Operation, das wollen wir festhalten, verlief ohne die geringste Komplikation und erfolgreich. Baumann machte sich dann auch Vorwürfe wegen Koslowski. Er kannte ihn ja. Das war ein Mann mit »mehr Angst als Vaterlandsliebe«, wie Baumanns Oma gesagt hätte, die aus dem Sudetenland stammte. Denn Baumann war durchaus fähig. Und er war auch nicht mit einem der Direktoren verwandt, die Namensgleichheit rein zufällig. Er kannte seine Klientel, vor allem ihre Begrenzungen. Er hatte in zahllosen Fällen durch seine zugegebenermaßen etwas ruppige Art die Kunden vor finanziellen Abenteuern bewahrt, was sich in einer makellosen persönlichen Bilanz spiegelte: In zwanzig Jahren war ihm kein einziger Kredit faul geworden. Was seinen Schwager betraf, so redete er mit ihm seit der Scheidung von Jeanette kein Wort mehr, auch mit niemandem sonst aus der Familie seiner Frau, und Koslowskis Gedanke, seinen Schwager als Strohmann für Spekulationen zu benutzen, hätte ihn laut auflachen lassen (Baumann lachte selten). Diesen Menschen, der es fertigbrachte, mit einer gut eingeführten Tankstelle in bester Lage Pleite zu machen, hätte er nicht einmal dann beauftragt, wenn der Tipp von Warren Buffet persönlich gekommen wäre, denn im Bruder seiner

Exfrau paarte sich die leider in dieser Familie grassierende ganz normale Blödheit mit einem unglaublichen Maß an Selbstüberschätzung … aber Baumann wusste nichts von Koslowskis Gedanken, und seine Gedanken kreisten um nichts weniger als den eigenen Tod. Das ist, man muss es zugeben, ein wichtiges, großes Thema. So dass die vollkommen idiotische Idee, für fast zweihunderttausend Euro (alles, was der Mann besaß) Aktien einer einzigen Firma zu kaufen, in den Hintergrund gedrängt wurde. Baumann war sicher: ohne die Aufweitung und die zahlreichen dabei drohenden Komplikationen hätte er Koslowski die Sache ausgeredet. Er wäre massiv geworden: hätte ihm das Geld, die ganzen zweihunderttausend, in einem Plastiksack über den Tisch geschoben und ihn rausgeschmissen. »Gehen Sie! Gehen Sie zu einer anderen Bank! Wenn Sie sich ins Unglück stürzen wollen – bitte sehr! Aber nicht an diesem Institut, nicht mit meiner Hilfe …« So hätte er gesprochen. Er hatte das schon zweimal gemacht; ein zerknäulter Plastiksack lag für solche Fälle in der untersten Schublade – beide Male hatten die Kunden eingelenkt, waren vor großem Schaden bewahrt worden.

Aber diesmal … nicht alles im Leben kann gelingen. Die Ehe mit Jeanette war nur ein Beispiel unter vielen. Baumann nahm es mit Gleichmut.

Eine Woche später rief Wurtz an. Wegen der neuen Broschüre, die der Kunstverein herausgeben wollte, sie müssten da … Semmler unterbrach ihn mit dem Angebot, sich sofort zu treffen, zufällig sei es gerade günstig, er könne sich eine halbe Stunde freimachen …

»Nein, ich bin sowieso in der Gegend, ich komm gleich vorbei!« Wurtz hatte aufgelegt, bevor Semmler etwas erwidern konnte. Er lief zur Haustür und öffnete das Schiebetor. Er wollte verhindern, dass Wurtz die Sprechanlage benutzte, er wollte verhindern, dass sich Wurtz auch nur einen Augenblick länger als unbedingt nötig auf der Straße vor dem Anwesen aufhielt, am besten wäre es gewesen, Wurtz wäre gar nicht hergekommen – am besten in jedem Sinn, denn dass er es nötig fand, zu kommen, hieß doch, dass sich eine Katastrophe anbahnte oder schon im Gange war.

Im Gange stimmte. Als Wurtz mit einer für seine Verhältnisse hohen Geschwindigkeit den großen Audi durchs offene Tor gelenkt und vor dem Haus gehalten hatte, öffnete Semmler die Haustür. Wurtz stürzte aus dem Auto, als habe er eben eine Klapperschlange unter dem Beifahrersitz hervorkriechen sehen und rannte die fünf Stufen hoch, wobei er es fertig brachte, auf der letzten zu stolpern. Fast wäre er lang hingeschlagen.

»Häng dir doch ein Schild um: Defraudant auf der Flucht.« Semmler war verärgert. Wurtz hatte die Sache verbockt, irgendwie war ihm das gelungen, an der Quelle zu sitzen, aber alles falsch mitzukriegen. Im Geiste überschlug er schon seine Verluste und suchte nach Möglichkeiten, sie zu verringern. Die gab es natürlich …

»Harlander hat sich eingemischt!«, rief Wurtz. »Der will die Firma kaufen! Das kam ganz überraschend, heute früh. Um zehn war Vorstandssitzung …«

»Wie sicher ist das?«

»Nicht hundert Prozent, bis unterschrieben ist, kann man sowieso nichts sagen …«

»Ach ja? Kann man nichts sagen? Dann frage ich mich,

warum du hierher fährst, ausgerechnet hierher, wie eine gesengte Sau, direkt aus der Vorstandssitzung ... was hast du denen gesagt? Entschuldigt, ich muss nur schnell meinen Strohmann warnen? Dann muss ich dich enttäuschen ...«

»Du hast schon ...?«

»Natürlich.«

Wurtz stöhnte auf. Er schritt zur Treppe, wankte fast, hielt sich am Endknauf des Geländers fest und ließ sich auf die vorletzte Stufe nieder. Die Krawatte saß schief, die Haut bleich mit ungesundem Grauton. Semmler dachte nach. Harlander war ein Großinvestor, der manchmal als »weißer Ritter« aufkreuzte und Firmen vor feindlichen Übernahmen oder dem Untergang rettete. Diesen Dienst ließ er sich zwar gut bezahlen, aber die öffentliche Sympathie lag auf seiner Seite, selten auf der des Angreifers und fast nie beim unfähigen Management des angegriffenen Unternehmens. Versager liebt niemand.

Die Rettung durch Harlander würde nicht nur den Kurssturz der SILIV-Aktie verhindern, sondern ihr sogar Aufschwung geben. Semmler war immer gut im Kopfrechnen gewesen, das Ergebnis eines raschen Überschlags verheerend. Er hatte insgesamt zehntausend Putoptionen gekauft, die Hälfte für Wurtz, die andere auf eigene Rechnung. Die Prämie acht und ein bisschen was, der Ausübungspreis bei fünfundachtzig. Gehandelt wurde europäisch, das heißt, Semmler hatte nun das Recht, innerhalb der nächsten drei Monate zu bestimmten Tagen zehntausend Aktien der SILIV-AG zu einem Preis von fünfundachtzig Euro an den Emittenten der Option, die Bank, zu verkaufen. Die Aktie stand noch bei über neunzig. Wenn sie aber auf Grund der katastrophalen Ergebnisse von PZ 405 fiel, dann wurde das ein gutes Geschäft – die Gewinnzone begann etwa bei siebenundsiebzig, fünfundachtzig minus die Prämie. Denn der Besitzer einer solchen Verkaufsoption konnte die Aktie billig am Kassamarkt kaufen und an den weiterreichen, der ihm die Option verkauft hatte, und der musste die Aktie zu einem nun weit überhöhten Preis abnehmen. In so einem Fall wurden nie die einzelnen Aktien hin- und hergehandelt, sondern die Positionen durch den Verkauf einer gegenteiligen Option, eines Calls, glattgestellt, auch das waren keine realen Papiere, nicht einmal schlichte Zettel, sondern Zahlen in diversen Computern.

Fiel die SILIV-Aktie auf sechsundvierzig, wie angenommen, hätte ihnen das Geschäft nach Abzug der bezahlten Prämie dreihundertzehntausend Euro eingebracht, davon ihm selber die Hälfte und noch einmal dreißig Prozent als »Vermittlungsgebühr« von der anderen Hälfte.

Aber nun würde die Aktie sogar steigen. In dem Fall war eine Putoption wertlos. Denn es hatte keinen Sinn, eine Aktie zu fünfundachtzig an jemanden zu verkaufen, wenn man selber dafür, um sie zu bekommen, zum Beispiel neunzig zahlen musste. Es passierte weiter nichts, die Option wurde nicht ausgeübt und verfiel. Sie hatten, wie beim Roulette, etwas über achtzigtausend Euro auf Rot gesetzt – gekommen war Schwarz.

»Wer weiß von Harlander?«, fragte er.

»Nur der Vorstand.«

»Na gut. Wir können das Ganze noch rückgängig machen – die Optionen wieder verkaufen. Dazu brauche ich aber zwei Tage …«

»Wieso? Das kostet dich doch nur einen Anruf …«

»Einen Anruf, so stellst du dir das vor? Bist du noch bei

Trost? Das hab ich doch nicht über meine Hausbank abgewickelt, das läuft alles über gewisse Konten …«

»Schon gut, ich will es gar nicht wissen, also zwei Tage? Wie groß ist der Verlust?«

»Na, alles kriegen wir nicht wieder raus, die Transaktionskosten fallen sowieso an, zweimal natürlich, ich denke so … zehn Prozent.«

Wurtz stöhnte auf. Es hörte sich unecht an, übertrieben, bei keiner Laienbühne wäre er damit durchgekommen. Aber es war echt, Semmler kannte ihn lang genug. Wurtz konnte nicht anders. Seine Gefühle kamen immer falsch raus. Er unterdrückte ein Grinsen, hatte er doch die Transaktionskosten verdoppelt. Hieß einfach, diese Kosten würde zur Gänze Wurtz tragen. Das war nur gerecht, er hatte die Sache ja auch vermasselt. Nüchtern betrachtet, war das Ganze ein Sturm im Wasserglas; zwei Möchtegernspekulanten hatten sich verhoben und mussten jetzt ein bisschen zahlen. Klar: Er konnte Wurtz um diese Kosten prellen, »prellen« war genau das richtige Wort, darum handelte es sich wie in »Zeche prellen« … wer bezahlt das Essen? Der sitzen bleibt. Die anderen verschwinden durchs Klofenster … Wurtz war ein Idiot. Und er? Ein kleiner Gauner, jawohl. Alles unsagbar schäbig. Aber er würde es machen. Er verachtete sich dafür, aber er konnte nicht anders handeln. Er konnte nicht verlieren. Geld verlieren. Die Verachtung war leichter zu ertragen als der Verlust.

»Geh jetzt«, sagte er dann. Wurtz stand sofort auf und ging ohne Gruß. Er tat ihm nicht leid. Die gute Hilde würde ihm die Hölle heiß machen. Konnte er etwas dafür? Objektiv gesehen nicht. Aber objektive Betrachtung interessierte in solchen Fällen niemanden, nie. Das war kein Seminar in

Finanzwissenschaft, das war das Leben. Wurtz hatte das nie richtig begriffen, er lebte in einer Welt der zweihundert Seiten dicken Verträge voller Klauseln, die sich nur Juristen ausdenken konnten, aber hier, bei ihren Geschäften ging es um Zähne und Klauen, um Blut und Gedärm.

Er steigerte sich den ganzen Nachmittag in vulgärdarwinistische Betrachtungen hinein, Überleben des Stärksten, ehernes Gesetz des Dschungels und so weiter. Half, die bitteren Einsichten zu verdrängen, die ihn befielen, wenn etwas schief gelaufen war. Selbstbezichtigungen, Zweifel, Ekel. Dabei trank er einen Grappa, der Tresterschnaps war aus irgendeinem Grund besser geeignet als jede andere Art Alkohol, die Dämonen zu vertreiben. Er ging früh schlafen.

Am nächsten Morgen erwachte er schon um sieben mit schwerem Kopf. Die Zunge mit Pelz überzogen, so fühlte sie sich an, hinter den Schläfen pochte es, noch war es auszuhalten, aber bei der ersten falschen Bewegung würde sich das dumpfe Klopfen in ein Schädelweh von Weltkriegsniveau verwandeln. Er ging in die Küche, setzte die Schritte wie ein alter Mann, Grappa vertrug er nicht, machte immer wieder denselben Fehler. Kaffee half zuverlässig, Kaffee und Honig. Aber keine unbedachten Bewegungen. Nach der ersten Tasse war es etwas besser, er holte die Zeitung.

Schon bei der Schlagzeile wurde ihm schlecht. Sie enthielt die bekannten Schriftzüge. SILIV. Er setzte sich, schluckte schwer, überflog den Artikel. Alles war jetzt am Tage, alles auf einmal. Neues Mittel gegen Schlaganfall. Hoffnungsträger. Gerüchte über Nebenwirkungen. Finanzielle Schieflage. Die ganze Litanei des Wirtschaftsjournalismus. Aber dann: Harlander. Rettung. Übernahme. Beim Stichwort »Übernahme« rannte er schon aufs Klo und kotzte, bis nur noch gallegrüne Tropfen kamen. Schuld war der Grappa. Aber nicht nur. Er kniete zusammengesunken vor der Muschel, die er umarmt hielt, und spürte, wie der Brechreiz nachließ. Sein Magen war gutmütig, immer gewesen. Das war das Positive. Sonst war nichts positiv.

Er wusste, was er nun tun würde. Den Computer hochfahren, die Kurse abfragen. Er wusste aber jetzt schon, was er dort sehen würde. Es half nichts, er konnte sich das nicht ersparen.

Als er die Charts sah, packte ihn das Elend. Er hatte Recht behalten. Die SILIV-Aktie zitterte nach Handelsbeginn ein bisschen herum, weil immer ein paar Daytrader, die nicht nachdenken können, sofort handeln und das Falsche tun; aber nach kurzer Zeit setzte sich der wirtschaftliche Sachverstand durch. Harlander bot zweiundneunzig, das lag kaum über dem Vortagskurs, da waren die Gerüchte um PZ 405 aber schon eingepreist. Jedenfalls lag der Kurs nicht *darunter.* Der Markt wusste von der Vorgangsweise des »weißen Ritters«. Der war gut eingeführt, hatte das schon ein paar Mal vorexerziert. Das Unternehmen kaufen und sanieren. Zum Beispiel diese Röhrenbude, die bizarrerweise »Eisenmenger« hieß, Eisenmenger und irgendwas; die hatten massive Probleme mit einem zugekauften Werk in Rumänien gehabt, Harlander hatte gekauft, das Management achtkantig rausgeschmissen, ein Drittel der Belegschaft hinterher, die Kosten runtergedrückt und den Laden saniert. Die rumänische Fabrik war deren PZ 405 gewesen, Harlander ließ sich von so etwas nicht schrecken. Denn es waren niemals *Umstände,* die Probleme machten, sondern *Personen.* Die nicht das taten, was sie sollten. Harlander änderte das. Semmler kannte ihn. Das sei sein ganzes Geheimnis, hatte er Semmler bei einem Empfang gesagt, Menschen dazu zu bringen, zu tun, was sie sollten. Partygewäsch. Semmler glaubte jedes Wort. Alle anderen taten das auch. Hätte Harlander nach der Kollision mit dem Eisberg das Kommando über die »Titanic« übernommen, wäre niemand zu Schaden gekommen. So ein Mann war das.

Vielleicht würde er SILIV auch zerschlagen und die Einzelteile weiterverkaufen. Die Käufer standen schon Schlange. Alles Großkonzerne mit eigenen Betablockern. Vielleicht nicht so gut wie Methranon, aber was soll's? Marktbereinigung. Für die dreitausend Leute bei SILIV sah es nicht gut aus, aber ohne Harlander hätte es noch schlechter ausgesehen; jetzt ging sich vielleicht sogar ein Sozialplan aus. Einen Sozialplan brauch ich nicht, dachte Semmler, so was gibt's auch nicht für dumme Investoren und Geldverbrenner. Denn was immer Harlander vorhatte und tun würde oder nicht tun würde – PZ 405 war völlig neutralisiert. Es hätte so giftig sein können wie Plutonium – Harlander hatte das alles wohl erwogen, in seine Entscheidung einbezogen und wollte SILIV *trotzdem* kaufen. Eine Art religiöser Akt. PZ 405 unter der jetzigen Führung war eine himmelschreiende Sünde, des Todes würdig. PZ 405 unter Harlander war keine Sünde, nicht einmal ein Vergehen, ein Flüchtigkeitsfehler, wegzuwischen mit lässiger Geste.

Ihr Put mit fünfundachtzig war um Hausecken »out of money«. Das spiegelte auch der Kurs: der Put auf zwei Euro gefallen, sie würden also, wenn sie ihn gleich verkauften, mindestens sechzigtausend verlieren. Aber mit dem ganzen Verschleierungsapparat und den hohen Kosten, die der mit sich brachte, war die Option jetzt schon wertlos. Sie konnten sie genau so gut verfallen lassen.

Das Problem lag einfach darin, dass Wurtz von der Übernahme nichts gewusst hatte – das konnte nur eines bedeuten: die Firmenleitung hatte ihn von gewissen Informationsströmen isoliert. Und warum hatte die Firmenleitung das wohl getan? Weil sie ihn im Verdacht hatte, genau jene Insidergeschäfte zu betreiben, die er tatsächlich betrieb. Das hieß aber auch, dass sie ihm nichts beweisen konnten. Also lockten sie ihn in eine Falle. Konstruierten, als die Übernahme längst beschlossen war, einen negativen Test, der zu einer Baisse-Spekulation einlud wie ein Anheizer auf der Reeperbahn. »Hereinspaziert, kommen Sie, meine Herren, hier wird richtig gefickt!« Wurtz hatte doch keine Ahnung von der Pharmazie. Und er selber auch nicht.

Koslowski hätte Ahnung gehabt und das Spiel durchschaut ... sein Magen krampfte sich zusammen, als ihm der Name einfiel. Zu allem Übel eigenen Verlusts kam noch die Schmach, dass der widerwärtige Schleimscheißer noch einen Reibach machen würde – durch einen Tipp seines alten Schulkameraden Semmler. Dieser Semmler allerdings würde keinen Reibach machen. Der hatte nämlich über vierzigtausend Euro für eine absolut wertlose Verkaufsoption ausgegeben. Die Option berechtigte ihn, in ein paar Monaten eine bestimmte, große Zahl von Aktien der SILIV-AG an den Herausgeber der Option, eine Bank, zu verkaufen – zu einem bestimmten Kurs. Die Bank müsste ihm die Aktien zu diesem Kurs abnehmen. Für Semmler war das nur dann ein lohnendes Geschäft, wenn er die Aktien, die er noch gar nicht besaß, zu jenem Zeitpunkt in der Zukunft für weniger Geld an der Börse kaufen konnte, als ihm die Bank beim Weiterverkauf dafür zahlen musste. Das funktionierte nur, wenn die Aktie bis dann *gefallen* war. Wenn sie im Wert gleich blieb oder sogar stieg, war die Option wertlos und das Geld, das er für sie bezahlt hatte, verloren. Im Prinzip war es eine Wette. Die Bank wettete, dass die Aktie stieg, Semmler wettete dagegen, dass sie fiel.

Aber die SILIV-Aktie würde nun nicht fallen. Sie würde auch nicht in schwindelnde Höhen steigen. Wahrscheinlich nicht, aber das war schon egal. Der Put war wertlos, er hatte sich verspekuliert.

Er hätte nun im Kopf seinen Verlust bis auf den letzten Euro ausrechnen können. Aber er weigerte sich. Wenn die Summe feststand und nicht nur so ungefähr, würde sie sich in sein Hirn einbrennen wie eine Tätowierung, sie würde ihm immer wieder einfallen. Verluste vergaß er nicht. Es gab bei dieser Sache auch kein Remis, Null zu Null oder wie man das nennen wollte – es gab nur Gewinn oder Verlust, kein realistischer Verlauf konnte ihn »eben« aussteigen lassen; dazu hätte die Aktie »ein bisschen« fallen müssen, um eben soviel Profit abzuwerfen, dass die Transaktionskosten gedeckt waren. Das war sehr unwahrscheinlich.

Ein Wunder. Ein Wunder würde seinen Verlust in einen Gewinn verwandeln. Und er kannte ein sicheres Verfahren, so ein Wunder herbeizuführen.

Er ging in die Küche, machte sich einen Kaffee. Danach ging es ihm besser. Der Gedanke an das Opfer ließ ihn nicht los. War auch in Ordnung, es gab in der Welt der Tatsachen keinen Weg, den Verlust zu vermeiden. Also brauchte er auch nicht über trügerische Rettungsversuche nachzudenken. Der Kopf war frei, sich mit anderem zu befassen, Rettung aus der Welt des Glaubens. So hieß das doch wohl? Die Welt des Glaubens, das Universum … einmal hatte es ja … das Opfer sollte in einem angemessenen Verhältnis zum erbetenen Nutzen stehen. Er versuchte, sich an die Worte der Frau Mießgang zu erinnern. Wie war das gewesen? Über den Opfer-Nutzen-Quotienten hatte sie gar nichts gesagt, den hatte er beim ersten Opfer schlecht gewählt. Was konnte das Universum dafür, dass er ein Feuerzeug für einen Schlüsselbund opferte? Des Menschen Wille ist erstens frei und zweitens sein Himmelreich. Also schön.

Er ging in die Garage. Den Jaguar würde er nicht anbieten. Das wäre dasselbe wie Feuerzeug gegen Schlüsselbund, nur multipliziert mit einer Million oder so … aber den Carina. Schon sieben Jahre alt, ein unauffälliger Wald-und-Wiesen-Liftback, praktisch und unauffällig. Er erinnerte sich, dass Bellmeyer etwas über die Plakette gesagt hatte, der Carina war zur Überprüfung fällig, die dank hervorragender Wartung durch eben denselben Bellmeyer reine Routine darstellte. Um die Autos kümmerte sich das Faktotum wie um das Haus, damit belastete sich Semmler nicht. Er dachte voll Wärme an Bellmeyer.

Er drehte sich um. Er war allein in der Garage. Hinter dem Haus dröhnte der Rasenmäher. Er stellte sich vor den Toyota und sagte nicht laut, aber mit fester Stimme: »Ich opfere diesen Wagen für das Gelingen des SILIV-Deals.«

Er verließ die Garage so rasch, als habe er Angst, sich umzudrehen.

Obwohl sich Semmler in den nächsten Tagen immer wieder sagte, dass Frau Mießgang hochgradig gestört war und ihr Opferritual der übliche Esoterikquatsch, den man in den bunten Taschenbüchern diverser Ratgeber und Lebenshilfereihen nachlesen konnte, erfüllte ihn so etwas wie gespannte Erwartung. Er wollte es sich am Anfang nicht zugeben, dass ein Teil seines Wesens mit jeder Faser nach dem Wunder gierte, während der andere eine Enttäuschung, groß und vernichtend wie ein heranrasender Tsunami, hinter dem Horizont ahnte. Der eine war der kindliche, das andere der erwachsene Semmler. Zum Schmerz des finanziellen Verlustes würde sich der Schmerz der enttäuschten Hoffnung gesellen; sie würden sich nicht addieren, sondern multiplizieren; jetzt wusste er das. Er hätte vorher ein bisschen länger nachdenken und die Sache lassen sollen. Aber er hatte eben nicht nachgedacht. Du hast dich hinreißen lassen. Schuld war der Grappa, den er nicht vertrug. Jetzt galt es, sich um Schadensbegrenzung zu bemühen. Abstand halten. Fliehen. Fliehen war nach seiner Erfahrung eine höchst wirksame Methode, mit Unannehmlichkeiten und Gefahren umzugehen und bei der Allgemeinheit nur deshalb so verpönt, weil die Allgemeinheit sich keine Fluchten leisten konnte, keine richtigen. Semmler konnte sie sich leisten und war bis jetzt gut damit gefahren. Ein paar Tage Urlaub änderten seinen Blick auf die Dinge. Er würde nach Zürich fahren. Das Kunsthaus besuchen, das Landesmuseum, dort ging er immer wieder gern hin.

Er bestellte ein Zimmer in dem Altstadthotel, in dem er immer logierte und unterrichtete Bellmeyer von der Reise.

»Ich bin nicht da«, sagte er, »drei, vier Tage.«

»Überhaupt nicht?«

»Überhaupt nicht.«

Das war ihr Code für absolute Abschottung. Niemand würde wissen, wo er sich aufhielt. Keine Geschäftspartner und erst recht keine Verflossenen. Das Handy ließ Semmler zu Hause. Im alleräußersten Notfall hatte Bellmeyer die Nummer des Hotels, um eine Nachricht zu hinterlegen.

Danach gab Bellmeyer eine Übersicht der Arbeiten, die er in den nächsten Tagen erledigen wollte, Semmler hatte ihn nicht dazu aufgefordert, er hörte sich aber die Rede des Hausmeisters an, ohne ihn zu unterbrechen; Bellmeyer, vom alten Schlag, fühlte sich wohler; es ging nur darum, den Eindruck zu vermeiden, er fröne dem Nichtstun, wenn der Hausherr weg war, wenn er wiederkam, konnte er nachprüfen, was von der Liste erledigt war und was nicht. Die Nordhecke geschnitten, die das dringend nötig hatte, Heizöl gebunkert und den Carina zur Inspektion gebracht. Wenn es den Hausherrn interessierte. Das tat es nicht. Bellmeyer wünschte Semmler eine gute Reise, Semmler wünschte Bellmeyer eine schöne Zeit, dann ging er packen. Nach einer Viertelstunde war er fertig, er reiste mit leichtem Gepäck. Zwei Minuten später fuhr der Jaguar durch das Gittertor.

Semmler ging in Zürich gern spazieren. Er liebte die ruhige … Akkuratesse der Stadt. »Akkurat« war das rechte Wort für Zürich. Es handelte sich nicht darum, dass es sauberer war als anderswo, Sauberkeit konnte man mit Putzen auch anderswo erreichen, nirgendwo aber das Zürichspezifische herbeiputzen, da steckte mehr dahinter … er kam dann nicht darauf, was dahinter steckte, konnte aber Stunden damit verbringen, über solche Dinge nachzudenken, während er durch die Straßen spazierte. Der ganze Finanzkram war dann vergessen.

Am Abend des zweiten Tages kam er müde von einer langen Wanderung am Zürichseeufer ins Hotel zurück. Dass an der Rezeption eine Nachricht lag, berührte ihn unangenehm; so etwas war noch nie vorgekommen. Bellmeyer hatte ausrichten lassen, er soll dringend zurückrufen »wegen dem Geschäft« stand auf dem Zettel.

»Das soll ich unterstreichen«, sagte der Rezeptionist mit gepflegtem Züridütschakzent, »hat mir der Herr …«, er schaute kurz auf den Zettel, »… der Herr Bellmeyer aufgetragen – und wörtlich ausrichten.« Wegen dem Geschäft. Semmler bedankte sich und ließ sich gleich mit Bellmeyer verbinden. Der war sehr aufgeregt.

»Es ist nämlich so«, begann er, »es ist jemand da gewesen …«

»Wer?«

»Er hat gesagt, das soll ich nicht sagen, Sie wissen eh, wer, hat er gesagt, und dann hat er noch gesagt, ich soll Sie sofort anrufen und Ihnen mitteilen, Sie sollen ihn anrufen wegen dem Verein, es ist sehr wichtig, es ist eine … Moment … dramatische Situation eingetreten. Das hat er gesagt.«

Semmler bedankte sich. Typisch Wurtz, das ganze Theater. Wurtz meldete sich gleich. Ließ Semmler nicht zu Wort kommen. »Lies die Zeitung«, sagte er, »die gestrige. Egal welche. Ciao!« Er legte auf. Wenn Wurtz die mediterrane Partikel »Ciao« verwendete, befand er sich in mediterran heiterer Stimmung, heiterer ging es bei ihm nicht, er hätte dann lachen müssen, was er niemals tat. Die NZZ vom Vortag war noch da, Semmler musste auch nicht lang suchen, denn die Nachricht war auch und besonders für Schweizer Leser von Bedeutung, für die meisten von übler: Der bekannte deutsche Finanzier Dr. Michael Harlander war mit seiner Cessna auf dem Flug von Zürich nach Innsbruck tödlich verunglückt. Die Absturzstelle lag in Österreich im Gebiet der Lechtaler Alpen in zweitausendeinhundert Meter Seehöhe in schwer zugänglichem Gelände. Augenzeugen hatten beobachtet, wie eine einmotorige Maschine ohne ersichtlichen Grund gegen einen Berghang prallte, wobei sie völlig zerstört wurde. Auffällig ist auch die starke Südabweichung vom Kurs, der Funkverkehr verlief routinemäßig und gab keine Aufschlüsse auf besondere Vorkommnisse …

Der Artikel war nicht lang und enthielt außer den ebenso spärlichen wie dürren Tatsachen Reaktionen aus der Finanzwelt und eine kurze Schilderung des Harlanderimperiums; das wusste Semmler alles, diesen Teil hätte er selber schreiben können. Eine halbe Seite, genügen würde aber ein einziger Satz.

Mit dem Harlander-Imperium war es aus.

In diesem Augenblick spürte er, wie ihm das Herz bis in den Hals schlug. Die Knie fühlten sich an wie Gummi. Er setzte sich in einen der tiefen Fauteuils der Hotelhalle und atmete tief durch. Hieß es nicht immer, man müsse tief durchatmen, wenn … ja wenn was? Daran konnte er sich nicht erinnern. Er wurde ruhiger. Auch ein freudiger Schock, begriff er, ist ein Schock. Vielleicht war das tiefe Durchatmen auch falsch, gab es nicht so etwas wie Hyperventilation? Dann müsste man eine Weile in einen Plastiksack atmen, das hatte er doch im Fernsehen … er zwang sich, den Artikel noch einmal zu lesen. Kein Zweifel. Das war die »Neue Zürcher Zeitung«, also zeitungsmäßig wie die Bibel. Wenn es hier stand, dann war es so: Michael Harlander hatte sein verrottetes Hirn und stinkendes Gedärm über eine ostalpine Felswand verspritzt, Platsch! So stand es natürlich nicht in der »NZZ«, aber es kam aufs Gleiche heraus. Harlander war tot. Harlander war tot.

Er bat den Rezeptionisten um die aktuelle Zeitung und schlug die Börsenseiten auf. Die Sache war sogar einen

Kommentar wert: »Harlander im freien Fall«. Wie passend! Semmler lachte laut auf.

Die komplizierte Struktur des Harlander-Imperiums aus Firmenverflechtungen und Beteiligungen hatte, wie beabsichtigt, die Folge, dass Michael Harlander nicht mehr Steuern zahlte als ein mittelständischer Schreinermeister mit vier Gesellen. Ein Unternehmen dieser Art zu führen verstand aber nur eine einzige Person, Harlander selbst. Die persönlichen Verhältnisse waren fast ebenso kompliziert wie seine Firma, Semmler wusste von mindestens drei Ehefrauen, alle mit Nachkommenschaft, alle verbunden durch heftige gegenseitige Antipathie. Der Streit ums Erbe hatte begonnen, noch ehe Harlanders sterbliche Überreste von der Absturzstelle ins Tal geschafft worden waren. Man würde das alles in den kommenden Wochen, Monaten, vielleicht Jahren nachlesen können. Um diese Umstände wusste nicht nur Semmler, sondern jeder, den es auch nur am Rande anging; mit Harlanders Tod brach alles zusammen. Die Erben würden sich streiten, an eine normale Geschäftstätigkeit war nicht zu denken, Harlander hatte für sein Unternehmen eine abartig komplizierte Gesellschaftskonstruktion gewählt, die auf ihn zugeschnitten war und nach seinem Ausscheiden funktionieren konnte, wenn alle Erben sich einig waren. Dass dies nie der Fall sein würde, hatte ein Unternehmensberater, an dessen Namen sich Semmler nicht erinnern konnte, vor Jahren bei einem Sparkassenseminar erklärt; Harlander sei in diesem Punkt von einer Art Blindheit geschlagen. Oder als ob er wolle, dass nach seinem Tod alles zusammenbreche.

Zumindest war das Unternehmen paralysiert und die Übernahme der SILIV AG kein Thema mehr. So wenig

Thema, dass der Name SILIV in den einschlägigen Berichten gar nicht auftauchte, er stand nur in winziger Schrift auf den Börsenseiten, gefolgt von einem fetten Minus.

Semmler verließ die Lobby, er schwankte ein wenig, als ob er ein Glas zuviel getrunken hätte, der Boden fühlte sich weich an, nicht der dickflorige Läufer auf dem Flur, sondern der Boden selbst. In seinem Zimmer fiel er auf die Knie, stützte die Arme auf den Bettrand, faltete die Hände und schickte inniges Dankesgestammel zum Universum hinauf, das er jenseits der Zimmerdecke vermutete, die in ihrem makellosen Weiß, wie in einem Zürcher Innenstadthotel üblich, allerdings nichts Transzendentes vermuten ließ.

Danach plünderte er die Minibar und betrank sich. Dieses Zimmer war das schönste der Welt; er hatte keine Lust, es zu verlassen.

Koslowski tappte in einem weichen Nebel durch die Gegend. Der Nebel war für andere Menschen nicht vorhanden, bei ihm selbst pharmakologisch induziert; er hatte Pillen genommen. Sie erleichterten das Leben, falsch: sie machten das Leben überhaupt erst erträglich. Koslowski stand den ganzen Tag in der Firma, er begann seinen Tag nicht mit dem Studium der Börsenseiten, sondern mit Fachliteratur, deren Lektüre anstand. Oder er las Laborprotokolle. Er war im produktiven Gewerbe; für die Gewohnheiten eines professionellen Dealers hatte er keine Zeit und wusste das auch, das Geldmachen war eine Arbeit, die ihre Ressourcen forderte. Darum war er über Semmlers Tipp so froh gewesen, der würde ihn von der Klein-Klein-Feierabend Dealerei befreien. Nach dem Aktienkauf hatte er die Entwicklung in der Zeitung verfolgt, aber nur die Entwicklung der SILIV-Aktie. Was sonst noch auf den Wirtschaftsseiten der Zeitung stand, überflog er nicht einmal, dazu war keine Zeit. Die Aktie stieg, das genügte ihm. Semmler besaß echte Insiderinformationen. Er dachte in diesen Tagen voll Wärme an seinen Schulfreund.

Und dann war im Labor eine leichte Krise ausgebrochen, mit der Gaschromatographie stimmte etwas nicht, solche Krisen gab es regelmäßig, sie zu bewältigen forderte die Konzentration der Fähigen, die leider dünn gesät waren. In Koslowskis Abteilung gab es nur einen, Koslowski selbst. Die Krise wurde an einem langen Überstundenabend bewältigt; Koslowski hatte in dieser Zeit für etwas anderes weder Auge noch Ohr. Während die Gaschromatographie dank der ingeniösen Fähigkeiten des Abteilungsleiters Dr. Koslowski wieder auf die Reihe kam, ging der Kurs der SILIV-Aktie von einer Abwärtsbewegung in den freien Fall über. Am Ende der Woche hatte Koslowski fast alles verloren. Er erfuhr es von Baumann, der aus dem Krankenhaus zurück war. Das Depot habe stark abgenommen, sagte Baumann, er empfehle nun, die Aktien zu behalten, vielleicht ergebe sich etwas mit einer Auffanggesellschaft … Koslowski hatte keine Ahnung, wovon die Rede war, und wurde aufgeklärt. Es entspann sich am Telefon eine heftige Debatte; heftig von Seiten Koslowskis, ruhig von Baumann geführt, der sich bemühte, seinen Kunden von sinnlosen Aktivitäten abzuhalten. Anzeigen bei der Staatsanwaltschaft, Leserbriefe, Anrufe beim Fernsehen.

Das Geld war weg. Koslowskis Ersparnisse. Als er das begriffen hatte, tat Koslowski etwas Seltsames: Er sagte alles seiner Frau; gleich am Abend dieses Tages nach der Rückkehr aus der Arbeit. Und Ursula sagte nichts. Denn der Koslowski, der ihr am Abendbrottisch gegenübersaß, war nicht der gewohnte. Er sah sie nämlich ruhig an bei seiner Erzählung, suchte Blickkontakt, während er früher ihrem Blick stets ausgewichen war. Am Anfang kaum merkbar, hatte sich diese irritierende Angewohnheit im Lauf der Jahre verstärkt. Jetzt war sie nicht darauf vorbereitet, angestarrt zu werden, es kam ihr verrückt vor, Koslowski kam ihr verrückt vor, er ist verrückt, dachte sie, verrückt geworden, ich hätte es merken müssen, wieso hab ich das bloß nicht gemerkt? Man wird doch nicht von einem Tag auf den anderen so … so … dass man hingeht und alles Geld verzockt, das man hat? Koslowski erzählte.

»Er hat es absichtlich getan«, sagte er. Sprach ruhig, fast ein wenig zu leise, aber mit jener gewissen Eindringlichkeit, die das Gegenüber zwingt, die Ohren zu spitzen. »Du musst verstehen: Semmler ist in diesen Kreisen zu Hause, der tut den ganzen Tag nichts anderes, als die geheimen Kanäle abzuhorchen …«

Was für Kanäle? dachte Ursula Koslowski. Sie schnitt die saure Sulz auf ihrem Abendbrotteller in kleine Quadrate, alle gleich groß, um ihn nicht ansehen zu müssen. Kooperation, dachte sie, Kooperation, nicht widersprechen!

»Du hast immer soviel von Semmler gehalten«, sagte sie.

»Allerdings, da hast du recht, ich hab ihn sogar bewundert, ich gebe es zu, schon in der Schule. Der Reichtum, das große Haus … sein alter Herr war eine beeindruckende Persönlichkeit … wie deiner!«

Sie blickte auf. Sein Blick war freundlich, nur etwas starr. Sie ließ sich nicht täuschen: Dass er etwas Gutes über ihren Vater sagte, bewies ihr die Persönlichkeitsveränderung mehr als der finanzielle Irrsinn. Ihr Mann war krank. Sie begann zu essen. Er auch. Zwischen den Bissen sprach er weiter.

»Er hat also vom Zusammenbruch der SILIV AG gewusst. Trotzdem hat er mir den Tipp gegeben, diese Aktien zu kaufen. Warum? Ich frage dich, warum?« Die Lautstärke der letzten Frage ließ es günstig erscheinen, zu antworten.

»Er will dir schaden«, sagte sie.

»Ja«, sagte er, »da hast du recht. Er will mir schaden. Aber ich werde ihm auch schaden.«

Danach verfiel Koslowski in ein brütendes Schweigen, das Ursula nicht zu unterbrechen wagte. Er aß langsamer als sonst, starrte auf den Teller, auf den Brotkorb, sogar auf den Pfefferstreuer. Aus irgendeinem Grund empfand sie das als besonders beängstigend.

Als er fertig gegessen hatte, sagte er: »Ich bin müde. Ich geh ins Bett.« Er stand auf. Das wäre ihm früher nie in den Sinn gekommen, ihre Gemeinsamkeit so zu zerstören, indem er aus eigenem Recht ohne Rücksicht auf seine Frau die Tafel aufhob. Gut, sie war vor ihm fertig, aber bis jetzt waren sie eine Familie gewesen, die gemeinsame Mahlzeiten einnahm. Dass Karin manchmal bei Freundinnen übernachtete, änderte daran nichts; alles dies blieb unter Ursulas Kontrolle, sie kannte diese Freundinnen, alles gute Familien. Das Aufgeben der gemeinsamen Mahlzeiten war ein Zeichen des sozialen Abstiegs. Bei den Proleten nahm sich jeder ein Stück Pizza und fläzte sich damit vor den Fernseher, das kam nicht in Frage.

Ihr Mann hatte alle Ersparnisse verzockt wie ein Möchtegernspekulant. Fast zweihunderttausend Euro. Aber bei diesem Abendessen störte sie sein rücksichtsloses Aufstehen viel mehr. An diesem Abend, erkannte sie später, hatte es diesen feinen Riss gegeben, der sich schnell verlängern und verbreitern würde.

Er wünschte ihr eine gute Nacht und ging. Sie hörte ihn oben herumrumoren, dann war es still. Als sie nach einer halben Stunde nachschaute, lag er auf dem Rücken im Ehebett und schlief. Der Atem ging ruhig. Sie zog die Schlafzimmertür zu. Sie konnte sich nicht erinnern, wann er das letzte Mal allein ins Bett gegangen war, er liebte es, den Beginn der Nachtruhe zu zelebrieren, es gab verschiedene Rituale, die sie nicht alle anziehend fand … aber damit war es wohl vorbei. Sie hatte ihren Mann verloren, vielleicht nicht an den Wahnsinn, vielleicht würde er im engen psychiatrischen Sinn keinen »Jagdschein« erhalten. Verrückt war er trotzdem. Und fremd. Zunächst war es entsetzlich. Sie hockte in der Küche und weinte vor sich hin. Dann machte sie sich eine Tasse heiße Milch mit Honig und Rum, wie immer beruhigte sie das Getränk. Ursula besaß ein positives Naturell. Ihre Freundin Angelika kam ihr in den Sinn, die eben eine komplizierte Scheidung von einem Anwalt hinter sich gebracht hatte. Mit finanziellem Erfolg. Das Schlimmste, sagte Angelika, ist die langsame Entfernung der Partner voneinander. Am Ende habe sie sich gefragt, was an diesem Mann sie jemals liebenswert oder auch nur anziehend gefunden hatte. Das sei furchtbar, sagte sie, sich das fragen zu müssen, weil sie vor sich selbst als größte Idiotin der Welt da gestanden sei, reingefallen auf einen Typen, dem das Wort »Versager« mit großen Blockbuchstaben auf die Stirn tätowiert war. Da habe sie erst gemerkt, wie sehr ihr Selbstbewusstsein von der Fähigkeit abhänge, Männer richtig einzuschätzen; ganz konfus sei sie eben geworden, weil die Veränderungen am Mann so langsam vor sich gingen. Wenn er sich dagegen plötzlich vom Prinzen zum Widerling wandle – dann wäre ihr Urteilsvermögen rehabilitiert, und sie als Frau auch!

Ursula hatte nicht viel dazu gesagt. Jetzt fand sie sich in der von Angelika positiv eingeschätzten Lage. Ihr Mann war nicht allmählich zu einem Narren geworden, sondern mit einem Schlag. Das war also nicht mehr der Mann, den sie geheiratet hatte, auch ihr Vater konnte ihr nicht vorhalten »das hab ich ja gleich gewusst!« Quatsch. Das hatte er eben nicht gewusst und nicht wissen können, genausowenig wie sie selbst oder sonst jemand auf Gottes Erdboden.

Sie hatte keinen Fehler gemacht. Nur entsetzliches Pech gehabt. Damit würde sie fertig werden. Sie trug als Ehefrau, Lebenspartnerin, Mutter – keine Schuld.

Bellmeyer war Frühaufsteher. Die Werkstatt öffnete um halb acht, um sieben fuhr er den Carina schon aus dem Tor, obwohl es bis zu »Toyota Ellensohn« keine fünfhundert Meter waren; er konnte nicht anders. Semmler hatte angerufen, er werde seinen Kurzurlaub ein paar Tage ausdehnen, Bellmeyer war es recht, er hatte einen Haufen Arbeit vor sich, am dringendsten war der Carina, irgendwas mit der Kraftstoffverteilung stimmte nicht, in dem Auto roch es immer leicht nach Benzin.

Auch Koslowski war zu früher Stunde unterwegs. Er wollte ins Baywa-Center, um Gartenerde und Rindenmulch zu besorgen. Koslowski fuhr ebenfalls einen Toyota, einen zehn Jahre alten Hilux Pickup, an dem er sehr hing. Jenes Modell, das von Aufständischen in aller Welt als ideale Plattform für die zwei Zentimeter Flak geschätzt wurde, ein klassischer Offroader, Doppelkabine mit Vierradantrieb, Untersetzung und Differentialsperre, die Koslowski nur im Winter einsetzte, um von zugeschneiten Parkplätzen weg zu kommen – die er allerdings genau so aussuchte, dass die besonderen Fähigkeiten seines Autos beim Wegfahren gefordert sein würden. Mehr »Gelände« gab es nicht. Koslowski plante seit Jahren einen richtigen Track quer durch die Sahara nach Mali, was bis jetzt am hinhaltenden Widerstand seiner Frau gescheitert war. Koslowski kannte die Wüste (mehr den tunesischen Rand) und bildete sich ein, dort jene Ruhe zu finden, nach der er sich sehnte. Er hätte diesen Trip schon lang machen können, wenn Ursula nicht so hohe Sicherheitsforderungen gestellt hätte. Ausgerechnet Afrika! Wer seine fünf Sinne beisammen hatte, mied den schwarzen Kontinent. Stichwort Seuchen, Stichwort Entführungen. Was wurde aus seiner Familie, wenn er auf dem Trip umkam? Karins Ausbildung musste bezahlt werden, und, sie sage das frank und frei, ein gewisser Lebensstil aufrechterhalten – kaum möglich, wenn er sie nun zur Witwe mache; hunderttausend auf dem Sparbauch sei da nichts. Natürlich: das Problem ließe sich umgehen, wenn Frau und Tochter einfach mitführen und folgerichtig mit umkämen – aber bei aller Liebe – den Gefallen würden sie ihm nicht tun!

Mit dieser Wendung ins bemüht Scherzhafte schnitt sie ihm die Argumentation ab; wenn die Sache so weit gediehen war, konnte er auch den Abschluss einer hohen Lebensversicherung nicht mehr vorschlagen, ohne sie in einen hysterischen Ausbruch zu treiben.

Nun würde er nicht in Afrika umkommen, die Gelegenheit dazu hatte er verspielt, Mali war von einer realen Utopie, die sich prinzipiell hätte verwirklichen lassen, zu einer irrealen geworden; das einzig handfeste Verbliebene war sein gelber Hilux, mit dem er nun auf den brettebenen, geteerten, nicht einen Hauch von Wüstensand oder sonst ein Traktionshemmnis aufweisenden Straßen von Dornbirn herumfuhr; die Ladefläche nicht mit Wasser- und Dieselkanistern beladen, sondern mit »Vorasol«, einem hervorragenden organischen Dünger, der aus dem ausgefaulten Schlamm der örtlichen Abwasserreinigungsanlage hergestellt wurde.

Als er in die Riedgasse einbog, sah er Semmlers Carina vor sich. Der fuhr in Richtung Bahn. Koslowski folgte. Er konnte nicht erkennen, wer am Steuer saß, dachte auch nicht darüber nach. Für ihn war es Semmler. An das Folgende konnte sich Koslowski nie erinnern, nur noch an einen einzigen Gedanken: schade, dass es nicht der Jaguar ist. Aber davon erzählte er nichts. Nicht dem Arzt, der bei ihm war, als er wieder zu Bewusstsein kam, nicht der Polizei. Schade, dass es nicht der Jaguar ist.

Ein Zeuge sagte aus, er habe einen lauten Knall gehört, sich umgedreht und gesehen, wie der »gelbe Jeep auf dem Kombi draufgepickt« sei. Und der Kombi sei »kürzer« gewesen. Die Polizei bestätigte das, der Carina war einen halben Meter verkürzt und total, der Hilux unwesentlich beschädigt. Mit den Insassen verhielt es sich umgekehrt. Bellmeyer kam mit dem Schrecken davon, weil er angegurtet war und die ergonomisch konstruierte Kopfstütze eine Peitschenhiebverletzung verhinderte. Koslowski hatte sich nicht angegurtet, flog nach vorn aufs Lenkrad, wodurch zwei Rippen angebrochen wurden, und dann mit dem Kopf gegen die Frontscheibe, was zu einer schweren Gehirnerschütterung bei ihm und bei der Scheibe zum Bruch führte. Bremsspuren fand die Polizei keine, schätzte die Aufprallgeschwindigkeit des Hilux auf mindestens vierzig km/h. Koslowski war auf Bellmeyer aufgefahren, der an der Einmündung in die Dr. Anton Schneider Straße angehalten hatte, um den Querverkehr vorbeizulassen. Den gab es zwar nicht (was ein Glück war, denn Koslowski schob den Kombi bis zur Mitte der Querstraße), aber Bellmeyer war ein vorsichtiger Fahrer vom alten Schlag und hielt öfter und länger an als jüngere Verkehrsteilnehmer dies für nötig erachten. In diesem Fall wäre eine etwas zügigere Fahrweise von großem Nutzen gewesen; der zuständige Psychologe mutmaßte, Koslowski hätte dann den Wagen Bellmeyers verfehlt und wäre quer über die Dr. Anton Schneider Straße in einen Maschendrahtzaun gefahren, der das Bahn- vom Straßengelände trennte und sogar beim Durchstoßen dieses Hindernisses in einem Graben gelandet, aus dem erst der Bahndamm sich erhob; kurz: aufs Gleis und damit in große Gefahr wäre er nicht gekommen. So wären Koslowski zwar nicht seine Verletzungen, Bellmeyer aber der Schock, von hinten gerammt zu werden, erspart geblieben. Denn Koslowski, so führte er weiter aus, sei in einem Zustand »hochgradiger Absenz«, wie er mit Anfallsleiden einhergehe, einfach stur geradeaus gefahren, »ohne auf die Erfordernisse des Straßenverkehrs angemessen reagieren zu können«. Diese Einschätzung war für Koslowski fatal, so dass er später bedauerte, *nicht* vor Fahrtantritt an jenem Morgen ein paar Obstler gekippt zu haben. Dann wäre der Führerschein zwar auch weg gewesen, der ganze Rattenschwanz mit Nachschulung und Psychotest hätte sich auch nicht vermeiden lassen, wohl aber das Getuschel in seiner Firma. Besoffen Autofahren und einen Unfall bauen, wenn man eben zweihunderttausend an der Börse verzockt hat, ist eine gute, verständliche Geschichte. Aber ohne Alkohol einen Unfall verursachen, wenn man eben zweihunderttausend verzockt hat, bedeutet, dass man einen Knacks weg hat, der eben nicht beim Nüchternwerden verschwindet, sondern auf eine tiefliegende Störung hinweist, die an der Fähigkeit des Betroffenen, die Aufgaben eines Abteilungsleiters in einem Chemiebetrieb verantwortlich zu meistern, erhebliche Zweifel aufkommen lässt, und so weiter und so fort; Koslowski hat man das auf den Kopf auch so zugesagt. Die große Umstrukturierung, von der seit zwei Jahren gesprochen wurde, hätte ihn nicht unbedingt die Stelle gekostet, aber diese Psychokiste hat die Sache dann für den Personalchef doch vereinfacht.

Koslowski bekam, in Relation zu dem, was in seiner Firma üblich war, eine sehr anständige Abfindung.

Als Semmler zwei Tage später aus seinem Kurzurlaub zurückkehrte, lagen diese Entwicklungen noch im Schoße der Zukunft; die Gegenwart stand unter dem Schock der Ereignisse. Bellmeyer, bis dato vierzig Jahre unfallfrei gefahren, sowieso, obwohl man ihn schon am nächsten Tag aus dem Spital entlassen hatte. Er litt an nichts außer dem typischen Schleudertrauma, doch er war danach nicht mehr der Alte. Er wurde nachlässig. Zum Beispiel vergaß er, Semmler zu informieren. Der dachte, als er beim Einbiegen in die Garage den leeren Platz sah, der Carina sei noch in der Werkstatt. Auf dem Weg ins Haus überlegte er die Neuanschaffung eines Gebrauchsautos für Bellmeyer; mit dem Toyota jetzt herumzudoktern, kam nicht in Frage, er hatte ihn viel zu lang behalten, aber so ist das mit manchen Autos, sie halten und halten und mit einem Mal bricht alles gleichzeitig zusammen, sie altern mit einem Schlag … und mit manchen Menschen, schoss es ihm durch den Kopf, als er Bellmeyer im Flur erblickte, ist es genau so. Bellmeyers weiße Haare, sonst mit einem stark riechenden Gel an den Schädel geklatscht, standen in struppigen Büscheln vom Kopf ab, um den Hals trug er eine röhrenförmige Plastikhalterung, an den Beinen eine ausgebeulte Cordhose, die Semmler noch nie an ihm gesehen hatte. Es war kein schöner Anblick. Die Hose nicht, das Hemd nicht, das an der Seite heraushing, Bellmeyers Haare nicht, der ganze Bellmeyer nicht.

»Unfall«, sagte Bellmeyer mit dumpfer Stimme. Dann rülpste er. Im Flur roch es nach Schnaps.

»Mit dem Carina?«

»Totalschaden, einer ist mir …«

»Um Gottes Willen, sind Sie verletzt? Wann ist das passiert?«

»Vor zwei Tagen in der Riedgasse. Aber ich kann nichts dafür, so ein Idiot ist mir drauf gefahren. Das Auto ist Schrott.« Ohne Vorzeichen begann Bellmeyer zu weinen, wozu er neigte, wenn er Alkohol getrunken hatte, was Semmler nicht wissen konnte, da es Bellmeyer bisher stets vermieden hatte, sich gehen zu lassen. Bellmeyer erschreckte ihn. Er bat den Hausmeister, sich im Wohnzimmer hinzusetzen und machte Kaffee. Bellmeyer beruhigte sich, er sei mit den Nerven hinüber, total, sagte er, er sei einfach zu alt. Semmler servierte den Kaffee und widersprach, vierundsechzig sei doch nicht alt, in Schweden seien die meisten Männer in diesem Alter auch noch im Beruf, er solle sich nicht kränker machen, als er sei … Bellmeyer vernahm diese Worte mit Wohlwollen, seit dem Tod seiner Frau vor zehn Jahren lebte der Kinderlose nur für die Arbeit im Semmlerschen Haushalt. Bezüglich der Pension hegte er die heimliche Furcht, dass er sich nach zwei Wochen aufhängen werde, sicher aber nach drei, davon sprach er nie. Semmler fürchtete, ebenso unausgesprochen, Bellmeyer nicht ersetzen zu können; was er von den Personalquerelen im Bekanntenkreis mitbekam, ließ ihn das Schlimmste annehmen.

»Entschuldigen Sie die Heulerei, Herr Magister, das sind nur die Nachwirkungen, haben sie im Krankenhaus gesagt, das gibt sich wieder. Der andere ist viel übler dran ...«

»Der andere ...?«

»Der in dem Jeep. Der mich gerammt hat.«

»Ach so.« Den gab es ja auch noch. Kam da unerfreulich Juristisches auf ihn zu? Bellmeyer zerstreute die Befürchtungen.

»Der war natürlich schuld. Angezeigt hat uns die Polizei beide. Weil wir beide verletzt worden sind, verstehen Sie? Wenn einer bei einem Unfall verletzt wird, macht die Polizei Anzeige gegen den anderen beim Bezirksanwalt ...«

»Aber Sie sind doch nicht schuld, Herr Bellmeyer, wenn der andere Sie gerammt hat!«

»Macht nix, ist so Vorschrift und gibt ein Verfahren, aber davor hab ich keine Angst, die haben gesagt, die Sache ist klar, der andere ist schuld ... obwohl er nicht besoffen war. Die glauben, der ist ...«, Bellmeyer beschrieb mit der flachen Hand zwei Kreise vor seiner Stirn ...«, der ist geistig irgendwie ... durchgedreht, war vorher ganz normal ...«

»Woher wissen Sie das?«

»Im Verein ist ... jemand vom Spital.« Bellmeyer war Mitglied mehrerer Vereine, Semmler verzichtete darauf, der undichten Stelle nachzugehen. In diesem Land gab es eben Leute, die alles wussten und alles weiter erzählten.

»Aber was heißt schon normal«, fuhr der Hausmeister fort, »es muss jedenfalls ein ziemlicher Idiot sein, der hat auf einen Schlag einen Haufen Geld verloren.«

Semmler setzte sich. Es war, als ob man an einem trügerisch sonnigen Herbsttag Fenster und Türen öffnen würde, die Temperatur im Raum schien zu fallen.

»Wie denn?«, fragte Semmler. »Geld verloren, meine ich.« Seine Stimme klang brüchig, er räusperte sich, aber davon ging es nicht weg.

»Ach, ich kenn mich da nicht aus. An der Börse, sagen sie. Irgendwas mit Aktien.«

Der Herbstwind strömte durchs Zimmer. Kalt.

»Wie heißt er denn?« Semmler erkannte die eigene Stimme nicht. So klein, so verzagt. Sein Gegenüber schien nichts zu merken.

»Koslowski, glaub ich … ja, Koslowski.«

Das Schweigen, das sich nun aufs Wohnzimmer senkte, war dicht wie Schnee. Bellmeyer, sonst feineren Stimmungen unzugänglich, spürte die Veränderung der Atmosphäre und dass er gut beraten wäre, sich zurückzuziehen. Das tat er mit der Aufzählung von Erledigungen, die er nun trotz Krankenstand unbedingt … Semmler murmelte Dankesworte, stellte die Anschaffung eines Allradautos als Zweitwagen in Aussicht, darüber müssten sie gleich morgen reden, nur jetzt … Bellmeyer ging.

Ich opfere diesen Wagen für das Gelingen des SILIV-Deals.

Das hatte sehr gut funktioniert, da konnte man nichts sagen. Der SILIV-Deal war in letzter Minute gelungen, der Wagen kaputt.

Er saß auf der Couch in seinem Büro, die Füße von sich gestreckt, ließ den Kopf in den Nacken fallen und schaute zur Zimmerdecke. Ein paar feine Risse, es müsste längst neu ausgemalt werden. Ob Bellmeyer … ach was! Trivialitäten.

Das Universum. Dem verdankte er das. Dort oben war es also. Jenseits der Decke. Aber das Universum sei gar nicht der Sternenhimmel, hatte er irgendwo gelesen, sondern überall, alles gehörte dazu, die Sonne, die Planeten, jeder Ort und jede Zeit, diese Stunde und dieser Raum, sogar die Zimmerdecke. Sogar die Risse im Anstrich. Alles Seiende hatte sein Opfer angenommen. Zwar: das mit Harlander war schon unschön. Die unerklärliche Abweichung vom Kurs, der Unfall am helllichten Tag, da war die Opferseite mit Koslowski läppisch. Wie nannte man das? Kollateralschäden.

Er hatte bis zu diesem Zeitpunkt die Methode Mießgang vergessen. Jetzt funktionierte sie schon zum zweiten Mal. Das warf moralische Fragen auf, dafür war er empfindlich, auch wenn das niemand, so dachte er, bei ihm vermuten würde. Aber er gehörte eben nicht zu den Menschen, die ihre Moral wie eine Fahne vor sich hertragen. War er schuld an Harlanders Tod, an Koslowskis Verletzung? Das hätte er gern mit jemandem besprochen, doch er kannte keinen Menschen, mit dem das möglich gewesen wäre. Er war wie immer auf sich selbst angewiesen. Die Sache erforderte genaues Nachdenken, dazu war jetzt keine Zeit. Gott sei Dank wusste er, was jetzt, in dieser Stunde zu tun war. Er musste Koslowski im Spital besuchen. Anteilnahme zeigen. Die Sache erklären. Er konnte sich denken, wie das gelaufen war. Koslowski war ein Hohlkopf. Das würde er ihm auch sagen. Von Schulfreund zu Schulfreund. Aber an Koslowskis Dummheit war er nicht schuld.

3 Koslowski sagte nichts und starrte Semmler an wie eine Erscheinung. Semmler störte das nicht, starren konnte er auch. Er zog sich einen Stuhl ans Bett. Den Riesenblumenstrauß hatte er in eine Vase verpflanzt, am Fenster standen schon drei, seiner war der größte, wie er nicht ohne Befriedigung feststellte. Dass es in Koslowskis Krankenzimmer überhaupt Blumen gab, wunderte ihn, ein Strauß ging aufs Konto seiner Frau, schön und gut, aber die anderen? Koslowski schien mehr Anhang zu haben, als er ihm zugetraut hatte …

»Was willst du hier?«, unterbrach Koslowski den Gedankengang.

Semmler antwortete nicht, er musterte den Kranken. Koslowski war blass, der weiße Kopfverband unterstrich die bleiche Gesichtsfarbe. Er sieht geschminkt aus, dachte Semmler, wie ein Statist in einem Kriegsfilm, Typus »schwerverwundet«. Übertrieben.

»Wie geht's dir?«, fragte er.

»Du bist gekommen, um rauszukriegen, wie's mir geht?«

»Auch.«

»Also gut. Beschissen geht's mir. Siehst du ja. Und weswegen noch?«

»Weswegen noch was …?«

»… du hier bist. Du hast gesagt ›auch‹.«

»Um mich zu entschuldigen. Wegen des Tipps …«

Koslowski richtete sich halb auf, verzog das Gesicht. Das mussten die angebrochenen Rippen sein.

»Du tust – was? Du entschuldigst dich? Weil du mir auf den Fuß getreten bist? Ach, entschuldige, war keine Absicht! In diesem Sinn? – Du hast vielleicht Nerven!«

Er ließ sich zurückfallen, stöhnte auf. »Hau bloß ab! Und nimm deine Scheißblumen wieder mit!«

Semmler lächelte. »Ich entschuldige mich nicht für den Tipp. Sondern dafür, dass ich von meinen Grundsätzen abgewichen bin und dir überhaupt einen gegeben habe. Das hätte ich nicht tun sollen …«

»… nein, das wäre besser gewesen. Dein Tipp hat mich … ach, lassen wir das. Geh jetzt!«

»Nein, ich will diese Sache aufklären. Du scheinst zu glauben, ich hab dir absichtlich falsch geraten …«

»Nein, ich scheine das nicht zu glauben, und ich glaub's auch nicht – ich weiß es!«

»Einen Scheißdreck weißt du!« Semmler stand auf, beugte sich über Koslowski. »Bin ich Hellseher oder was? Woher soll ich wissen, dass dieser Harlander gegen einen Berg fliegt?«

»Welcher Harlander?«

Semmler starrte den Schulfreund mit offenem Mund an. »Ehrlich, du weißt das nicht?«

»Ich hab mich einfach auf dich verlassen …« Er klang nicht mehr so wütend. Semmler hörte die Verunsicherung heraus, den ersten Riss im Panzer rechtschaffener Empörung. Es ist beschämend, dachte er, was ich hier mache. Viel zu einfach. Wie einem Vierjährigen das Eis wegzunehmen. Laut sagte er: »Harlander, du Christkind, war der Typ mit der Übernahme – ich hab dir doch von der Übernahme erzählt, hast du das vergessen?«

»Nein, nein, ich hab nur …«

»Das – war – der – Tipp! Die Aktien hätten steigen sollen. Und sind ja auch gestiegen. Und dann setzt sich das Arschloch ins Flugzeug und stürzt im Ötztal ab! Und mit der Übernahme …«

»… war's aus, schon klar. Aber diese SILIV AG hatte doch Schwierigkeiten, davon hast du nichts gesagt …«

»Koslowski, nun überleg doch! Nur zwei Sekunden! Wenn die keine Probleme gehabt hätten, wär die Aktie nicht so billig gewesen – dann hätte sie durch die Übernahme auch nicht weit steigen können, oder? Und man hätte nicht viel verdienen können …«

»… jetzt hab ich jedenfalls verloren …«

»Wie viel denn?«

»Zwanzigtausend, so um den Dreh.« Das kam viel zu schnell. Sein Problem ist, dass er nicht lügen kann, dachte Semmler. Man sieht es ihm an. Und mein Problem ist, dass ich es zu gut kann.

»Wegen zwanzigtausend machst du so einen Bohei? Was glaubst du denn, was mich der Absturz gekostet hat?«

»Keine Ahnung … hunderttausend?«

Semmler lachte auf, setzte eine ernste Miene auf. »Eine runde Million.« Das hatte er mit leiser und gebrochener Stimme gesagt. Laientheater, viel zu outriert, aber bei diesem Publikum …

»Du machst Witze!«

»Leider nein. Finanzderivate, verstehst du? Komplizierte Sache, Puts und Calls, Strangles und Straddles, Hebelwirkung … nur mit Aktien kannst du so eine Summe nicht in den Sand setzen.«

»Aber warum …?«

»Weil ich ein Arsch mit Ohren bin. Genau wie du!«

Koslowski lächelte. Nicht wegen der Bemerkung Semmlers. Hinter dem hatte jemand den Raum betreten. Semmler drehte sich um.

»Wie geht's dir?«, fragte die Frau, trat an Semmler vorbei ans Bett.

»Das ist Semmler«, sagte Koslowski, »ich hab dir von ihm erzählt.« Ihr Blick war kalt und ruhig.

»Ja, das hast du«, sagte sie. »Mehr als einmal.«

»Ich hatte schon Gelegenheit … ihrem Mann zu erklären …« Semmler spürte seine Arme. Und die Hände am unteren Ende. Das hing an ihm herunter, links und rechts; er durfte sich nicht bewegen, sonst würden die lächerlichen Anhängsel hin und her schlenkern, entsetzliche Vorstellung, die Hände waren auch viel zu groß, wie Klodeckel, hoffentlich sah sie nicht auf seine Hände, er musste weiter sprechen, damit dies nicht geschah, nur hatte er vergessen, wie das ging, wörtliche Rede … »es ist nämlich nicht so, wie es aussieht … ich meine, auf den ersten Blick könnte man sagen … andererseits hat das doch keiner wissen können … oder?«

Koslowski half ihm aus dem illiteraten Gestammel mit der Erklärung, sein Schulfreund Semmler habe bei dem Deal sehr viel Geld verloren, eine Million. »… rund gerechnet«, fiel ihm Semmler ins Wort, »ungefähr …«

»Ach?« Frau Koslowski schien erfreut. Sie setzte sich auf den Besucherstuhl neben das Bett. Semmler merkte, dass er stand, konnte sich nicht erinnern, aufgestanden zu sein: Er hatte sich umgedreht, sie gesehen. Einfach nur gesehen.

Sie fragte jetzt, wie das zugegangen sei mit dem Tipp, und Semmler antwortete, endlich gelang es ihm, sich aufzuspalten. Ein Teil stand vor ihr und versuchte das Vorgefallene zu erklären, dieser Semmler war vierzehn und suchte vor der Lehrerin nach Ausreden, warum er die Hausaufgaben nicht gemacht hatte. Mit den unnützen Händen hatte sich dieser Semmler abgefunden, das war jetzt nicht das Thema, kein Mensch erwartete von so einem Subjekt den Besitz brauchbarer Hände, schon gar nicht diese Frau; was das Lügen betraf, konnte der herumstotternde Semmler auf fixverdrahtete Mechanismen zurückgreifen, das ging von selbst.

Der andere Semmler war bedeutend älter als vierzehn. Der schaute nur. Auf die Frau. Die dort auf dem Stuhl saß und zuhörte. Er bemühte sich, sie einzuschätzen; es gelang nur unvollkommen. Mitte dreißig, schmales Gesicht, blaue Augen, das Haar mit einer blauen Schleife gebunden. Ein Goldhelm. Sie trug ein grünes Kostüm. Aber das waren nur Details. Sie war schön, keine Frage. Sogar sehr schön. Auch diese Feststellung traf nicht das Wesentliche.

Das Wesentliche bestand einfach darin, dass Frau Koslowski die liebenswerteste Frau war, die er je gesehen hatte. Liebenswert. Wert, geliebt zu werden wie sonst nichts auf der Welt.

Also liebte er sie. Vom ersten Augenblick an. Und er würde, das wusste er, bis zur letzten Stunde seines Lebens nicht damit aufhören. Die Frauen, die er gekannt hatte, sanken in ein graues Nichts zurück. Sie hatten ihn nicht vorbereitet auf diese Frau. Sie hatten ihm nichts genutzt. Es war so, als sei sie überhaupt die erste Frau, die ihm begegnete. In diesem Punkt stimmte der ältere mit dem vierzehnjährigen Semmler überein. Die erste Liebe ist die einzige. Wenn sie scheitert, muss man sterben. Alle Vierzehnjährigen glauben das; wenn sie älter werden, lächeln sie darüber und erinnern sich nicht gern. Sie merken nicht, dachte Semmler, dass man älter werden und trotzdem tot sein kann. Er hatte eine erste Liebe dieser Art nie erlebt, weder mit vierzehn noch jemals später. Bis zum heutigen Tag.

Er stand da und redete, das ging immer besser, er hörte sich selber nicht zu. Koslowski sagte auch etwas, Semmler merkte sogar, dass es um dasselbe ging, die Gefahren der Spekulation, und wie gut es doch sei, dass Koslowski nicht sein ganzes Geld eingesetzt habe, sondern nur einen kleinen, verschmerzbaren Teil. Während dieser Lügen beobachtete Semmler die Frau; ein Schatten flog ihr übers Gesicht, sie wusste es also, dass sie … nun ja, pleite waren. Vermutlich waren sie das. Aber so war das eben mit einem wie Koslowski. Wenn er sich einmal was traut, geht es daneben. Dafür aber gründlich. Der einzige Makel an ihr, dem verehrungswürdigen Wesen mit dem Haarhelm aus Gold, war eben jene Geistesverwirrung, die sie Koslowski hatte wählen lassen – wer es fassen kann, der fasse es.

Sie wusste, wie es stand, der Mann hatte es ihr erzählt, die Katastrophe musste so groß sein, dass keine Möglichkeit bestand, sie zu vertuschen. Das tat Semmler weh, nicht der Untergang Koslowskis als Mensch und Mitglied der bürgerlichen Gesellschaft – der wäre früher oder später ohnehin unvermeidlich gewesen – sondern das Vertrauensverhältnis zwischen diesen merkwürdigen Eheleuten. Vertrauen von beiden Seiten. Gut, er hatte sie nicht gefragt und eine Dummheit begangen. All seine anderen Dummheiten hatte sie bis jetzt verhindert, da war sich Semmler sicher, sie war der gute Geist des Unglücksraben. Aber danach hatte sich Koslowski ihr anvertraut, im Wissen, dass ihm verziehen würde. So schlau, das richtig einzuschätzen, war er schon. Und sie deckte ihn vor seinem Schulfreund Semmler, statt mit höhnischen Bemerkungen den wahren Verlust preiszugeben. Warum tat sie das?

Na, aus Liebe! Einfach aus Liebe. Sie hat ihn schließlich geheiratet. Die sonst übliche Abkühlung war hier ausgeblieben. Und das hieß, sie würde sich keinem anderen zuwenden, bei ihrem unglückseligen Glückspilz Koslowski bleiben. Der Mann ihres Lebens, oder wie das hieß. Semmler hatte das alles für sentimentalen Unsinn gehalten, jetzt sah er, dass es so etwas in der realen Welt gab, ganz unspektakulär existierte es, bot sich seinen entsetzten Augen dar wie ein Mammut, das um die Hausecke biegt. Obwohl es doch schon zehntausend Jahre ausgestorben sein sollte.

Das Gespräch versandete. Frau Koslowski hatte nur Augen für ihren Mann, wenn sie Semmler ansah, während er sprach, geschah es aus mühsam aufrecht erhaltener Höflichkeit, die auch nur den wortreichen Erklärungen der beiden Schulfreunde geschuldet war, wie dieses »entsetzliche Missverständnis« zustande gekommen war, was für »Unsummen« Semmler bei demselben Deal verloren hatte. Daran erinnerte sich Semmler später, die Worte »Schulfreund« und »Unsummen« fielen mehrmals; »Schulfreund« hin, »Schulfreund« her, beide verwendeten den Ausdruck, erweckten den Eindruck, hier bestehe seit der vierten Klasse eine intensive Beziehung; ob sie es glaubte, war nicht zu erkennen.

Nur über eines wurde nicht gesprochen: den Unfall. Weder, wie es dazu gekommen war, noch, welche Folgen er gehabt hatte. Koslowski war verletzt, aber nur leicht, von der Gehirnerschütterung würde nichts bleiben, die angeknacksten Rippen taten weh, was sollten sie sonst tun? Das war eben so. Kein Dritter hätte aus ihrem Gespräch entnehmen können, dass hier A den Wagen von B gerammt hatte und dafür kein verkehrstechnisch einsichtiger Grund vorlag. Semmler war sich nicht sicher, ob die Frau von diesem Detail wusste; ob Koslowski gewagt hatte, ihr auch das zu erzählen. Der geplatzte Harlanderdeal und der Unfall standen in keinem Zusammenhang, waren so offensichtlich zufällig, dass ihre zeitliche Abfolge nicht einmal erwähnt wurde – Semmler hätte Koslowski auch zu Hause aufgesucht, um die Sache zu klären. Diesen Eindruck wollten sie vermitteln.

Es gelang ihnen nicht. Ursula wusste, wem das gerammte Auto gehörte, sie hatte über Dr. Breuss Erkundigungen eingezogen. Breuss war ihr Anwalt. Ihr Mann hatte nicht nur das ganze Geld verzockt, sondern auch den Tippgeber gerammt, dass der gar nicht in dem Wagen saß, hatte er nicht mitgekriegt. Nicht einmal das. Ihr war zum Heulen. Aber das tat sie nicht, sondern sie saß hier am Bett dieses Idioten und bemühte sich zu verstehen, was vor sich ging.

Semmler sah ganz anders aus, als sie ihn sich vorgestellt hatte. Besser. Ja, doch. Besser. Dabei hatte ihn ihr Mann, der Idiot, in seinen Erzählungen nicht herabgesetzt, klein geredet, im Gegenteil. Sie verstand nun nicht, warum sie sich unter dem sagenhaft erfolgreichen Semmler immer eine Art Gnom vorgestellt hatte. Er sah auch nicht böse aus … aber er war natürlich auch ein Idiot. Wie ihr Mann. Nur konnte er es sich leisten. Ihr Mann konnte es sich nicht leisten. Und sie auch nicht. Idiot zu sein, muss man sich leisten können. Wie eine Jacht.

Schulfreunde. Das traf es genau. Zwei Viertklässler, die irgendeinen Blödsinn veranstaltet hatten. Heimlich geraucht in einer Scheune. Jetzt war die Scheune abgebrannt. Kein böser Wille dabei, keine Absicht. Nur Dummheit. Bei Viertklässlern konnte man nur seufzen und den Schaden bezahlen. Bei zwei erwachsenen Männern ging das nicht, das Seufzen nicht und nicht das Bezahlen.

Ursula hatte ein großes Problem: *Ihr Mann war ein Idiot.* Sie hatte von ihrem Mann nie so gedacht. Jetzt kam ihr das Wort ein ums andere Mal in den Sinn, sie musste sich zusammenreißen, dass es ihr nicht von den Lippen ging; das würde auch noch kommen, aber jetzt war es zu früh. Sie musste sich und Karin retten. Sie schwammen beide in der gefährlichen Brandung, keinen Boden unter den Füßen, eine tückische Strömung hatte sie abgetrieben, sie und ihre Tochter, ein kleines Stück nur, das Ufer war nah … aber wenn sie jetzt einen Fehler machte, die Kräfte falsch einteilte, in die falsche Richtung schwamm, würden sie beide ertrinken, sie und ihre Tochter. Und die war das einzige, was sie hatte. Das einzige.

Das wurde ihr nun klar. Die beiden Männer redeten vor ihr, spielten sich auf, suchten sie zu gewinnen. Die Viertklässler eine erwachsene Frau. Wären die Umstände nicht so trist gewesen, hätte sie darüber gelacht. Würde sie auch noch. Später vielleicht einmal. Jetzt war keine Zeit, jetzt musste sie aus der Brandung raus. Das Wichtigste: nicht in Panik zu verfallen.

Die Frau dachte an ganz andere Dinge als die, über die hier von den Männern gesprochen wurde. Das spürte Semmler. Die verehrungswürdige Ursula war nicht mehr da. An Semmler, das spürte er auch, verschwendete sie keinen Gedanken. An ihren Mann auch nicht, ein kleiner Trost. Er sah diese Dinge in leuchtender Klarheit vor sich, aber alles nur negativ: er wusste, woran sie *nicht* dachte, was sie kalt ließ. Er wusste aber nicht, woran sie dachte, wie sie dachte, wo ihre Präferenzen lagen.

Er durfte jetzt die Verbindung nicht abreißen lassen. Alles deutete darauf hin, dass genau dies geschehen würde, in ein oder zwei Minuten. Sie würde sich verabschieden und gehen. Er würde sie nicht wieder sehen. Das kam nicht in Frage, weil er dann nämlich sterben würde. Daher würde er, um einen furchtbaren Tod zu vermeiden, in ihr Haus einbrechen, nur um sie zu sehen. Man würde ihn verhaften und einsperren, worauf ihm nur noch der Ausweg blieb, sich in der Zelle an einem abgerissenen Hemdenärmel aufzuhängen, keine verlockenden Aussichten. Er sah alles scharf vor sich. Nein, so würde es nicht laufen. Er durfte sie jetzt nur nicht gehen lassen. Also lud er sie zum Essen in sein Haus ein, beide natürlich – um weitere Details zu besprechen. Was für Details? Sie sahen ihn erstaunt an. Das einzige, was sie noch verband, begriff er, war dieses Erstaunen. Nun, sie hätten doch wohl nicht gedacht, dass er seinen Schulfreund Koslowski und seine liebenswerte Frau einfach so ihrem Schicksal überließe? Das sei kränkend, wenn sie etwa so von ihm gedacht hätten, so einer sei er nicht, der jemanden einfach absaufen lasse, Koslowski könne das doch bezeugen, oder?

Koslowski konnte. Er sah jetzt besser aus. Er glaubte jedes Wort, das aus Semmlers Mund kam. Er erzählte noch einmal die Rettung der Frau aus der Ach, fügte aber hinzu, von »Absaufen« könne in seinem Fall keine Rede sein; es war peinlich, seinen jämmerlichen Lügen zuzuhören, Semmler blickte Ursula an und sie schaute zurück, ruhig und offen. Ein offener Blick. Der erste offene Blick. Noch ließ sich nichts daraus lesen. Aber Ursula hatte ihn nun wahrgenommen, anerkannt, dass er existierte, in derselben Welt vorkam, die auch sie bewohnte. Das war besser als nichts und unendlich viel besser als die kalte Negation, die er am Anfang von ihr gespürt hatte.

Ob nun zwanzigtausend oder nur zweitausend, sagte er, oder sogar zweihunderttausend, ein Verlust ist ein Verlust und damit nicht tragbar. Verluste seien nicht tragbar, wiederholte Semmler, er hasse Verluste, gleich, ob er sie selber erlitte oder ein anderer; jeder Verlust sei ihm widerlich wie eine persönliche Beleidigung – und das Gute sei, dass man Verluste auch wieder wettmachen könne, das sei überhaupt das einzig Gute an Verlusten, eben darüber müssten sie reden. Bei einem guten Abendessen. Beide, es betreffe sie ja auch beide.

Während er diesen Schwachsinn von sich gab, beobachtete er sie. Koslowskis Ausdruck war leicht zu deuten. Auf seinem Gesicht spiegelte sich nichts weniger als reines Glück. Er glaubte Semmler jedes Wort. Er war vom Haken. Der treffliche Semmler würde sich etwas ausdenken, eine Konstruktion, etwas Verzwicktes, auf das er, Koslowski, in hundert Jahren nicht käme – und eben das würde die zweihunderttausend wieder zurückbringen. Und alles würde gut werden. Alles.

Die Miene der Frau blieb ihm verschlossen, er konnte nichts weiter darin sehen als das, was er bei seiner ersten Erwähnung finanzieller Rettung schon gesehen hatte: eine Spur neutralen Interesses, eine Spur nur, aber deutlich und nicht zu bezweifeln.

Es folgte das Ritual des Nummernaustauschens, er brauche die ihre, sagte Semmler – wegen der Terminabsprache sei das nötig, der Schulfreund würde am Montag entlassen, vielleicht aber schon am Samstag, habe der behandelnde Arzt mitgeteilt, dann könnten sie dieses Essen schon am Wochenende abhalten, das heißt, wenn er, Koslowski, sich stark genug dazu fühle … Koslowski beeilte sich zu versichern, er würde schon jetzt aus dem Bett steigen, aber die Ärzte …

Semmler stand auf. Raus hier, bevor sie es sich anders überlegte. Koslowski war kein Gegner. Er würde tun, was seine Frau verlangte. Wenn sie wollte, dass er auf dem Bauch zu Semmlers Villa kroch, würde er es tun, er hatte die nächsten zehn, zwanzig Jahre nichts mehr zu melden. Semmler verabschiedete sich.

Auch Frau Koslowski stand auf, küsste ihren Mann auf die Wange; es war, wie Semmler bemerkte, eher ein Lippenstreifen als ein Kuss, zweifelhaft, ob Koslowski die Berührung gespürt hatte. Das war gut, sehr gut. Dass sie nun das Zimmer mit ihm verließ, war noch besser und nicht zu erwarten gewesen. Er hatte vorgehabt, die beiden allein in der dicken Suppe aus Schuld und Beschuldigungen köcheln zu lassen. Jetzt wusste er nicht, was er noch mit ihr bereden sollte, Semmler mangelte es an Spontaneität, wie er sehr genau wusste, lieber machte er Pläne und handelte danach.

»Sie wollen uns also helfen?«, fragte sie auf dem Flur.

»Natürlich, er ist schließlich …«

»Ich weiß nicht, warum«, unterbrach sie ihn, »aber ich glaube Ihnen nicht. Sie sind nicht der Mann, der anderen hilft.« Sie blieb stehen, sah ihn an.

»Wie kommen Sie darauf, Sie kennen mich doch gar nicht?«

»Der erste Eindruck entscheidet, meistens ist er richtig. Für mich sind Sie ein beinharter Geschäftsmann, und aus. Nehmen Sie mir das nicht übel, ich mache Ihnen keinen Vorwurf, es gibt solche Leute und muss sie geben, daran hängt die Wirtschaft, oder? Und in Ihrem Fall …«

»Warum, glauben Sie, bin ich dann her gekommen?« Er war jetzt kalt und ruhig.

»Wegen des Autos! Es war doch Ihr Wagen, den er gerammt hat. Sie sind nur nicht drin gesessen, sondern dieser Angestellte … wie geht es dem?«

»Er heißt Bellmeyer, und es geht ihm gut, er war angeschnallt …«

»Schön … ich lasse ihm gute Besserung wünschen.«

»Ich werde es ausrichten.« Was redeten sie da herum? Wieso fing sie jetzt mit Bellmeyer an?

»Ich kann mir selber nicht erklären«, sagte sie, »was Sie wegen des Autos noch von uns wollen. Den Schaden zahlt doch die Versicherung – oder gibt's da ein Problem?«

»Nein, soweit ich weiß. Sie glauben tatsächlich, ich gehe meinen Schulfreund Koslowski im Spital besuchen, um irgendeinen … *Schadenersatz* zu fordern? Geld?«

Sie antwortete nicht, sah ihn nur an.

»Die Karre war zehn Jahre alt, sowieso halb Schrott, Herrgott noch mal!«

»Was ist es dann?«

»Was soll dann sein, was meinen Sie damit?«

»Sie wollen uns helfen? Ich will wissen, warum.«

»Ich bin in die Schule mit ihm gegangen …«

Sie lachte auf. »Ja, ja, schon gut! Die Schule … natürlich. Aber macht nichts, ich komm schon noch dahinter … wissen Sie, ich muss jetzt sehr pragmatisch denken … ich habe eine Tochter, das ist nicht so einfach …« Sie verstummte. Bis zum Ausgang wurde nichts mehr gesprochen. An dieser Stelle etwas zu erwidern, war absolut kontraproduktiv. Ihm war auch nicht mehr nach Reden.

An der Pforte verabschiedeten sie sich und gingen getrennte Wege. Im Auto begann er zu überlegen. Auf den ersten Blick war die Lage hoffnungslos. Sie gehörte zu den Frauen, die von einer einmal gefassten Meinung nicht mehr abweichen, nicht in hundert Jahren. Die Art, wie sie sich gab, wie sie redete, alles deutete darauf hin.

Andererseits – es gab auch gewisse andere Signale: sie war gemeinsam mit ihm gegangen. Um ihn zur Rede zu stellen, klar. Warum hatte sie das nicht im Beisein Koslowskis getan? Weil der nicht zählte. Weil Koslowski unzurechnungsfähig war, unter Kuratel stand. Koslowski hatte bei dieser Frau nichts mehr zu melden, er war im Generalverschiss; die Summe, die er verzockt hatte, musste gigantisch sein. Darauf deutete auch, dass ihr Denken um Geld zu kreisen schien. Die Sache mit dem Auto … dann die Erwähnung der Tochter: »Ich habe eine Tochter« hatte sie gesagt, nicht »Wir haben eine Tochter« (auch so ein Detail, das er noch nicht zu deuten wusste)– aber wo lag hier die Schwierigkeit? Die Erziehung einer Tochter mochte einfach oder kompliziert sein – wieso war dabei »pragmatisches« Denken gefordert? Und was hatte das alles mit Koslowskis Unfall zu tun? Mit dem Unfall gar nichts. Aber mit der verlorenen Summe. Die der Tochter das Studium hätte ermöglichen sollen – in diesem Kontext gab pragmatisches Denken einen Sinn. Allerdings.

Da hätte er einhaken können. Wenn es um Geld geht, kann man immer einhaken. Erst recht bei Frauen, die sich selber zum Pragmatismus ermahnen. Sie hätte ebenso gut sagen können: »Also schön, Meister, wenn du willst … aber eins muss dir klar sein: billig wird's nicht!«

Aber an einem Arrangement dieser Art hatte er kein Interesse. Die Frau zu kaufen, kam nicht in Frage. Er wollte geliebt werden von ihr. So, wie er sie liebte, genau so. So ausschließlich. Keine Kompromisse. Er gehörte ihr, jetzt schon. Dann musste sie aber auch ihm gehören, voll und ganz. Anders war das nichts.

Das war unmöglich. Natürlich. Der erwachsene Semmler hatte genug Frauen erobert, um zu wissen, wo er es zumindest versuchen konnte – und wo es aussichtslos war. Ursula Koslowski stand auf der Skala der Aussichtlosigkeit weit oben. Dort, wo schon keine Schrift mehr war … es brauchte ein Wunder, um diese Frau zu gewinnen.

Er parkte den Jaguar in der Garage. Der Platz daneben war leer. Der Carina stand schon auf dem Schrottplatz. Semmler stieg aus. Hier war er gestanden und hatte den Gebrauchtwagen geopfert. Um den Jaguar hatte es ihm leid getan. Knickrig, ausgesprochen knickrig. War das gefährlich? Wer wusste schon, wie das Universum reagierte, auf, sagen wir, überzogene »Gewinnerzielungsabsicht«. Frau Mießgang wusste das. Aber Frau Mießgang war nicht greifbar. Er hatte keine Zeit, sie zu suchen, er brauchte die Hilfe des Universums sofort. Jetzt, in diesem Augenblick. Also: nicht knausern. Das Universum sollte merken, dass es ihm ernst war. Problem: bis jetzt war es um Dinge gegangen, um Materielles, dessen Wert sich universal in Geld ausdrücken und vergleichen ließ. Was er jetzt vom Universum wollte, war ein Mensch, er müsste dafür also einen anderen Menschen opfern. Aber dieser Mensch musste ihm selber auch etwas wert sein, wie das Feuerzeug und der Carina etwas wert gewesen waren. Nicht viel, nur etwas. So einen Menschen hatte er nicht. Er war ein Einzelkind gewesen, seine Eltern tot, seine Verwandten bedeuteten ihm nichts. Keiner und keine von ihnen taugte als Feuerzeug oder Kombi. Das Anbieten eines solchen Opfers wäre vom Universum vielleicht schlecht aufgenommen worden, das konnte er nicht riskieren. Sicherer war es, auf der materiellen Seite zu bleiben und dafür den Preis zu erhöhen.

Das Haus. Das ganze Haus. Er trat aus der Garage auf den kiesbestreuten Vorplatz. Im ersten Stock standen Fenster offen, Bellmeyer irgendwo am Putzen, das war ihm nun egal. Er stellte sich mit dem Gesicht zum Haus auf und sagte so laut, dass man es durch die offenen Fenster im ersten Stock hören konnte: »Ich opfere dieses Haus für Ursula.«

Sie stritten sich. Koslowski und seine Frau. Natürlich stritten sie sich, sie hatte, das begriff er jetzt, den Streit nur verschoben, bis er aus dem Krankenhaus entlassen war. Humanitäre Gründe gewissermaßen. Es hatte allerdings schon im Auto angefangen, an dessen Steuer sie saß, weil er sich noch erholen musste.

»Wie lang kennst du Semmler schon?«, hatte sie gefragt, und er hatte wahrheitsgetreu geantwortet: »Seit der vierten Klasse Gymnasium«, weil Semmler nämlich sitzen geblieben war und die vierte wiederholen musste, weil andererseits sein eigener Banknachbar, der kleine Ellmann, ebenfalls sitzen geblieben war, wegen Mathematik, war nun neben ihm ein Platz freigeworden, und dorthin hab sich Semmler gesetzt … als er so weit war, schrie sie: »Hör auf, hör auf, hör sofort auf, das ist ja nicht auszuhalten!« Dann hatte sie eine Zeitlang geredet, nein, geschrien, sie schrie immer, wenn sie sich stritten, aber im Auto war das noch nie passiert. Weil ich sonst fahre. Der Gedanke schoss ihm durch den Kopf. Wenn ich fahre, traut sie sich nicht. Er erschrak über diesen Gedanken, der ihm so mächtig und präsent war, dass er einen Augenblick glaubte, er habe ihn laut ausgesprochen. Der eine Gedanke zog andere nach sich, die ebenso machtvoll und unabweisbar kamen. Sie ist feige. Immer schon gewesen, bei allem, was sie unternommen hatten, besser: versucht hatten, zu unternehmen.

»Du bist zu feige zum Leben!«, schrie er, »du hast immer alles nieder gemacht, was von mir kam!«

»Und du bist verrückt! Verrückt und verantwortungslos! Wenn ich nicht immer aufgepasst hätte …« Dann eine lange Liste der schlimmen Ereignisse, die sie noch im letzten Moment hatte verhindern können. In einem hatte sie recht: Verrückt war er. Nur ein Verrückter konnte in der gegenwärtigen Lage das Thema »übergroße Vorsicht« aufs Tapet bringen – wenn er so vorsichtig gewesen wäre wie sie, hätten sie die zweihunderttausend noch. Aber darum ging es eben, diesen Punkt anzusprechen, es musste jetzt alles raus, auch, wenn ihm das schadete, er hielt es nicht mehr aus, das war keine gepflegte Diskussionsrunde im Fernsehen, wo man Punkte beim Publikum sammeln konnte. Er wollte, dass sie ihm alles vorwarf, damit er ihr alles vorwerfen konnte. Auskotzen. Ein bisschen Kotzen, das ging nicht. Es musste weitergemacht werden, bis nur noch Galle kam.

Dafür ging es schnell. Es kam nur noch Galle, als sie zu Hause waren. Bis zu diesem Punkt hatten sie noch nie gestritten; es lag, dachte er später, daran, dass sie im Auto saßen, sonst hatte jeder Streit mit effektvollem Türenknallen geendet, weil einer von beiden weglief. Das hieß aber auch, dass die wirklich harten Sachen nie gesagt wurden: Das Bedauern, dem anderen je begegnet zu sein. Die verschwendete, weil mit dem anderen verbrachte Lebenszeit. Und die wechselseitige Aufforderung, den Fehler zu korrigieren und zu gehen. In dieser Phase wurde auch nicht mehr geschrien, nicht einmal laut geredet, nur einzelne furchtbare Sätze heraus gepresst als Schlussfolgerungen langer und bitterer Gedankengänge. Ausgewürgte Galle nach tosendem Erbrechen.

Danach konnte den ganzen Tag nur steinernes Schweigen herrschen. Beim Abendessen fanden sie sich wieder, das war eine so eingefleischte Gewohnheit, dass sie beide nicht wussten, wie sie diese Phase technisch ohne den anderen überstehen sollten. Sie saßen einander gegenüber und kauten Brot, Wurst und Käse, dazu gab es einen Salat, den sie zubereitet hatte. In einer Schüssel zwischen ihnen. Wie immer. Sie bedienten sich beide aus dieser Schüssel, derselben Schüssel, wie immer; der Bruch kann also doch nicht so tief sein, dachte er, wenn wir noch aus einer Schüssel essen. Erleichterung erfasste ihn, ein mildes, wohltuendes Gefühl wie kühles Wasser auf erhitzter Haut.

Es wäre nun der Zeitpunkt gekommen, das Schweigen zu brechen, angesichts der gemeinsamen Salatschüssel war er dazu bereit; sie hatte damit eine materielle Vorleistung erbracht, er war bereit, das zu honorieren, dachte über die Eingangsformulierung nach, etwas zu lang. Denn ehe er den Mund aufmachen konnte, läutete das Telefon. Ursula ging dran, auch so ein Detail: sie saß näher zum Flur, wo sie immer noch den Festnetzapparat installiert hatten, das Haustelefon gehörte dahin – in beiden Elternhäusern war es auch so gewesen.

Ursula hatte die Tür zugemacht, er verstand nicht, was sie sagte, nicht einmal, ob sie überhaupt etwas sagte. Wenn sie etwas sagte, sprach sie leise, denn die Türen im Haus dämmten Schall nur schlecht, was dazu geführt hatte, dass sie nur miteinander schliefen, wenn die halbwüchsige Karin aus dem Haus war. Er dachte mit Wehmut an die köstlichen Nachmittagsbegegnungen mit seiner Frau, immer Samstag, Karin war bei ihrem Pferd; nicht abgeredet wurde das, durch gewisse Blicke eingeleitet, mit wütender Begierde durchgeführt ohne ein normales Wort zu äußern. Nur Flüstern und Schreien.

Ursula kam zurück. »Semmler«, sagte sie. »Er will diese Sachen besprechen, du weißt schon. Morgen Abend.«

»Das ist, also wirklich ... toll! So schnell, ich hab dir ja gesagt, es ist Verlass ...«

»Ja, ja, ich geh auch hin. Allein.«

»Allein? Hat er das verlangt?«

»Ach wo. Er hat uns beide eingeladen ... er lässt dich grüßen übrigens.«

»Danke. Wieso willst du dann allein ...?«

»Ich will wissen, was er tatsächlich vorhat – ob da was Konkretes ist oder nur Geschwätz. Wenn du dabei bist, lasst ihr die alten Zeiten hochleben, es wird viel geredet – und dann versandet alles. Es ist besser, wenn ich allein gehe. Er sieht dann auch, dass wir es ernst meinen.«

Koslowski sagte nichts. Ursula hatte von der Herzlichkeit seiner Beziehung zu Semmler eine Vorstellung, die weit von der Realität abwich; wann hätte er mit Semmler jemals »alte Zeiten hochleben lassen«, er konnte sich nicht ausdenken, wie das aussehen sollte – aber seiner Frau durch jahrelanges Erzählen den Begriff einer diffusen gymnasialen Burschenherrlichkeit einzuimpfen, war ihm offenbar gelungen. Blöd hatte er das angestellt. Jetzt war es zu spät, alles zu relativieren und zwanzig Grad runter zu fahren. Wenn allerdings sein Verhältnis zu Semmler so wäre, wie sie glaubte, dass es sei, hätte sie Recht, allein zu gehen. Und dann war da noch dieses »wir«: »… dass wir es ernst meinen« hatte sie gesagt, nicht »dass ich es ernst meine«. Nach einem so heftigen Streit hatte das Personalpronomen »wir« den Charakter einer Vorleistung künftiger Friedensverhandlungen, da konnte er nicht mit dem kleinlichen Einwand kommen, eigentlich seien sie doch beide eingeladen … also sagte er nichts.

An wie vielen Punkten der Entwicklung man etwas hätte sagen oder tun können, um den Dingen einen anderen Lauf zu geben, überlegte er sich noch viele Male und kam darauf, dass es so viele nicht waren. Nicht jedes beliebig kleine »ja« oder »nein«, »dies« oder »das«, dachte er dann, hält uns vom Abgrund zurück, wenn die allgemeine Lage die ist, dass wir zu tausenden darauf zu marschieren – aber das Gar-nichts-Sagen an jenem einen Abend nach dem Autostreit hatte sein Schicksal besiegelt und das der anderen auch. Er hätte auf den Tisch hauen, drohen und sich durchsetzen müssen. Unerhört! Frechheit, was fällt dir überhaupt ein! Wir gehen beide oder keiner! Etwas in der Art. Sie hätte geantwortet, besser: zurück geschrien, der Streit wäre prolongiert worden. Wie lang? Vielleicht eine Woche. Dann wären sie zum Status quo ante zurückgekehrt – und hätten trotz der verlorenen zweihunderttausend ihr Leben weitergeführt. Vor allem aber wäre keiner zu Semmler gegangen. Er nicht und sie nicht, da war sich Koslowski sicher. Und nichts wäre geschehen. Das Leben wäre bescheidener gewesen, sogar ärmlich, aber, davon war er überzeugt, auf irgendeine Art doch zu überstehen, vor allem aber wäre es ihr gemeinsames Leben gewesen. Dem war dann nicht so.

Er wusste es, als er die Haustür aufmachte. Als sie da vor ihm stand in diesem lindgrünen Kostüm. Sie lächelte, sagte nichts. Er sagte wohl ›Guten Abend, wo ist denn Koslowski?‹, etwas in der Art, er konnte sich dann nicht mehr an den Wortlaut erinnern, und sie antwortete, während er sie hereinbat, etwas Wirres von wegen ›Situation entspannen‹ und ›vorfühlen‹ oder so … er achtete nicht darauf, weil er sie nicht einfach ansah, sondern anstarrte vom Moment des Türöffnens an und weiter anstarren würde den ganzen Abend, die Nacht.

Sie gingen ins Esszimmer. Er hatte alles selber vorbereitet und Bellmeyer freigegeben. »Machen Sie sich doch morgen einen schönen Tag!«, hatte er zu Bellmeyer gesagt, dass war der Code, dass er den Angestellten nicht im Hause sehen wollte, nicht am Tag und besonders nicht in der Nacht. Bellmeyer sagte darauf nie etwas, er nahm nur in aller Herrgottsfrühe den ersten Zug nach Feldkirch und besuchte seine Schwester.

Semmler kochte gern. Er hatte eine Ente gebraten, dazu gab es Knödel und Bayrisch Kraut, ein viel zu schweres Essen für Ende Juni, es fiel ihm ein, als sie sich an den Tisch setzten; sie schien dennoch erfreut von der Aussicht auf gebratene Ente, als er ihr beim Hereintragen der Aperitifs (Prosecco mit einem Schuss Cassis) eröffnete, was es zu essen geben würde, lächelte sie und sagte ›fein!‹ oder etwas Ähnliches, schon nach einer halben Minute hatte er ihre Worte vergessen, so ging es den ganzen Abend, unter normalen Umständen der tödlichste Fehler von allen, weil die Frauen nichts mehr hassen, als nicht gehört zu werden – aber heute blieben alle negativen Konsequenzen aus. Denn sie schien selber nicht genau zu wissen, was sie von sich gab, sie plauderten auf Autopilot, vor allem über das Essen. Über das Essen.

Und schauten. Sie schauten sich unverwandt an. Das gegenseitige Anschauen wurde nur unterbrochen, wenn er etwas aus der Küche holen musste; als er zum Beispiel mit der gebratenen Ente hereinkam, ruhte ihr Blick auf ihm, nicht auf dem knusprigen Vogel, und sie löste diesen Blick nur, wenn sie sich ein Stück Fleisch abschnitt. Auch er schaute sie an. Und redete. Sie hörte zu, dann redete sie. Über die Fehlspekulation allerdings kein Wort, weder von ihm noch von ihr. Sondern über die Vorlieben und Abneigungen, was Kunstrichtungen, Literatur und Musik betraf; sie kamen darauf, dass sie beide Jazz mochten und stellten generell fest, dass sie in allem und jedem zu weit über neunzig Prozent übereinstimmten; es war eines jenes Gespräche, die geführt werden, weil beide glauben, so ein Gespräch führen zu müssen. Denn es soll die ideologische Rechtfertigung für das Folgende liefern, die Begründung, obwohl das Folgende schon feststeht, seit der Blick des einen auf den anderen fiel, der eine Körper den anderen als Körper wahrgenommen hat, und keiner dieser Körper eine Rechtfertigung braucht, um mit dem jeweils anderen zu tun, was getan werden muss.

Das Gespräch versickerte, keiner hörte mehr zu, dem Gegenüber nicht, sich selbst nicht, es war nur noch leises Geräusch, nichtiges Gemurmel – auf dem Weg zurück zur bloßen Lautäußerung. Seufzen, Stöhnen, Schrei. Dazwischen gab es eine Pause, in der sie das Dessert aßen. Bayerische Creme. Dann stand er auf, kam auf sie zu, auch sie erhob sich.

Als sie um elf immer noch nicht zu Hause war, hatte Koslowski ein Problem. Ursula besaß kein Handy. Und sie war auch nicht mit dem Taxi zu Semmler gefahren, sondern mit dem Hilux, obwohl sie das Auto nicht mochte. Nun hätte eben er ein Taxi nehmen müssen, das tat er nicht. Er nahm das Fahrrad. Linde Juninacht voller Blütendüfte, die er nicht zuordnen konnte. Koslowski hatte Angst, dass ihr etwas passiert war. Dann hätte ihn doch, sagte die Stimme der Ratio in seinem Kopf, die Polizei verständigt. Oder? Ja, wahrscheinlich, höhnte die Stimme der Panik im selben Kopf, unsere Polizei – das sind doch richtige Kompetenzbolzen, das wissen wir doch alle, oder? Er hätte die Krankenhäuser anrufen sollen, falsch: das eine städtische oder das große Unfallkrankenhaus in Feldkirch, zwei Anrufe, er hätte Bescheid gewusst. Aber das fiel ihm ein, als er den halben Weg durch die Stadt schon hinter sich hatte. Typischer Aktionismus; er musste ihr recht geben, ohne Nachzudenken aufs Rad hüpfen. Wenn sie nicht da war, fehlte der mäßigende Einfluss.

Er trat heftiger in die Pedale, begann zu schwitzen. Die Nacht war nicht warm, aber schwül. Koslowskis Angst wuchs. Er stellte sich vor, was nun geschehen würde, er konnte sich nicht wehren gegen den Zwang, die nahe Zukunft auszumalen. Die stand deutlich vor ihm. Eine dunkle Semmlervilla, davor der Kiesplatz ohne den Hilux, ein verschlafener Semmler, der ihm in der Haustür mitteilte, seine Frau sei schon vor einer Stunde gefahren … und so weiter. Was würde er dann tun? Heimradeln und die Polizei anrufen.

Er ließ das Rad am Tor stehen, stieg über die Barriere und ging zum Haus. Das Bild des leeren Platzes hatte sich so in ihm verfestigt, dass er den geparkten Offroader erst als seinen erkannte, als er direkt davor stand. Schwindel packte ihn, er stütze sich am Auto ab, um nicht hinzufallen. Das Auto war da, sie war da. Nichts war geschehen. In diesem Augenblick schickte er ein heißes, etwas wirr formuliertes Gebet zum Himmel, in dem sich Dank für die Gnade, dass seiner Ursula nichts passiert war, mit dem festen Vorsatz verband, von nun an alles so zu machen, wie sie es wollte.

Nun blieb nur noch eines: kehrt zu machen, möglichst schnell heimzuradeln und zu hoffen, dass sie dort erst nach ihm ankam; wie hätte er erklären können, dass er mitten in der Nacht mit dem Rad durch die Gegend fuhr? Er sah auf die Uhr. Es war halb zwölf. Nirgends brannte Licht. Wo fand die Besprechung statt? Wahrscheinlich in einem Raum auf der anderen Seite. Er versuchte einzuschätzen, was es bedeuten konnte, dass es so lang dauerte. Sie hatte davon nichts gesagt, als sie gegangen war, kein »wart nicht auf mich, es kann spät werden«, nichts dergleichen. Langsam schöpfte er Hoffnung: wenn es Semmler nur um die allgemeine Absicht gegangen wäre, ihm wieder auf die Beine zu helfen, dann brauchte er dazu nicht vier Stunden. So lang war sie mittlerweile weg. Aber sie hatte ja gesagt, sie werde sich mit bloßen Erklärungen nicht zufrieden geben, »kein Gerede« hatte sie gesagt. Also hatte sie ihn wohl dazu gebracht konkreter zu werden, sehr konkret. Ein Plan wurde ausgearbeitet, ein Plan zu seiner Rettung. So war das. Sie saßen an einem Schreibtisch, er sah es vor sich, an Semmlers Schreibtisch in seinem Arbeitszimmer irgendwo im ersten Stock, skizzierten Finanztransaktionen auf Papier, genau: auf Konzeptpapier, das heißt, Semmler skizzierte, Ursula versuchte zu verstehen, was da entworfen wurde, geistig zu durchdringen; wenn sie etwas nicht verstand, fragte sie nach, bis sie es verstanden hatte, sie war zäh und unnachgiebig. Sie ließ sich nicht bequatschen, sie war misstrauisch. Wenn es Semmler nicht ernst meinte, kam sie dahinter, heute Nacht noch. Er bewunderte seine Frau.

Und dann beschloss er ums Haus herumzugehen. Er würde sich sehr lange und sehr oft fragen, was ihn dazu gebracht hatte. Eine Antwort fand er nie. Da war kein Geräusch, kein Lichtschimmer, kein Zeichen. Es hätte am prinzipiellen Lauf der Dinge nichts geändert, wenn er gleich wieder heimgefahren wäre. Aber an den Details.

Ein Geräusch hörte er erst, als er um die Südwestecke des Gebäudes bog. Hinter dem Haus lag alles im Dunkel, das Licht der Straßenlaternen reichte nicht über den Park hinweg, der Himmel hatte sich zugezogen. Er blieb stehen und konzentrierte sich. Wind erhob sich, ging in Stößen durch die Platanen, im Rauschen der Blätter war das andere kaum zu verstehen, nicht zu sagen, wo es herkam. Etwas wie Stimmen. Oder das Summen einer Maschine, hoher mechanischer Ton. Eine Nähmaschine. Aber unregelmäßig. An- und abschwellend.

Er bog um die zweite Ecke. Jetzt war alles still. Er stand auf der Terrasse, ein großer Gartentisch, mehrere Stühle, alles aus Holz. Das war im Lichtschimmer zu sehen, der durch die Terrassentür aus dem Haus drang, die Lampe brannte weit innen, er sah sie nicht. Auf dem Tisch eine leere Flasche. Champagner. Zwei Gläser. Zwei Schalen mit Beeren. Blaubeeren, soweit er das sehen konnte, eine Art Kompott. Aber sie hatten es nicht aufgegessen. Unter dem einen Stuhl lagen Sandaletten. Auch das Geräusch kam wieder. Es war nun eher ein Stöhnen, sehr leise, wie wenn jemand schlecht träumt.

Pilzbefall, natürlich. Irgendein sklerotischer Pilz. Die Beeren stammten aus Russland oder Finnland; Semmler würde doch keine ordinären heimischen Blaubeeren servieren, waren sie nicht auch größer als normale? Und hatte er nicht erst vor kurzem etwas über solche Schlauchpilze gelesen, eine spezielle Art Schimmel mit beträchtlichen halluzinogenen Eigenschaften – und beträchtlicher Toxizität? »Proceedings of …«, er kam nicht drauf, etwas Biologisches, für die Firma nur am Rande interessant, es kam darauf an, alles im Auge zu behalten, auch Randthemen, damit man nicht auf dem falschen Fuß erwischt wurde … wie kam er jetzt darauf? Weil das Setting passte. Sie hatten diese Beeren gegessen, es war ihnen schlecht geworden, Schwindel, Dyskinesien, dann hatten sie sich ins Haus geschleppt. Jetzt lagen sie da irgendwo und phantasierten. Kurz vor dem Koma. Die offene Terrassentür. Alles passte. Er ging hinein.

Ein Wohnzimmer. Couch, Schrank, schwere Möbel. Das Geräusch war jetzt lauter. Es kam von oben. Eine Art wimmerndes Stöhnen, menschlich. Das war Ursula. Ihn hörte er nicht. Vielleicht war er schon tot. Im Vorraum trat er auf die Treppe, von oben kam auch das Licht, eine kleine Lampe auf der Galerie, an der Wand montiert. Mehrere Türen, eine stand offen, schwaches Licht fiel heraus. Von einer einzigen Kerze. Dennoch war es hell genug.

Er erkannte sie nicht, da er sie noch nie so gesehen hatte. Perspektive und Begleitumstände ganz neu. Ein breites Bett. Von Ursula sah er nur den Rücken – verkürzt, weil sie sich vorbeugte – die Hinterbacken und die Fußsohlen. Die Beine nicht, denn Ursula kauerte, die Füße ruhten auf den Oberschenkeln der Unterlage. Sie war aufgespießt und bewegte sich. Auf und ab. Sehr langsam. Ihre Laute passten zu der Bewegung, zu jedem Auf und jedem Ab. Wie man sich irren kann, dachte Koslowski. Und ich hab es für eine Nähmaschine gehalten. Fast hätte er gelacht. Erst für eine Nähmaschine, dann für bewusstloses Todesröcheln. So nähern wir uns der Wahrheit, dachte er, Schritt für Schritt.

Rein rechtlich, dachte er, kann ich gar nicht sagen, ob das wirklich Ursula ist. Ob die Oberschenkel wirklich Semmler gehören. Zu sehen war von ihm nur das Beinpaar und die Hände, die sich sanft auf die weißen Hüften gelegt hatten. Es könnten zwei wildfremde Personen sein. Jetzt, da er in der Tür stand, hörte er auch das Keuchen des Mannes; sie dominierte akustisch, er sah nur ihren Hinterkopf, blond, aber blond waren viele. Die Laute, die sie ausstieß, hatte er von ihr noch nie gehört.

Der Schock erfasste ihn, er begann am ganzen Körper zu zittern. Auch der weiße Hintern auf dem Bett wurde lebendiger, schneller, was an der spießartigen Verbindung der beiden Leiber lag, der untere gab die passive Haltung auf und begann nach oben zu stoßen, aus dem Nähmaschinenton wurden kleine Schreie, die wurden lauter, die Bewegungen unkoordiniert, ein Beben überlief die leuchtenden Hinterbacken, ein unterdrücktes Röhren erfüllte den Raum, hoch und tief. Und Gott wurde angerufen. Oh, mein Gott, mein Gott! Obwohl doch Ursula gar nicht religiös war. Von Semmler wusste er es nicht.

Er zog sich zurück, setzte einen Fuß hinter den anderen, verschwand über die Treppe. Er dachte an nichts. Nachdenken war unnötig. Die Frau war ihm fremd. Denn in den Jahren ihrer Ehe hatte er mit ihr das nie erlebt, diese Art der Vereinigung, nie diese Laute gehört. Kein Nähmaschinenton, kein Röhren.

Vielleicht war sie es ja gar nicht. Wie hätte er sich vergewissern sollen? Bis zur Couch vorgehen, ihr auf die Schulter tippen, damit sie den Kopf wendete und ihn ansah? Entschuldigen Sie die Störung, ich wollte nur schauen, ob Sie meine Frau sind?

Die ersten Tropfen fielen, als er ins Freie trat. Donnergrollen erfüllte die Atmosphäre. Draußen alles unverändert, die Schalen auf dem Tisch, die Gläser umgefallen. Der Wind hatte die Terrassentür weit aufgestoßen. Fahrlässig waren die, jeder Fremde konnte einfach hereinspazieren und weiß Gott was anstellen. Weiß Gott was.

Er schaute nicht auf die Uhr, es war aber so spät, dass sie nicht mehr nach Hause kommen würde; jener Punkt, bis zu dem sie noch Ausreden gebrauchen konnte, und seien sie noch so dünn, war überschritten. Sie würde also hier bleiben, die Nacht mit ihm verbringen, das hieß: schon am nächsten Tag musste sie den Ehebruch gestehen, das hatte sie einkalkuliert, Ursula wusste, was sie tat. Wenn sie jetzt nicht kam, zog sie damit einen Schlussstrich unter eine siebzehnjährige Ehe, es würde keine Heimlichtuereien geben, keine Anrufe, bei denen die Gegenseite auflegte, wenn er dranging, kein Trennungstheater, nur einen scharfen Schnitt.

Der erste Blitz brachte die Idee, die ihn nicht mehr losließ. Im Licht des ersten Blitzes sah er seinen eigenen Schatten an der Wand, die er angestarrt hatte wie ein Idiot, sicher fünf Minuten; dieses weiße Licht erhellte seinen Verstand, dazu einen Teil, der bisher immer im Dunkeln gelegen hatte. Als ob man eine Dachbodentür aufmacht, die länger verschlossen war, als sich irgend jemand erinnern kann. Da finden sich Dinge, die niemand vermutet hat.

Es begann zu regnen. Und es war kalt geworden. Er drehte um, ging zurück ins Haus, flüsterte vor sich hin. Da kann ich jetzt leider gar nichts machen. Wenn es jetzt nicht angefangen hätte zu regnen – wer weiß? Ich wär heimgefahren. Ich wär wahrscheinlich heimgefahren. Kein Skandal, alles ruhig und ordentlich über die Bühne bringen. Aber dass es jetzt regnet, ist ja wohl ein Zeichen, das ich kaum missdeuten kann, oder? Es regnet und ist kalt, das erfordert Wärme. Hitze. Er hatte die verschlossene Tür aufgemacht.

Und wartete. Oben war es still geworden. Eingeschlafen. Alle beide.

Der Fremde, der durch alle Räume schritt, ohne Licht zu machen, war so fremd auch wieder nicht, immerhin der Ehemann der einen Person und der älteste Schulfreund der anderen. Einen Augenblick überlegte er, ob er nicht hinaufgehen und sie betrachten sollte, wie sie auf diesem Bett lagen, erschöpft, weggetreten, ausgepumpt, in tiefem Schlaf. Schnarchte Semmler? Ursula tat es nicht, zu hören war auch nichts. Er verzichtete auf den Anblick. Das wäre alles unerfreulich, das wollte er nicht sehen. Er beeilte sich mit seiner Arbeit, das Gewitter erleichterte sie, erhellte die Räume im Erdgeschoss mit Blitzen.

Bei einem so rationalen Charakter wie dem Koslowskis ist es schwer, den Verstand vollkommen auszuschalten; auch in Momenten tiefster seelischer Erschütterung gelingt es kaum, ein Rest bleibt aktiv, sieht und nimmt wahr. Und erinnert sich. So musste er später zugeben, dass er sich in diesen Minuten nicht wie ein kalter Racheengel verhalten hatte. Sein Flüstern wurde zum Murmeln, das man bis in den ersten Stock hätte hören können. Er bemühte sich auch nicht, leise zu sein; er ging im ganzen Erdgeschoss herum, um zu tun, was zu tun war. Er machte allerdings nicht extra Krach, das nicht. Sie schliefen. Und es umgab sie nicht nur der Schlaf, sondern wie alle Paare, die eine solche Nacht hinter sich hatten, ein unsichtbarer, pulsierender Kokon, die Aura unerhörter Wonne, die alles Vergangene aufsog und auslöschte. Alles.

Draußen verstärkte sich das Gewitter, nach schwachem Beginn gewann es Kraft. Die Fenster standen offen. Sie wurden nicht wach. Wie hätten sie von dem schwachen Geräusch erwachen sollen, das aus dem Wohnzimmer nach oben drang? Obwohl es charakteristisch und in entwickelten Gesellschaften nicht zu missdeuten war: es entsteht, wenn jemand große Bögen Papier zerknüllt. Semmler hatte mehrere Zeitungen abonniert und bewahrte sie monatelang auf, Stöße davon, im Wohnzimmer und in der Küche. Bellmeier durfte sie nicht wegwerfen, weil Semmler sie noch nicht gelesen hatte. Nach vielen Wochen kamen sie doch ins Altpapier. Semmler liebte Zeitungen. Das war nun, man konnte es drehen und wenden, wie man wollte, auch nichts anderes als ein Zeichen, wenn einer über Koslowskis spezielles Wissen verfügte. Er ging mit System vor, verteilte die zerknüllten Blätter im Erdgeschoss, belegte die Kellertreppe und den Keller, dann die Stiege in den ersten Stock. Er arbeitete schnell. Jeder Brandbeschleuniger ließ sich gaschromatographisch und massenspektrometrisch nachweisen; die Ermittler mussten, was die Zündler nicht wussten, keinen leeren Kanister finden; egal, was es war, es verbrannte eben nicht ganz und verriet sich durch seine chemische Spur. Am

Ort des Geschehens und weit entfernt in der Kleidung des Brandstifters. Nur Papier war sicher.

Bald danach fuhr er.

Er nahm dieselben Nebenstraßen wie beim ersten Mal, kein einziges Auto begegnete ihm, kein Fußgänger, alle Menschen, die bei Trost waren, blieben unter Dächern. Mühsam, das Gleichgewicht gegen die Böen zu halten, er kam nur langsam voran.

Aber er kam voran und heim. Er badete, zog sich um. Die Freizeitklamotten steckte er in die Waschmaschine, schaltete ein. Keine Untersuchung würde irgendeinen Beweis erbringen, dass er an einem Ort gewesen war, wo es stark gebrannt hatte.

Von der ersten Phase dieses Brennens gab es keinen Augenzeugen. Die Vernichtung erfasste das Erdgeschoss total und fraß sich nach oben, breitete sich im ersten Stock und in den Geschossen im Dach aus, wo es besonders flott voranging, weil Semmler hier den Plunder vieler Jahrzehnte gelagert hatte. Die Holzböden leisteten keinen Widerstand, irgendeinen Melder gab es nicht, auch keine Sprinkleranlage.

Sie konnten sich dann nicht erinnern, wer zuerst wach geworden war und wodurch. Vom Rauch wahrscheinlich. Sie sprangen auf und auf den Balkon, fast synchron.

»Nicht über die Treppe!« rief er, »auf keinen Fall über die Treppe!«

Sie nickte, der Regen lief ihr übers Haar, die nackte Haut. Er duckte sich an den Boden, kehrte ins Zimmer zurück, raffte die Kleidungsstücke zusammen. Es konnte nichts passieren. Er war sicher. Ursula gehörte ihm, jetzt und für immer. Ein Feuer würde daran nichts ändern. Er staunte über sich, über sie. Sie standen auf dem Balkon und zogen sich an. Es ist einfach, dachte er. Er war ganz kalt. Eine Übung, eine blödsinnige Feuerwehrübung. Nur halt mit echtem Feuer. Erster Stock. Im Grunde lächerlich. Aber: kein Risiko!

Er stieg über das Geländer, bedeutete ihr, es ihm gleich zu tun.

»Müssen wir springen?«, fragte sie.

»Nur ich. Du kletterst an mir runter. Dann ist es nur noch ein Hopser …«

»An dir runter? Wie denn?« Fast hätte sie gelacht, er hörte es an der Stimme. Unterdrückte das Lachen nur, um den Übungsleiter nicht aufzuregen. Keine Panik. Nicht die Spur. Er liebte sie.

Er ließ sich an den Geländerstangen niedergleiten, packte sie unten mit beiden Händen, stieß sich ab, hing am Geländer.

»Über mich runter«, rief er nach oben, »halt dich an mir fest.« Sie stieg auf seine Schultern, umklammerte ihn dann mit den Beinen, wie sie ihn früher in dieser Nacht umklammert hatte, nur diesmal von hinten; dann mit Armen und Beinen, dann nur noch mit den Armen, die Hosenbeine rissen ein, die letzte Strecke etwas zwischen Rutschen und Springen, Stuhlhöhe. Er sagte, sie solle zurücktreten und ließ los. Fiel auf den Rücken, die Kiesel taten weh. Aber nicht sehr. Er konnte aufstehen. Auch ihr fehlte nichts. Sie rannten vom Haus weg.

Das Handy war im Haus geblieben und verkohlte. Sie rannten auf die vordere Seite und brachten den Hilux in Sicherheit. Am Tor fiel ihnen auf, dass es nicht aufging. Die Fernsteuerung lag im Jaguar, der Jaguar stand in der Garage, der Schlüssel zur Garage lag in der Eingangshalle auf einem Tischchen, das zu diesem Zeitpunkt schon nicht mehr existierte. Semmler gab auf. Er nahm Ursula an der Hand und half ihr über das Tor. Der Regen wurde stärker. Sie liefen zur Rhombergsiedlung, um jemanden herauszuläuten. Das erwies sich als nicht notwendig, denn ein gewisser Anton Hinteregger fuhr in seinem neuen Lada Niva (ein in Dornbirn seltenes Auto) eben jetzt an der Semmlerschen Villa vorbei. Er kam von einer Sitzung des Bienenzuchtvereins, die sich in die Länge gezogen hatte; er sah die beiden barfüßigen, durchnässten Gestalten auf sich zukommen, ein Seitenblick auf das brennende Haus klärte die Zusammenhänge. Er hielt an und telefonierte schon, als sie ihm noch die Lage schilderten.

Die Schaulustigen bildeten ein winziges Häuflein an der Grundstücksgrenze, das sich erst nach dem Eintreffen der verschiedenen Wehren, die wegen des geschlossenen Schiebetors zunächst nicht auf den Hof einfahren konnten, vergrößerte. Es bedurfte einiger Machinationen, bis es aufging; die Hoffnung der Zuschauer, das Gestänge durch den größten Löschzug niedergewalzt zu sehen, erfüllte sich nicht. Das Gebäude war in dieser Phase keine Augenweide mehr. Der Dachstuhl zusammengestürzt, der Brand hätte in ein paar Stunden von selber aufgehört. Dennoch wurde getan, was getan werden musste, es wimmelte von Männern mit Helmen in schwarzem Plastikoutfit, da das Gewitter aufgehört hatte, hörte man die technischen Begleitgeräusche der Maschinen und Schwerfahrzeuge, die Rhombergsiedlung wurde wach.

Im Scheinwerferlicht sah die Villa klein aus, fast mickrig. Das hochgetürmte Dach war weg, die Mauern mit den leeren Fensterhöhlen hätten auch von einem Schafstall sein können.

Semmler und Ursula machten ihre Aussagen bei der Polizei; Semmler sprach von Blitzschlag.

Reporter waren auch da, es gab Fotos, Semmler versuchte erst gar nicht, etwas zu vertuschen. »Es geht nur schneller so«, sagte er zu Ursula, als man sie abgelichtet hatte. »Sie entkamen dem Inferno!« würde am nächsten Tag über dem Bild stehen. Auch dem begriffsstutzigsten Landesbewohner würde sich allerdings schon nach Überfliegen des Artikels die Frage aufdrängen, was diese hinreißende, nur mit einem Sommerfähnchen bekleidete Frau mitten in der Nacht bei einem Mann zu suchen hatte, mit dem sie nicht verheiratet war. Und die Frage würde sich von selbst beantworten.

Niemand verdächtigte Koslowski.

In derselben Nacht hatte ein Blitz am anderen Ende der Stadt eines jener alten Holzhäuser entzündet, für die sie berühmt war. Das Zusammentreffen zweier Brandfälle unterstrich die Gefährlichkeit des Gewitters vom Wochenende, das, so wollte es die Presse der folgenden Tage, einen Beweis für die gestiegene Gefährlichkeit der Gewitter überhaupt liefere, und warum sei die gestiegen? Natürlich wegen des Treibhauseffekts, womit die seit Jahren übliche Rückführung aller extremen Witterungserscheinungen auf die causa prima wieder einmal gelungen war. Sie könnten genau so gut von Hexerei schreiben, dachte Koslowski, als er die Artikel las, die eine Erklärung war so logisch wie die andere; an den Treibhauseffekt glauben alle bis auf ein paar Ketzer, wie es sie zu allen Zeiten gegeben hat. Wo ist der Unterschied zwischen dem 17. und dem 21. Jahrhundert? Es wurden heute keine Hexen mehr verbrannt, um das Übel abzustellen …

Koslowski hatte schon immer dazu geneigt, in Zeichen

großer emotionaler Belastung auf abseitige Themen auszuweichen und sich mit Fragen zu befassen, die von seiner aktuellen Lage fortführten; diese Lage änderte sich dann ohne sein Zutun. So war es auch jetzt. Die emotionale Belastung kam nicht von seiner Tat (die ließ ihn völlig kalt), sondern von der Lektüre der Zeitung um halb zehn am nächsten Tag. Ursula und Semmler waren auf der Titelseite. Koslowski las fast den ganzen Artikel, ehe ihn der Schock erfasste. Der Schock kam als Gefühlswelle von einer Intensität, die er nie zuvor erlebt hatte; Koslowski vermied starke Gefühle, wo er konnte; wenn sie ihn doch trafen, kamen sie wie eine Katastrophe über ihn. Er schnappte nach Luft, begann zu hecheln, verschüttete den Kaffee aus der Tasse, die er in der Hand hielt und ließ sie fallen. Die Untertasse ließ er auch noch fallen, den Frühstücksteller warf er schon, das Milchkännchen schleuderte er hinterher, alles zerbrach, wie es sich gehörte, die Splitter verteilten sich über den ganzen Boden. Auf dem Tisch stand nun nichts Zerbrechliches mehr, er warf den Brotkorb gegen den Küchenschrank, von dem er abprallte, ohne ein Zeichen der Zerstörung zu hinterlassen. Da überkam ihn die Wut. Er sprang auf, nahm den Stuhl, schlug damit auf die Glastüren ein, zerdrosch durch die gesplitterten Scheiben hindurch das ganze Hutschenreuthergeschirr bis zur letzten Tasse.

Im Wohnzimmer ließ er sich auf das Ikea-Sofa fallen, das sie vor fünfzehn Jahren gekauft hatten, nein vor achtzehn, sie waren damals noch nicht verheiratet gewesen, das Ikea-Sofa war das Schmuckstück der Studentenwohnung in der Speckbacherstraße in Innsbruck gewesen, wo er mit Ursula gewohnt hatte. Gewohnt hatte. Er begann zu heulen wie ein kleines Kind.

Als ihr Anruf kam, hatte er sich soweit beruhigt, dass er darangehen konnte, die Scherben in der Küche zusammenzukehren. Sie rief vom Hotel Martinspark an, in das sie mit Semmler gezogen war.

Sie werde ihn verlassen, sagte sie zu Koslowski, sofort, ohne Hin und Her. Das war ihr erster Satz. Ihre Stimme klang ruhig und sachlich, erinnerte ihn an die leicht schleppende Redeweise von Frau Mitterer aus der Buchhaltung, wenn sie irgendwelchen Chemikalienbestellungen hinterher telefonierte. Natürlich sagte er: »Bist du verrückt? Warum denn? Das kannst du nicht machen!«, und solche Sachen, aber ohne den emotionalen Nachdruck, den sie sich in dieser Situation erwarten konnte. Sie schien auch pikiert, dass er darauf verzichtete, am Telefon herumzubrüllen, sie hatte wohl einen Ausbruch erwartet und war enttäuscht, redete auch nicht lang, Dr. Breuss werde alles regeln, sagte sie, und dass sie heute noch kommen werde, ihre Sachen abzuholen. »Ich bin nicht da«, sagte er noch. Darauf antwortete sie nichts und legte auf.

Am Ende musste Koslowski in alles einwilligen, was Dr. Breuss vorgeschlagen hatte. Es blieb ihm nichts anderes übrig. Die ersten Tage nach der Eröffnung, sie werde ihn verlassen, verbrachte er in einem eigentümlichen mentalen Nebel, als ob er ein stark wirkendes Psychopharmakon genommen hätte. Dem ersten Wutanfall folgte kein zweiter, auch sonst keine starke Emotion, die psychische Batterie hatte er beim Ausrasten kurzgeschlossen. Jetzt war sie leer. Dieses Bild verfolgte ihn, die leere Batterie, es gab niemanden, der sie wieder aufladen könnte – darüber dachte er nach, während er stundenlang mit dem Rad durch die Gegend fuhr. Als er nach ihrem Anruf vom ersten ziellosen

Ausflug dieser Art heimkehrte, fand er die Küche aufgeräumt, das zerschlagene Hutschenreuther entsorgt, das Haus von ihrem Besitz entblößt, alles fort, die Kleider, sogar die Möbel, die sie gekauft hatte. Effektive Besitzteilung innerhalb von zwei Stunden, ohne Fehler, die ihm aufgefallen wären, es gab nichts zu streiten.

Der Toyota war wieder da, auf der Ladefläche eine dünne Schicht Asche, sonst war er unversehrt. Das erleichterte ihn, die Radfahrerei war ihm schon auf die Nerven gegangen.

Offensichtlich wollte sie so schnell wie möglich aus dem Haus. Wohin? In die Brandruine des Liebhabers? So war das nicht bei Semmler; der Gedanke kam ihn bitter an, dass ein gewöhnlicher Zeitgenosse durch die Feuersbrunst, wenn nicht ruiniert, so doch schwer getroffen wäre, aber nicht der Herr Millionär … das hatte er sich vorher nicht überlegt, dass Leute dieses Schlages solche Unglücksfälle nicht nur überleben, sondern auch Immobilien besitzen und nicht in ein städtisches Notquartier ziehen müssen, wenn man ihnen die Bude abfackelt.

Dass sie nicht mehr im »Martinspark« wohnte, fand er schnell heraus; Dr. Breuss hatte Anweisung, die neue Adresse geheim zu halten. Dr. Breuss war überhaupt sehr kühl bei ihrem Gespräch, das zwei Tage später im Büro des Anwalts stattfand. Dass Ursula die Scheidung wollte, hatte Koslowski erwartet, dass er selber ohne Wenn und Aber einwilligen würde, nicht. Aber das Gespräch mit Dr. Breuss fand einen Tag *nach* dem Gespräch mit Dr. Notdurfter statt. Beide Unterredungen hatten merkwürdige Parallelen: Firmenchef Notdurfter und Anwalt Breuss verlangten von ihm Verzicht. Scheidung und Kündigung. Er musste nicht einwilligen. Dann gäbe es gerichtliche Auseinandersetzungen, deren Ausgang ungewiss war. In beiden Fällen. Koslowski begriff, dass sein automobiles Ausrasten nur den Vorwand geliefert hatte, ihn aus der Firma zu entfernen. Man huldigte dort neuen Beratern, die in der Reduktion des Personals im Allgemeinen und im Abbau personeller »Altlasten« im Besonderen in Zeiten verstärkter Konkurrenz das Heil einer gedeihlichen Entwicklung sahen. Also musste er weg. Achtzehn Gehälter Abfindung und die Mitnahme des vom Betrieb eingezahlten Teils der Firmenpension – davon konnte er auch bei peinlichster Bedürfniseinschränkung die Zeit bis zum Pensionsantritt nicht überstehen, wohl aber ein paar Jahre. Vorausgesetzt, er könnte mietfrei wohnen. Dies wiederum war Bestandteil der von Dr. Breuss vorbereiteten Einigung im Scheidungsverfahren. Er behielte das Haus. Und den Hilux. Und bekäme tausend extra. Pro Monat. Ja, von seiner Exfrau Ursula. Als er an diesem Punkt von dem Schreiben aufsah, das Dr. Breuss aufgesetzt hatte, brauchte der nicht zu fragen, welche Klausel das Koslowskische Erstaunen ausgelöst hatte.

»Fragen Sie mich nicht!«, sagte der Anwalt. »Diese Dinge sind alle nicht von mir. Sie sind, das darf ich sagen, unüblich. Ich habe sie auf ausdrücklichen Wunsch meiner Mandantin hinein genommen. Es sind außerordentlich großzügige Bestimmungen. Es dürfte Ihnen aufgefallen sein, dass keine zeitliche Begrenzung angegeben ist …«

»Herr Semmler«, sagte Koslowski mit großer Ruhe, »will mir also meine Frau abkaufen. Für ein halbes Haus und tausend Euro Leibrente – ach ja, sogar wertgesichert! Gesalzene Preise, muss man wirklich sagen. Ich glaube, in den anderen Gegenden, wo das sonst noch üblich ist, hätte ich nicht so einen Reibach gemacht – vier Kamele oder waren es fünf?

Ich hab da eine Dokumentation auf N24 gesehen. So ein Kamel, was kann das kosten, umgerechnet? Wissen Sie das, Dr. Breuss?«

Dr. Breuss schüttelte den Kopf und verzog keine Miene. Wenn Männer in diesem Büro einen heiter sarkastischen Ton anschlugen, empfahl es sich, nicht darauf einzugehen. Manche fingen an zu weinen und andere, herumzubrüllen, wenn nämlich ihr Vorrat an heiterem Sarkasmus erschöpft war. Männer, die geschieden wurden, neigten dazu, diesen Vorrat zu überschätzen. Geschieden zu werden war eben kein Auffahrunfall, den die Versicherung regelte, sondern ein Treffer mit einer Panzerfaust. Da regelt niemand etwas. Dr. Breuss wunderte sich nur immer wieder, wie lang die Opfer es überlebten.

»Ich willige ein«, sagte Koslowski, »ich willige frohen Herzens ein! Wo muss ich unterschreiben?«

Zu diesem Zeitpunkt lag Koslowskis »Ja« an Notdurfter schon in der Vergangenheit, das zweite fiel ihm leichter, was ihn wunderte, weil das »Ja« zum Vorschlag Ursulas (also Semmlers) persönliche Erniedrigung bedeutete. Dennoch unterschrieb er. Spontane Entscheidung. Dem Gesicht des Anwalts war anzusehen, dass er den Ehemann für genau so verrückt hielt wie die Frau. Sie bot Zahlungen an, wodurch sie die gegnerische Partei praktisch aufforderte, noch mehr zu verlangen – aber das machte nichts, denn die gegnerische Partei akzeptierte, ohne einen Rechtsberater zu konsultieren; die eine Idiotie kompensierte die andere.

Für Koslowski war die Sache entschieden, als er die magischen Worte »tausend Euro« las. Das hob ihn von der Stufe der Nichtexistenz auf die der Existenz. Nur darum ging es: da zu bleiben, im Spiel zu sein. Denn bei dem Anschlag war es nicht um die Zerstörung von Sachen gegangen, sondern um die Auslöschung zweier Menschen. Er hatte sie beide zu Asche brennen wollen; er musste sich dies laut vorsagen, weil er es umso weniger glaubte, je weiter es zurücklag. Das Überraschendste an der Sache war nicht der Verrat der Frau oder des Freundes – beide, Frauen, wie Freunde, sind so, man kann es in Romanen lesen und im Kino sehen –, sondern seine eigene Tat: dass er dazu fähig gewesen war, sie durchgeführt hatte. Ohne Zögern, ohne Abwägen des Für und Wider. Aus einem reinen, heiligen Zorn heraus.

Viele Menschen trauen sich die Taten, die sie in der Not vollbringen, nicht zu. Springen in schäumende Wildwasser, um ein Kind zu retten und denken nicht daran, dass sie nicht besonders gut schwimmen, dafür aber einen Herzschlag erleiden können. Was sie tun, tun sie. Aus dem Stand, Entscheidung eines Augenblicks. Und genau so, dachte Koslowski, gibt es dies auch am anderen Ende des moralischen Spektrums; genau so gibt es Menschen, die ein Verbrechen begehen können, ohne dass die Vokabel »Skrupel« auch nur am Horizont ihres Bewusstseins auftaucht. Verbrechen als das natürlichste Ding der Welt. Er, Koslowski, trennte seinen Müll und hatte noch nie einen Strafzettel wegen Falschparkens eingefangen. Und in der Firma war er Sicherheitsbeauftragter und ging allen mit seiner Pedanterie auf die Nerven. Er wusste das. Aber er, derselbe Koslowski, hatte ein Haus niedergebrannt, um zwei Menschen zu töten. Er war nicht stolz auf die Tat. Er schämte sich auch nicht dafür. Verbrechen war – etwas Körperliches. Wie Niesen. Wer niesen musste, der nieste eben. Wie hätte er es unterdrücken sollen? Es ließ sich weder unterdrücken, noch absichtlich herbeiführen. Man konnte Lachen nachahmen, manche sogar das Weinen, aber Niesen? Das ging nicht.

Freilich gab es Mittel, den Anfall auszulösen; auch beim Verbrechen, da kam er schnell dahinter, existierte ein Auslöser, ein Niespulver von verlässlicher Wirksamkeit. Verrat natürlich, aber auch Existenz. Die bloße Existenz eines gehassten Menschen löste die Vernichtung dieses Menschen aus. Wer hätte sich dagegen wehren können und wie?

Ohne Semmlers großzügiges Angebot hätte er sich um einen Job bemühen müssen. In seinem Alter war die Arbeitssuche Vollbeschäftigung. Zwar aussichtslos, aber kräfteraubend. Er hätte sich über Monate mit Händen und Füßen gegen den sozialen Abstieg wehren müssen – der dann doch erfolgt wäre. Und er hätte für nichts anderes mehr Zeit gehabt. Aber Semmler wollte das nicht. Sein Schulfreund Semmler wollte, dass sich Koslowski der Muße widmete, ein ruhiges, wenn auch bescheidenes Leben führen und sich seinen Interessen widmen konnte. Koslowski brauchte weder eine Wohnung zu suchen noch einen Job. Er konnte sich voll und ganz seinen Neigungen widmen. Neigungen hatte er nun zwar keine, nie ein Hobby ausgeübt. Dafür ein neues, einziges und für ihn einzigartiges Interesse, das ihn mehr ausfüllte und beschäftigte, als eine ganze Herde Steckenpferde dies vermocht hätte: Rache.

Den Termin bei Gericht überstand Koslowski viel besser, als er befürchtet hatte. Befürchtet hatte er nämlich, auszurasten, auf offener Szene seine Frau zu erwürgen und eingesperrt zu werden. Dann würde auch der Brand der Semmlervilla noch einmal untersucht und auf verquere Art seine Beteiligung daran ans Licht kommen, zum Totschlag käme Mordversuch hinzu und Gefängnis für Jahrzehnte.

Als er sie aber wieder sah, das erste Mal seit Wochen, spürte er nichts. Weder Hass noch etwas anderes Negatives. Es gab auch kein positives Gefühl. Sie vermied es, ihn anzusehen, sie war in Begleitung des Anwalts, dem dauernd zugewandt; ihre Anspannung verlieh dem Vorgang eine gewisse Feierlichkeit, sie standen da wie Trauzeugen – er für den Bräutigam, sie für die Braut – Menschen, die sich bis zum heutigen Tag nicht gekannt hatten und gar nichts voneinander wussten. Der Richter sagte einiges, was Koslowski sich nicht merken konnte, es wurden Unterschriften geleistet, dann waren sie geschieden. Einvernehmlich. Sie verließ den Raum vor ihm, ins Gespräch mit Dr. Breuss vertieft; Koslowski ließ sich Zeit beim Hinausgehen, sie sollte ihren Vorsprung haben. Er versuchte sich zu erinnern, wie die Ehe begonnen hatte, die nun zu Ende war, die standesamtliche Trauung. Er hatte es vergessen, nicht ein einziges Bild kam ihm in den Sinn, der ganze Tag war weg. Trauer erfasste ihn. Solange, bis er die Treppe hinab gelaufen und aus dem Bezirksgericht auf die Straße getreten war.

Koslowski hatte noch acht Wochen Urlaub. Er erwog, eine Detektei zu beauftragen, verwarf den Gedanken dann wieder. Es war besser, es wusste niemand um sein Interesse an der Frau Rhomberg, geschiedene Koslowski. Er ging ins Grundbuch. Semmler besaß, wie vermutet, Immobilien. Koslowski nahm sie sich eine nach der anderen vor. Er machte Radtouren. Er kaufte sich das dazu nötige Outfit. Er fuhr in der Stadt herum und außerhalb der Stadt, machte weite Ausflüge ins Ried, zum Rhein, in die nahe Schweiz. Mit dem Rad konnte er auch in Wohnanlagen hineinfahren, Fußwege zwischen Gärten benutzen, ohne dass es auffiel. So kontrollierte er in regelmäßigen Abständen jede der sechs

Wohnungen, die Semmler laut Grundbuch in Dornbirn und Umgebung besaß. Vier davon lagen in Blocks, wie man sie Ende der achtziger Jahre in großen Stückzahlen auf den dazu eng pilotierten Riedboden gesetzt hatte; die Straßen trugen alle hübsche Blumen- oder Baumnamen, hätten aber alle mit größerer Berechtigung »Moorweg« oder »Am Sumpfgraben« heißen können. Zweistöckige Gebäude der modernen Vorarlberger Architektur, viel Holz, viel Glas, manche sahen aus wie überdimensionierte Obstkisten, die man in die Landschaft gestellt hatte. Obligatorische Sonnenkollektoren, kontrollierte Be- und Entlüftung mit Wärmerückgewinnung und so weiter. Der Stil machte keinen Unterschied zwischen Produktions-, Büro- und Wohnbauten, man musste schon die Klingelknöpfe an der Tür inspizieren, um zu entscheiden, ob der Quader ein Mehrfamilienhaus, der Sitz einer Anwaltssozietät mit eingelagertem Internisten oder ein Softwareunternehmen war. Koslowski drückte solche Klingelknöpfe an den vier Objekten und fragte nach Frau Rhomberg; er mutierte zum Fahrradkurier, hatte ein Päckchen abzuliefern (er hatte auch eines dabei). Von einer Frau Rhomberg wusste niemand, drei der vier Wohnungen waren vermietet, eine stand leer. Koslowski hatte das erwartet. Die Wohnungen entsprachen einer bestimmten Klasse von Mietern, drei Zimmer und Balkon. Kellerabteil, Tiefgaragenplatz oder Carport. Siebzig bis hundert Quadratmeter Garten. Ob Eigentum oder Miete spielte keine Rolle. Es war seine eigene, Koslowskis Klasse. Und Ursulas. In einer dieser Wohnungen konnte er sie sich ohne weiteres vorstellen, geschieden, allein erziehende Mutter mit halbwüchsiger Tochter. Aber nicht als Geliebte und – wartet nur – neue Lebensgefährtin des schwerreichen Herrn

Semmler. Wenn der soviel Wert auf Ursula legte, dass er an den Exmann eine nicht unbeträchtliche Rente zahlte, dann ließ er sie nicht im Ambiente gewöhnlicher Brotesser wohnen. Blieben die beiden anderen Wohnungen. Beide lagen in einem Apartmenthaus oberhalb von Dornbirn. Ein Block mit nur sechs Einheiten, jede von der Größe zweier Kommunalwohnungen für eine vierköpfige Familie, dazu eine Terrasse mit der Fläche einer weiteren. Internationaler Stil, für Koslowskis Geschmack zu kühl und steril. Abartig teuer. Blick über den Bodensee. An klaren Tagen konnte man das Konstanzer Münster sehen, im Garten gab es einen Pool, wie ihn achtbare mittlere Gemeinden als Schwimmbad haben; nur war dort die Einfassung aus Beton und nicht aus brasilianischem Granit. Das erfuhr er alles von dem Gärtner, den er in ein Gespräch über die Buchshecke verwickelte, wie man die so hinbekomme, so eine ebenmäßige, saftig grüne habe er ja überhaupt noch nie gesehen und so weiter … der Gärtner gab Auskunft. Er war froh, dass jemand mit ihm redete. Das tat von den Hausbewohnern nur selten jemand. Alles »Bessere«, wusste er zu berichten, ein Steuerberater, einer von der Landesregierung, von den anderen wusste er es nicht einmal … die waren selten da. Und zwei von den oberen Wohnungen sind jahrelang leer gestanden, jetzt ist aber der Besitzer eingezogen. Und eine Frau. Sehr schön, sehr blond, nicht mehr ganz jung, aber – alle Achtung!

Ach so? Ganz plötzlich? Interessant …

Ja, ein Mädchen sei auch bei der Frau dabei, ganz nett, die Mutter auch, die reden sogar ein paar Worte, wenn sie vorbeigehen, Grüß Gott! Viel Arbeit? … und so halt.

Der Mann redet auch?

Kaum.

Hundert Meter hinter dem Haus begann jenseits einer großen Wiese der bewaldete Berghang. Ein steiler Weg führte hinauf, nur mit stärkster Untersetzung zu schaffen. Als er oben war, lief ihm der Schweiß von der Stirn. Er schlug sich in die Büsche, legte das Rad auf den Boden und wartete.

Sie kamen erst gegen Abend. Das russische 20 × 60 ließ keinen Zweifel: Semmler, Ursula und Karin. Das Auto kannte Koslowski noch nicht, ein großer Audi. Entweder ein Leihwagen, weil der neue Jaguar lange Lieferzeit hatte. Oder Semmler unterstrich mit dem Markenwechsel innere Neuorientierung. Der neue Adam fährt auch ein anderes Auto. Semmler half den Damen aus dem Wagen, die ältere Dame ließ sich auch helfen, die jüngere aber nicht. Sie stieß seinen Arm weg. Semmler lachte, Ursula lachte, Karin lachte nicht. In dem Marineglas war das zu erkennen; Koslowski pries seinen Instinkt, der ihn das unförmige Ding vor Jahren hatte kaufen lassen, in einem Wald-und-Wiesen-Feldstecher mit achtfacher Vergrößerung wären ihm die körpersprachlichen Details verborgen geblieben.

Und die Idee, die nun zu keimen begann, wäre nicht gekeimt.

Die beiden Erwachsenen schritten auf den Eingang zu, sie bei ihm eingehakt, nach ein paar Schritten blieben sie stehen, küssten sich. Wo war Karin? Schon aus dem Gesichtsfeld, Koslowski fand sie wieder, sie stand noch beim Auto, kramte eine Tasche vom Rücksitz, schaute sich dann nach ihrer Mutter und dem Liebhaber um. Koslowski erkannte die Falte auf der Stirn, so sah die empörte Karin aus, die etwas ablehnte, was ihren moralischen Grundsätzen widersprach, auch hasste sie vieles, was sich im modernen Leben nicht vermeiden ließ. Umweltzerstörung und Klimaerwärmung sowieso, aber auch kleine Fehlleistungen, deren sich schwache Menschen wie ihre Eltern schuldig machten. Entsorgung von Verbundverpackungen im Plastik- statt im Restmüll, Kauf von acrylamidhaltigem Salzgebäck. Kauf von T-Shirts aus kinderarbeitverdächtiger Produktion. Kauf überhaupt. Karin war das Produkt jahrelanger Indoktrination grüner Lehrpersonen, die den Kindern von der ersten Klasse die Realität des Bösen an der Umweltverschmutzung und die des Guten am Kampf gegen die Atomkraft verdeutlicht hatten. Koslowski hatte seinen Chemikerberuf nur mit einigem Aufwand rechtfertigen können; es kam eben darauf an, auch auf dem Sektor Umweltgefährdung mehr zu wissen als die halbgebildeten Lehrer; er hatte ihr den Betrieb gezeigt, und was dort alles unternommen wurde, Belastungen zu vermeiden. Karin war ein kluges Kind. Sicher im weitem Umkreis die einzige Fünfzehnjährige, die alle E-Nummern auswendig wusste. Ihr Verhältnis zu Koslowski war im Lauf der Jahre besser geworden als er am Anfang befürchtet hatte. Er war und blieb der Stiefvater, die Nummer zwei hinter der Mutter. Natürlich war sie bei der Mutter geblieben. Aber auch die Nummer zwei, dachte Koslowski, während er durchs Fernglas beobachtete, wie sie hinter den beiden Erwachsenen ins Haus trottete – auch die Nummer zwei lässt man sich nicht gern austauschen, einfach so, ohne zu fragen. Und schon gar nicht auf diese Weise. Austauschen gegen einen reichen Protz, der nichts anderes versuchen würde als sie zu kaufen. Die blaue Bluse hatte er noch nie an ihr gesehen; in beiden Händen trug sie je eine jener reißfesten Riesenplastiktaschen, die man in hiesigen Modegeschäften mitbekam, um ein einzelnes Paar Jeans zu transportieren; an Ursula waren ihm die Taschen nicht aufgefallen, sie kam immer damit heim, wenn sie in der Stadt gewesen war. Ihr würden sich in punkto Shoppen nun ganz andere Dimensionen auftun, dachte Koslowski; Semmler würde sich den Wünschen seiner Geliebten nicht entgegenstellen. Der hatte die Haustür aufgesperrt, die Damen traten ein, er selber kehrte zum Auto zurück und entnahm dem Kofferraum ein halbes Dutzend ähnlicher Gebinde und rannte – tatsächlich: er rannte – hinter den Frauen her ins Haus.

Koslowski verstaute das Glas, stieg aufs Rad und folgte dem Waldweg. Zurückfahren wollte er nicht an dem Block vorbei. Er würde seine Stieftochter besuchen. Wenn sie ihn eingeladen hatte. Sie brauchte nicht zu wissen, dass er die Adresse schon kannte. Er musste das sorgfältig einfädeln. Er musste ihr ein bisschen Zeit lassen, ein bisschen Freude an den schönen, neuen Kleidern. Besitz ist schal, dachte er, aber nicht von Anfang an, das vergessen die Grünapostel, dachte er, erst ist er wunderbar, der Besitz, erst später fängt er an, schal zu schmecken. Für Menschen wie Karin. Denn am meisten von allem hasste sie die Ungerechtigkeit. Bei jeder Frage, jedem Problem kam es nur darauf an, festzustellen, ob ein Unrecht geschehen war, und wenn ja, wem. Danach richtete sich Karin. Ein einfaches Analysesystem mit dem Vorteil universeller Gültigkeit. Wie Lackmuspapier. Rot bei Säure, blau bei Lauge, unverändert bei neutralem pH. Damit ließ sich alles testen. Auf den Säuregrad. Anderes kam nicht in Betracht, der Gehalt an Mangan oder Dioxin. Wer nur ein Lackmuspapier hat, für den ist alles Säure oder Base.

Im vorliegenden Fall würde Karin auf die Grenzen des

Recht-Unrecht-Lackmustests stoßen. Das Papier blieb unverändert; niemandem war Unrecht geschehen, niemandem Recht, dass dies nicht stimmen konnte, schwante ihr schon. Der Test versagte. Ihre Mutter hatte den Stiefvater verlassen. Wegen eines anderen Mannes. Durfte sie das? Koslowski war nicht ihr leiblicher Vater. Andererseits: Als Stiefvater war er nicht so übel gewesen, Karin hatte ja Vergleichsmaterial in den leiblichen Vätern ihrer Freundinnen, da gab es Kreaturen ... Koslowski wusste das alles, denn Karin erzählte gern, und sie erzählte es ihm. Ja, er hatte ein gutes Verhältnis zur Tochter, ob Stief- oder nicht, spielte keine Rolle. Ihr Recht-Unrecht-Test versagte, weil sie in töchterlicher Blindheit die ungeheuerliche Tat ihrer Mutter nicht richtig einzuschätzen wusste – und Koslowski würde ihr dazu kein Wort der Aufklärung sagen, kein schlechtes Wort über ihre Mutter. Semmler würde ihr zur Wahrheit verhelfen. Durch alles, was er sagte, tat oder auch zu sagen und zu tun unterließ; das konnte anders nicht sein. Semmler würde sich als eindeutig identifizierbares Arschloch erweisen, wenn sich erst die Nebel der Emotion und Seelenverwirrung lichteten, die jetzt noch über der Szene lagen. Dann würde sich auch herausstellen, dass tatsächlich – da schau her! – jemandem Unrecht geschehen war, noch dazu schweres Unrecht, und zwar einem einzigen Menschen: ihm, Koslowski, dem unschuldigen Stiefpapa.

Er musste nicht viel dazu tun. Nur Verbindung halten. Vorsichtig. Zunächst per Telefon. Ihre Handynummer hatte er noch.

4

»Du willst was?« Christoph Wurtz starrte ihn an.
»Du hast es gehört: bauen.«

»Natürlich hab ich's gehört – dachte nur, ich hätte es akustisch nicht verstanden …«

»Es liegt doch auf der Hand, es muss sein! Ich hätte das schon früher machen sollen, ich war nur blind dafür, verstehst du, in dem alten Trott …«

»Blind – wofür?«, unterbrach ihn Wurtz.

»Für das Offensichtliche!« Mit dieser Bemerkung konnte Wurtz nichts anfangen, das sagte er aber nicht. Semmler breitete vor ihm einen Plan aus, sie mussten die Getränke ans andere Ende des langen Gartentisches stellen. Wurtz hatte auch Immobiliengeschäfte abgewickelt und Übung im Lesen von Plänen. Bei dem hier genügte ein Blick, um zu wissen, dass Semmler verrückt war.

»Das ist kein Haus mehr«, sagte er, »das ist ein Palast.«

»Nun ja … Palast … wenn du meinst …« Semmler protestierte nicht einmal zum Schein gegen die Bezeichnung, sie freute ihn, das konnte er nicht verbergen. Wie ein Kind, dachte Wurtz, er freut sich wie ein Kind.

»Es ist recht groß«, sagte er, um Beiläufigkeit bemüht, »ich würde sagen: doppelt so groß wie das alte.«

»In etwa«, sagte Semmler.

»Wieso?«, fragte Wurtz.

»Wieso was?«

»Wieso baust du so groß? Du hast doch nicht einmal das alte Haus ausgefüllt.«

»Aber da war ich noch allein. Jetzt sind wir zu dritt!« Es klang nach Triumph.

»Verstehe«, sagte Wurtz. Es war nicht einmal gelogen. Er verstand, dass Semmler nicht mehr normal war.

»Die große Fläche hier ist der Pool?«

»Wir dachten, wenn schon Pool, dann soll es ein richtiges Schwimmbad sein, wo man auch ein paar Tempi machen kann.«

»Wir …?«

»Ursula und ich.«

Wurtz erkannte den Maßstab am Rand des Plans. 1:100. Der Pool allein sah auf der Karte nach zwanzig Zentimeter aus, also zwanzig Meter in der Wirklichkeit. Wie die Längsausdehnung des Innenhofes, um den sich die einzelnen Gebäudeteile gruppierten; das Schwimmbecken lag außerhalb des Rings im Garten. Viel war davon nicht mehr übrig. Wurtz blätterte die Seiten mit den Ansichten auf. Seitenrisse. Quader. Stein, Alu und Glas. Viel Glas. Arkaden auf der Innenseite. Mit den graphischen Zeichen im Hof konnte Wurtz nichts anfangen. »Was kommt da hin?«

»Sträucher und Bäume!« Semmler lachte über den eigenen Witz. Wurtz hatte ihn nicht verstanden. »Nein, im Ernst«, fuhr Semmler fort, »ein richtig toller Garten, es wird ein kleiner Park, wir haben dazu einen Gartenarchitekten engagiert, sehr bekannt in der Szene …«

»Und das Haus, wer hat das geplant?«

»Bergmann.«

Wurtz unterdrückte das Wort, das ihm auf der Zunge lag, das Wort »teuer«. Bergmann war ein Stararchitekt mit büschelweise Preisen und Vorzeigebauten in Wien, Berlin und Helsinki. Sein jüngstes Werk war die Repräsentanz irgendeines Emirats … oder war das eine Firma? Wurtz hatte davon gelesen, auf jeden Fall etwas mit Öl. Semmlers Villa sah ähnlich aus.

»Die farbigen Pläne krieg ich noch«, erklärte Semmler, »da siehst du dann die Oberflächengestaltung auch besser …«

»Aha, die Oberflächengestaltung …«

»Ja, die Terracottafliesen und so weiter, da kenn ich mich auch nicht so direkt aus, diesen Teil hat Ursula übernommen.«

»Ach ja, Ursula …«

»Die Fliesen kommen aus Italien, glaub ich … sieht alles unheimlich gut aus.«

Wurtz sagte nichts. Was sollte er auch sagen? Unheimlich gut, wie wahr. Aber viel mehr unheimlich als gut. Seit ein paar Monaten war Semmler wie verwandelt. Er hatte geheiratet, rauschendes Fest, vierhundert Leute, Wurtz mit seiner Hilde war auch eingeladen gewesen, das Fernsehen hatte einen Beitrag für die lokale Eventserie gemacht, wo die Prominenten alkoholinduzierte Statements abgaben, die sie für launig hielten; es war Wurtz schon dieses Fest weit protziger vorgekommen als es selbst in diesem Milieu von Ortskaisern und mittelständischer Provinzkamarilla üblich war – aber jetzt hatte Semmler jedes Maß verloren. Wurtz hatte sich fest vorgenommen, nicht zu fragen, weil aus der Frage nur Unangenehmes erwachsen würde, das wusste er jetzt schon, aber unter einem inneren Zwang stellte er die Frage doch wie der ewig rückfällig werdende Trinker eben doch zum Glase greift und sich im selben Augenblick dafür verachtet. Auch Wurtz verachtete sich. Dabei war die Frage ein einziges Wort.

»Wie viel?«

»Alles in allem – zwei. Runde zwei.«

Das Unangenehme begann sofort. Wurtz hatte das geahnt, nur nicht vorausgesehen, worin es bestehen würde. Das Unangenehme bestand darin, dass er nicht wusste, was er sagen sollte, und dass Semmler das merkte. Die Atmosphäre veränderte sich, mit jeder Schweigesekunde wurde sie kühler. Als es schon egal war, sagte Wurtz: »Wenigstens hast du schon das Grundstück.«

»Der Abriss ist bei den zwei dabei. Auch nicht sicher, ob es dann tatsächlich auf zwei hinausläuft, rein rechnerisch stehen wir bei eins neun, aber du weißt ja, wie das ist beim Bau.«

»Da hast du Recht, es wird am Ende immer teurer.« Wurtz vertiefte sich in die Planunterlagen, als ob ihn Material- und Ausstattungsdetails interessierten. Es stimmte schon, auch Wurtz hatte gebaut. Aber nicht um zwei Millionen Euro. Sondern um damals fünf Millionen Schilling. Und da war ihm hinterher eine Million hinausgeschmissen vorgekommen, mindestens eine Million. Hildes Sonderwünsche. Dreihundertfünfzigtausend Euro hatte sein Haus nach heutiger Währung gekostet. Aber es war ein Haus, sehr gehoben, in guter Lage, aber eben nur ein Haus, kein … wie sollte man das hier nennen? Villa? Bungalowlandschaft? Stadtteil?

»Wie viel Wohnfläche hat es denn?«, fragte er, um das lastende Schweigen zu brechen.

»Rund tausend.«

»Oh – da habt ihr aber die Grenze für die Wohnbauhilfe deutlich überschritten.«

Semmler lachte über den müden Witz, es platzte aus ihm

heraus wie eine Explosion, Wurtz lachte mit. Gut daran, das die emotionale Temperatur wieder anstieg. Eigentlich lachen wir jetzt über die armen Leute, die auf den günstigen Kredit angewiesen sind, dachte er, ich sollte mich schämen, aber ich tu es nicht. Die Grenze lag bei hundertdreißig Quadratmetern, die man mit eigentümlicher Kasuistik des Nicht-voll-Anrechnens gewisser Flächen auf hundertfünfzig und -sechzig aufblasen konnte, ohne die Förderung zu verlieren. Aber Semmler hätte sie auch bei Beschränkung auf Einfamilienhausgröße nicht gekriegt, er war nicht »förderungswürdig«. Er war zu reich.

»Wie finanzierst du das?«, fragte Wurtz.

»Finanzieren? Ich finanziere gar nichts. Ich bezahl es einfach.« Semmler lachte.

»Natürlich, bezahlst es einfach!« Wurtz lachte auch. Es hatte keinen Zweck, er kam an Semmler nicht mehr heran. Er hätte einfach fragen müssen: Warum machst du so einen Riesenblödsinn? Das traute er sich nicht. Aber bei genauer Betrachtung war die Antwort auch nicht wichtig. Im Geschäftsleben zählen nicht die Absichten und Gründe, nur die Taten. Was immer die Begründung für Semmlers Handlung sein mochte – was er da tat, war vollkommen irrational, eine perverse Verrücktheit, und zwar eine von nicht tolerierbarem Ausmaß. Wurtz kannte viele Reiche, die sich unsinnige Dinge anschafften. Jachten, Cabrios. Spleen, Hobby, Leidenschaft. Aber niemand gab zwei Millionen für ein Haus aus, einfach so. Semmler hatte die Grenze vom Exzentrischen zum Pathologischen überschritten. Schuld hatte diese aus dem gesellschaftlichen Nichts aufgetauchte Frau. Nur ein Detail. Wichtig nur eins: Wenn Semmler privat nicht mehr richtig denken konnte, wer garantierte, dass er dazu geschäftlich noch imstande war? Nun ja, niemand. Wer ihn also gut kannte, war gut beraten, ihn nicht mehr so gut zu kennen. Und später gar nicht mehr. Es ging nicht um den Rat, den er einem geben oder die Pläne, in die er Partner einweihen wollte. Niemand brauchte den Ratschlag eines Verwirrten zu befolgen, niemand musste sich an Semmlers Plänen beteiligen. Wesentlich war der soziale Abstand zu Semmler. Der Idiot würde fallen – direkt in ein Loch, das sich unter ihm auftat. Wer dann zu nah dran stand, würde mitgerissen werden.

Wurtz lenkte das Gespräch auf andere Dinge, erkundigte sich nach dem Wohlergehen von Frau und Stieftochter. Semmler antwortete ausführlich, enthusiastisch, machte große Gesten. Schwenkt die Arme wie ein Zirkusclown, ging es Wurtz durch den Kopf, es ist ein Trauerspiel. Dann verabschiedete er sich, zugehört hatte er nicht. Er musste nun Hilde über die Lage instruieren und wappnete sich, ihren Vorwürfen zu begegnen: denn sie würde darauf bestehen, schon vor Jahren vor Semmler gewarnt zu haben. Aus Instinkt. Wurtz erinnerte sich nicht an solche Warnungen, seine Frau erfand diese Dinge; wenn es nicht mit solchen Abstrichen der Lebensqualität verbunden wäre – wenn Hilde mehr Humor hätte, als sie hatte – dann, so dachte er sich, würde er sich den Spaß machen und ihr gegenüber seinem Freund Semmler ein phantastisch profitables Geschäft unterstellen, das dieser eben durchgezogen habe. Dann würde sie ihn darauf hinweisen, schon vor langer Zeit zu engerem Kontakt mit diesem begnadeten Geschäftsmann geraten zu haben, der sie an ihren Vater erinnere … Wurtz lachte, als er die Semmlersche Protzwohnung mit Bodenseeblick verließ. So war sie eben, daran hatte er sich gewöhnt. Er mochte sie trotzdem. Mehr als ein »Gernhaben« war da nie gewesen, was er manchmal vermisste; keine Leidenschaft, kein Bäume-Ausreißen. Und keine verrückten Aktionen. »Amour fou« hatte er nie erlebt. Und das, fand er, war gut so. Und es war auch gut, dass ihm das Schicksal vorführte, wohin Liebe dieser Art führte: in den Abgrund. Einen so harten Geschäftemacher wie Semmler zum Narren mutieren zu sehen, versöhnte ihn mit seinem eigenen Los. Seine Tage würden nie so hell sein, wie es die des anderen nun waren; aber seine Nächte auch nie so dunkel wie jene, die Semmler bevorstanden. Zwei Millionen. Ihn schauderte bei der Vorstellung. Er wusste nicht, wie reich Semmler war. Aber er konnte es abschätzen. Das war keine Summe, die sich so einfach aus einem Vermögen herausnehmen ließ, ohne die Struktur dieses Vermögens entscheidend zu verändern. Wurtz kannte eine Schweizer Multimillionärin, die ein italienisches Schloss geerbt – und nach ein paar Jahren an einen Hotelkonzern verkauft hatte, weil ihr der Unterhalt die Haare vom Kopf fraß. Verantwortungsbewusste Menschen entledigten sich solcher Kästen, so schnell sie konnten, Semmler baute sich einen. An dem Reichtum, der den Bau als Spleen hätte erträglich werden lassen, fehlte hinten eine Null.

Wurtz fuhr die steile Zufahrtsstraße hinunter. Er würde Semmler hier nicht mehr besuchen. Aber er würde ihn auch nicht in seiner Prachtvilla besuchen, wenn sie dann fertig war. Er würde Semmler überhaupt nicht mehr besuchen. Es galt wie bei der Pest: fliehe weit und schnell!

»Möchtest du Kaffee? Eine Limo, Cola? Ich hab alles da …«

Karin schüttelte den Kopf. Es war eine zweifache Verneinung. Nein, sie wollte nichts zu trinken, und nein, sie glaubte nicht, dass er »alles da hatte«. Alles da zu haben war ein Zeichen bürgerlicher Wohlanständigkeit. Davon konnte in diesem Haushalt keine Rede sein. Nun, Engelchen, dachte Koslowski, lernst du auch einmal die andere Seite der Medaille kennen, das wird deinen Horizont erweitern.

»Ich mach trotzdem Kaffee«, sagte er, »du kannst dann ja …« Sätze nicht zu vollenden war eine neue Verhaltensweise an ihm. Auch, dass er mitten im Gespräch in irgendeine Ecke starrte. Immer ein paar Sekunden zu lang.

Sie schaute sich um, während er am Herd hantierte. Sie saßen in der alten Wohnküche. Alles war vertraut und gleichzeitig auf entsetzliche Weise verändert. Sie hätte nicht sagen können, worin diese Veränderungen bestanden; es war atmosphärisch. Wie ein Schleier lag über der Einrichtung ein stilles Grau; bei einem Bildschirm hätte sie die Farbsättigung aufgedreht. Und den Kontrast. Es sah alles wässrig aus, fast verschwommen. Genau wie ihr Stiefvater, der nun die Espressomaschine auf die Platte stellte. Die hatten sie aus Rimini mitgebracht, erst vor acht Jahren. Karin erinnerte sich an diesen Urlaub. Sie hatte sich vor dem Wasser gefürchtet, es war ihr erster Urlaub am Meer gewesen. Koslowski hatte ihr das Schwimmen beigebracht. Sie atmete tief durch.

»Warum nimmst du nicht die Saeco?«

»Ist kaputt.«

»Dann kauf eine neue, das ist doch umständlich mit dem Ding da …«

Er drehte sich um. Lächelte. Er hatte es vor dem Spiegel geübt. Nur nicht übertreiben, das war das Wichtigste, und ganz in der Figur bleiben. Method acting. Machten die berühmten Schauspieler so: die Figur *sein*, nicht *spielen*. Robert de Niro hatte sich zwanzig Kilo angefressen, um den alternden Boxer Jake la Motta darstellen zu können. Koslowski musste keinen Boxer spielen. Er musste sich nur wie ein von seiner Frau verlassener Mittfünfziger verhalten, der außerdem seine Stelle verloren hatte. Das war erstaunlich leicht: Er *war* ein von seiner Frau verlassener Mittfünfziger, und die Stelle hatte er auch verloren. Es kam nur darauf an, den Gefühlen freien Lauf zu lassen, nichts zu unterdrücken, nur eben: keine Übertreibung, nichts Aufgesetztes.

»Weißt du«, sagte er, »ich muss mich jetzt einschränken, ich kann nicht einfach hingehen und Sachen kaufen, die mir gefallen.«

»Da geht's doch nicht um gefallen! Du brauchst doch eine Kaffeemaschine …«

»Ja, du hast wohl recht … ich hab Gugelhupf gebacken. Magst du?«

Sie nickte nur. Die Antwort blieb ihr im Hals stecken. Der Hals wurde eng. Gugelhupf. Den hatte er ihr immer gebacken, wenn es ihr schlecht ging. Wenn Lotte sie in der Schule geärgert hatte oder eine andere der blöden Zicken. Oder wenn es in Mathematik nur zu einer Zwei gereicht hatte. Karin war sehr strebsam.

Sie holte tief Luft. Beobachtete ihren Stiefvater, wie er den Gugelhupf zerteilte. Die italienische Kaffeemaschine meldete sich mit gurgelndem Zischen; das Geräusch hatte sie viele Jahre nicht mehr gehört. Es tat gut. Damals hatte sie den Kaffee nur mit viel Milch bekommen. Gegen den Widerstand der Mutter, Koslowski war nachgiebig gewesen, auch bei anderen Genüssen der Kindheit.

Sie saßen am Küchentisch einander gegenüber. Kaffee und Kuchen. So waren sie viele Male gesessen, viele Sonntage. Damals war ihre Mutter dabei gewesen. Jetzt war sie fort, und dieses Fortsein hatte etwas Endgültiges, als ob sie gestorben wäre. Karin machte sich keine Illusionen. Die Hochzeit mit Semmler kam ihr wieder in den Sinn, das Pompöse, Aufgesetzte, das Laute, die lästigen Reporter, das Zur-Schau-Stellen von Geld, Geld, Geld. Ihrer Mutter machte sie keine Vorwürfe mehr. Sie hatte einfach den Verstand verloren. Und Semmler auch. Sie durfte natürlich ihre Freundinnen aus der Schule ins neue Haus mitbringen. Sie durfte überhaupt alles. Sie brachte sie nur mit, wenn Ursula und Semmler nicht zu Hause waren; ihre Freundinnen mussten dann nicht so tun, als ob … sie konnten einfach loslachen. Karin lachte mit. Was sollte man sonst tun? Sie machten Witze über das Haus. Wo der Plan sei mit dem roten Punkt – ›Sie befinden sich hier‹ – so was sei doch vorgeschrieben für den Katastrophenfall, in jedem Hotel gebe es so einen Plan! Und wie lang sie vom hinteren Teil zum Tor brauche, wenn jemand läutet – dafür hätten sie ja eben die Sprechanlage in allen Räumen, warf sie dann ein, weil sonst die Besucher wieder fortgehen, wenn so lang niemand aufmacht. Dann lachten alle. Sie waren leicht zu unterhalten, ihre Freundinnen. Der Witz war schlecht und stimmte nicht einmal zur Hälfte. Niemand musste lang warten, sie hatten Personal, Haushälterin, Köchin und Gärtner.

Die Freundinnen beneideten Karin nicht. Das war von allem das Merkwürdigste: Semmler hatte es geschafft, einen Riesenhaufen Geld für das absolut uncoolste Ding auszugeben, das sie je gesehen hatten. Niemand aus ihrer Klasse wollte in so einem Haus leben. Er sei ein Freak, ihr neuer

Stiefvater, mit so einem Haus, sagte Lotte. Das war das Netteste, was jemals jemandem zu Semmler einfiel, und außerdem Sprachregelung, denn Lotte war die Queen und bestimmte, was etwas war und nicht war, auch die Jungs hielten sich dran. Aber Karin war nicht sicher, ob sie das nicht nur gesagt hatte, weil sie Lottes beste Freundin war.

Semmler taugte als Puffer, sie konnte ihm alles in die Schuhe schieben. Dabei war es ihre Mutter, die das Haus zu einem Alptraum machte. Keine Woche verging, ohne dass Ursula ein neues Teil anschleppte oder anschleppen ließ, mit dem sie den Innenhof oder sonst was verschönerte. Sie las Stöße von einschlägigen Zeitschriften, jede ein Kilo schwer, und ließ sich inspirieren: die Vorschläge dort waren für sich schon abgedreht (sie suchte nur solche aus) – aber mit Semmlers Haus drum herum wurde das Zeug zur Megakatastrophe. Das neueste waren Marmordelphine für den Poolrand, jeder zwei Meter lang, für Schweinekohle aus Italien importiert, eine ›Spitzenleistung mediterranen Kunsthandwerks‹, wie Ursula das nannte; sie hatte sie im Internet entdeckt und dort war das genau so gestanden. Spitzenleistung mediterranen Kunsthandwerks.

Über all das konnte man sich endlos verbreiten und ablachen. Wenn da nicht Koslowski gewesen wäre. Ihrem Papa ging es schlecht. Sie nannte ihn nur für sich so; die Bezeichnung ›Papa‹ brachte Stress im neuen Haus, das hatte sie schnell mitgekriegt. Ursula wäre es am liebsten gewesen, sie hätte Semmler so genannt. Einfach das Wort vom alten auf den neuen Stiefvater übertragen wie eine technische Bezeichnung; man sagte ja auch zum neuen Auto ›Auto‹. Semmler, das hatte Karin gleich gemerkt, war es vollkommen egal, wie sie ihn nannte, er fand alles gut, was Ursula gut fand – und gut. Aber sie weigerte sich, sie nannte Semmler ›Semmler‹ – und vermied das Wort ›Papa‹, wenn von Koslowski die Rede war. Von dem war höchst selten die Rede. Nie, wenn sie nicht davon anfing. ›Koslowski‹ statt ›Papa‹ und ›Semmler‹ statt ›Papa‹, das war der Kompromiss; ihre Mutter war nicht damit zufrieden, sie selber war nicht damit zufrieden, aber so war es nun; ›Papa‹ als Wort kam nicht vor.

Und ihrem Papa ging es schlecht. Er klagte nicht, das hatte er nie getan, aber jeder konnte es sehen. Jeder, der sich dafür interessierte. Das tat nur niemand außer ihr. Wie er seine Stelle bei der Firma verloren hatte, musste sie bei mehreren Besuchen aus ihm herausfragen; er redete nicht gern darüber und hätte von sich aus keinen Ton gesagt, warum er mitten unter der Woche, mitten am Tag, zu Hause saß.

Sie hatten ihn rausgemobbt. So war es doch. Das hatte er nicht gesagt, sie musste es sich zusammenreimen aus dem, was er ihr davon erzählte; sie bestand darauf, alles zu hören, wer was zu ihm gesagt hatte, was er geantwortet hatte, was sie sonst getan hatten … Mobbing war es, klarer Fall. Er war zu alt.

»Wie geht's in der Schule?«, unterbrach er ihre Gedanken, seine Standardfrage, jedes Mal fragte er sie das, als ob es da von einer Woche zur anderen weiß Gott welche Neuerungen geben könnte. Sie antwortete auch recht brav, erzählte von Schularbeiten und was der Wimmerlein in Englisch wieder gesagt hatte (er hieß nicht wirklich so, einfach Wimmer, aber sie nannten ihn wegen seiner hohen Stimme so). Schulklatsch, der ihn zu interessieren schien, aber das fragt er nur und geht dann noch ein auf den Blödsinn, um mich von der Situation abzulenken, dachte sie. Ihr Papa hielt sie für ein Kind, das man vor der harten Wirklichkeit beschützen musste; er hatte keine Ahnung. Die harte Wirklichkeit kannte sie, das war ihr klar, noch nicht komplett, ihr hatte aber schon der Teil genügt, den sie kennenlernen durfte. Etwa, seit Hans-Joachim mit einer aus der Parallelklasse ging, das war jetzt vier Monate her. Die Sache mit Hans-Joachim hatte zwei Monate gedauert, er hatte diesen Sommer Matura gemacht und würde ab Herbst in Wien studieren; sie hatten sich schreiben wollen und viel besuchen, keine SMS, keine Mails, ganz altmodisch – und sie wusste ganz genau, dass es seine Idee gewesen war, die Schreiberei, der ganze romantische Quatsch. Dazu war es nun nicht mehr gekommen, sie würde keinen einzigen Brief nach Wien schreiben müssen und keinen von dort erhalten, nicht einmal zu seinem Maturafest hatte er sie eingeladen; nicht, dass sie hingegangen wäre, wahrscheinlich war die neue Freundin dagegen. Das war doch keine Art, so was zu beenden; Lotte hatte gesagt, auf der Skala habe er mit der Aktion locker zwei Punkte gemacht und stünde bei acht. Sie bezog sich auf ihre private Arschlochismus-Skala, die von eins bis zehn ging, eins war nur bei genauem Hinsehen spürbar, zehn war hochpathologisch. Kein einziger ihrer Lehrer hatte auch nur die sieben erreicht wie ein paar aus der Klasse früher, aber das waren Prolos gewesen, da kam das aus dem Umfeld, die konnten nicht anders und waren inzwischen eliminiert.

Vier Monate gegen die zwei, wo es halbwegs gelaufen, doch auch schön gewesen war; es tat immer noch abartig weh, die Performance war miserabel. Es lohnte sich nicht. Aber das Herz war getroffen und nicht wieder verheilt.

Wie geht's in der Schule? Was für eine Frage. Wie immer.

Gut. Im Leben ging es schlecht. Ihr und ihm auch. Es liegt daran, dachte sie, dass wir Freaks sind. Nicht blutsverwandt, aber Freaks, das gibt es ja. Das erklärte auch die ursprüngliche Anziehung zwischen Koslowski und ihrer Mutter, denn ihre Mutter war auch ein Freak. Und dieser Semmler war auch einer, es genügte, sich das Haus anzusehen. Und der Vater, der richtige? Der war ein stinknormaler Mensch, früher Student, jetzt leitender Angestellter einer Versicherung; sie kannte ihn, er kannte sie, da gab es weder Hass noch Vorbehalte, nur eine unendliche Langeweile bei Pflichtbesuchen, die auszusetzen niemand den Mut hatte. Ihrer Mutter ging es ähnlich mit ihm, die beiden schienen nicht zu wissen, wie um alles in der Welt sie zueinander gekommen waren. Auch nur ein paar Monate lang. Ihr leiblicher Vater war kein Freak, aber sonst war sie von merkwürdigen Gestalten umgeben. Wahlverwandtschaften. Karin bewunderte Goethe. Sie *las* Goethe. Sie besaß die Hamburger Ausgabe. Sie war nicht ganz normal, das wusste sie.

Aber jetzt hatte sie ein Problem, ein Gerechtigkeitsproblem. Ihr Vater wurde ungerecht behandelt. Von ihrer Mutter, von Semmler, von seiner Firma, von anderen Leuten, die sie nicht kannte, möglich war das. Und es spielte keine Rolle, dass sie alle es nicht aus Absicht taten oder ohne gute Gründe – sie hatten alle Gründe, die sie für gut hielten; das Problem lag nur in der Sache selbst. Unrecht. Unrecht ist Unrecht ist Unrecht. Und wird durch kein Herumgeeiere Recht, so viel man es auch probiert, sondern muss beseitigt werden, ausgetilgt. So einfach war das. Es passte dazu, was ihr jetzt einfiel, während ihr Stiefvater seinen Gugelhupf aß, winzige Stückchen mit einer Kuchengabel. Früher hatte er abgebissen.

›Feiger Gedanken
Bängliches Schwanken,
Weibisches Zagen,
Ängstliches Klagen
Wendet kein Elend,
Macht dich nicht frei.

Allen Gewalten
Zum Trutz sich erhalten,
Nimmer sich beugen,
Kräftig sich zeigen,
Rufet die Arme
Der Götter herbei.‹

An dem Gedicht war sie beim Lesen irgendwann hängen geblieben, hatte es auswendig gelernt. Davon wusste niemand. Es gefiel ihr, der hohe Ton, der geheimnisvolle Schluss. Die Arme der Götter herbeirufen. Was sollte das heißen? Sie verband nichts Religiöses damit und war davon überzeugt, Goethe hatte das auch nicht getan; es war eine Metapher. Es musste etwas Großes sein, dachte sie, eine Handlung, die ein Mensch nicht leicht begeht, die einem normalen Menschen nicht einmal in den Sinn kommt – um den Kampf zu bestehen, der in dem Gedicht angesprochen war. ›Allen Gewalten zum Trutz sich erhalten.‹ Das Gedicht passte nicht auf ihre Situation. Da gab es keine Gewalten, denen sie die Existenz abtrotzen müsste. Aber es passte auf Koslowski. Sie schaute sich in der Küche um. Nun erkannte sie, was dieses wässrige Grau hervorbrachte, das wie ein Schleier auf den Dingen lag. Es war Dreck. Eine dünne Schicht von gewöhnlichem Haushaltsschmutz, wie er sich im Lauf der Wochen ansammelt, wenn nicht sauber gemacht wird. Sie fuhr mit dem Finger über den Rand der Tischplatte. Das Material fühlte sich klebrig an. Ekelhaft. Er hatte ihre Geste bemerkt.

»Ich sollte einmal gründlich putzen«, sagte er, »ich weiß schon …« Die Stimme blieb oben, aber er sprach nicht weiter, als habe er mitten im Satz vergessen, was er sagen wollte. Konnte auch sein, dass er sich schämte, das auszusprechen, was noch fehlte. Etwa: … aber ich kann es nicht selber und habe kein Geld für eine Putzfrau. Oder: … aber es ist mir egal, weil mir inzwischen alles egal ist. Das wäre übler. Karin klammerte sich an die erste Version. ›Allen Gewalten zum Trutz sich erhalten.‹

»Du brauchst Geld«, sagte sie. Er blickte auf.

»Ja«, sagte er. Sonst nichts.

»Du kommst nicht aus damit …«

»Ich hab die Pension, die Abfertigung … aber die ist für … wenn einmal etwas passiert …« Er machte eine Pause, um ihr Gelegenheit zu geben, sich auszumalen, was Schreckliches ihrem Papa passieren könnte.

»… das kann ich nicht für eine Putzfrau ausgeben. Ein bisschen Reserve sollte schon sein.« Von den tausend Euro, die er extra von Ursula erhielt, sagte er nichts. Weder sie noch Semmler hatten diese Zahlung Karin gegenüber erwähnt, da war er sicher. Er würde es auch nicht tun. Dass sie von selber so schnell aufs Geld gekommen war, überraschte ihn; die größte Schwierigkeit bei dem Ganzen lag darin, auf das Thema hinzuführen. Er hatte sich verschiedene Strategien ausgedacht, von denen ihn keine so recht überzeugte; wenn man erst einmal dort war, würde das Weitere sich finden. Diese Generation war materialistischer, die verachteten das Geld nicht, wie es in seiner Jugend üblich gewesen war, sie hatten zu Gelddingen ein natürliches Verhältnis. Du brauchst Geld, hatte sie gesagt. Er war stolz auf sie; es gab eben doch einen Einfluss der Erziehung, es war nicht alles genetisch, wie es heute aus allen Instituten hinausposaunt wurde … seine Gedanken schweiften ab, er versuchte sich zu konzentrieren; das hatte sie gut erkannt, er ging aus dem Leim, das war nicht gespielt, oder eben besonders gut gespielt … wo ist eigentlich der Übergang von ›method acting‹ zur Realität?

»Ich hab halt keins«, sagte er, »Geld. Was soll ich machen?«

»Das überlegen wir uns. Mir wird schon was einfallen.« Aha. Überlegen tun *wir*, aber einfallen wird es *ihr*. Ihm sollte es recht sein. Sie war der Schlüssel. Er hatte keinen Plan. Nur ein fest umrissenes Ziel. Es ging nicht um irgendwelches Geld, es ging um ein bestimmtes Geld, das sich im Besitz einer bestimmten Person befand und von dort in seinen Besitz übergehen sollte. Musste. Und würde. Anfangs- und Endpunkt der Operation lagen fest, wie bei einer chemischen Reaktion. Nur der Übergang, die Reaktion selber, stand in Frage.

»Es ist ja nicht so, dass es kein Geld gäbe«, philosophierte er, »es gibt haufenweise davon auf der Welt; es ist nur das Problem, wie man es in die eigene Tasche lenkt. Das hab ich versäumt …«

»… es in die eigene Tasche zu lenken?«

»Ich hätte viel früher damit anfangen sollen. Weißt du, das war früher anders. In deinem Alter waren wir alle überzeugt, wenn einer Geld hatte, dann hatte er es gestohlen, nicht einfach mit einem Griff in die Kasse, aber mit Tricks, verstehst du, Ausbeutung und so. Gestohlen halt. Wir haben das wirklich geglaubt …«

»Ihr hattet sicher recht.«

»Ja, ja. Wir hatten recht und heute haben wir nichts davon.«

»Aber du hast auch heute recht, Papa. Es gibt schon Geld. Ganz in der Nähe. Es ist nur die Frage …« Sie vollendete den Satz nicht. Er vermied es, nachzufragen. Kein Wort jetzt! Allergrößte Vorsicht. Es lief besser, als er zu hoffen gewagt hatte. ›Papa‹ hatte sie gesagt. Wie heißer Punsch; die Wärme breitete sich in der Brust aus. Und ›ganz in der Nähe‹ – das war eindeutig.

Sie stand auf. »Ich muss los«, sagte sie, »danke für den Kuchen. Und den Kaffee.«

»Ich kauf mir eine neue Maschine«, sagte er, »wenn du das nächste Mal kommst …«

»Das tust du nicht, hörst du? Ich denk mir was aus. Und du kaufst keine Kaffeemaschine!«

Er versprach es. Sie umarmten sich, dann wendete sie sich schnell ab. Feuchte Augen, dachte er, sie will nicht, dass ich das Wasser in ihren Augen sehe. Auch in seinen Augen stand Wasser, er verbarg es nicht, das sollte sie ruhig sehen, ihr Papa ist gerührt. Und er *war* gerührt, er hatte eine gute Tochter, die sich Sorgen machte; dabei war er nur der Stiefvater, er musste nur in dieser Richtung weiterdenken und würde losweinen, noch ehe sie aus der Tür war, echte Tränen, wirkliche Empfindung. ›Method acting‹ eben.

Die erste Hitzwelle des Jahres hatte vor einer Woche begonnen. Karin vertrug es schlecht, sie konnte sich nicht konzentrieren, nicht schlafen. Lotte war das genaue Gegenteil, den ganzen Tag am Baggerloch. Wenn sie vor die Tür ging, fing sie an, braun zu werden, legte sich für Stunden in die Sonne. Karin musste im Schatten bleiben, nicht wegen der Haut, ihre Mutter kaufte ihr die teuersten Schutzpräparate, die sie dann an ihre Freundinnen verschenkte. Es war das Kopfweh, das sie aus der Sonne trieb, nach fünf Minuten musste sie in den Schatten, sie hielt es sonst nicht aus. Die Clique suchte sich Plätze, wo es auch Schatten für Karin gab, das war oft stressig, weil auch andere auf diese Orte spekulierten. Lange Suchereien, wenn sie zu spät dran waren.

Karin war bis jetzt jeden Sommer bei der Post gewesen, früh raus, aber spätestens um drei hatte sie frei. Heuer war es anders. Semmler hatte ihr zwei Wochen vor Beginn der Schulferien einen Umschlag in die Hand gedrückt.

»Das ist doch ätzend«, sagte er, »das frühe Aufstehen. Erhol dich doch heuer einfach mal.« Der Umschlag war dick. Er wartete ihre Antwort nicht ab, ging zum Auto, wo ihre Mutter wartete, vermied dadurch mögliche Ablehnung. Schlau. Er gab sich Mühe. Gebrauchte Wörter wie ›ätzend‹, weil er glaubte, das sei ›Jugendsprache‹.

Lauter Hunderter, ein Vielfaches von dem, was sie im Ferialjob hätte verdienen können. Sie behielt es, sagte nichts. Er selber brachte beim Abendessen die Rede drauf.

»Gib es nicht für Blödsinn aus«, sagte er. Und ehe sie etwas Bissiges antworten konnte (geschweige denn den Umschlag holen und ihm das Ding mit großer Geste über den gedeckten Tisch entgegenschleudern), lachte er und fuhr fort: »Zum Beispiel ein Mofa! Wenn du ein Mofa willst, dann kriegst du eins – das Geld ist für die Ferien, für laufenden Bedarf, nicht für Anschaffungen. Anschaffungen bezahlen deine Mutter und ich. Mofa wäre eine Anschaffung!« Sie war wie erschlagen. »Danke«. Es rutschte ihr raus, ihre Mutter legte die Hand auf den Arm Semmlers und schaute ihn an wie eine liebeskranke Kuh. Es war widerlich. Aber jetzt konnte sie den Umschlag nicht mehr zurückgeben. Den Zeitpunkt verpasst. Und natürlich wollte sie ein Mofa. Am besten gleich. Wenn er ihr gesagt hätte, sie könnten jetzt, am Abend um neun, zu einem Händler fahren, weil er den gut kenne und gleich Knall auf Fall eins kaufen – sie wäre aufgesprungen und hätte ihn umarmt. Und das hätte sie auch nicht mehr rückgängig machen können. Er kaufte sie. Darin war er gut, natürlich, er war ja auch Geschäftsmann oder so, ein Geldmensch, er wusste, wie man das macht, Menschen kaufen. Sie hatte keine Ahnung. Gott sei Dank war es Abend und neun Uhr, und Gott sei Dank kannte er keinen Mofahändler. Wäre sie mit dem Teil zu Papa gefahren? Ihr wurde schlecht, wenn sie daran dachte. Ihr Vater verkam, weil er kein Geld für eine Putzfrau hatte, aber das Fräulein Tochter fährt mit dem Mofa vor! Papa hätte nichts gesagt, das wusste sie. Sich nur seinen Teil gedacht, große Reden führen, von wegen ›ich denk mir was aus!‹; und in Wirklichkeit … Sie atmete tief durch; Semmler war tatsächlich ein bisschen gerührt, es machte Spaß, jemandem eine Freude zu machen, das hatte er vernachlässigt im bisherigen Leben, Karin wurde richtig rot, kein Zweifel, sie freute sich wie eine Schneekönigin. Und Ursula freute sich, es war ihr anzusehen, und er freute sich, weil sie sich beide freuten, alle freuten sich! Das Leben war schön!

Gesprochen wurde nicht mehr viel bei diesem Abendessen.

Papa erzählte sie nichts von dem Umschlag. Sie kaufte ihm eine Saeco, transportierte sie im Bus. Er freute sich, fragte aber nicht, woher sie das Geld hatte; woher würde sie es wohl haben? Sie hatte ihm das Feingefühl nicht zugetraut, das Geld für die Maschine einfach nicht zu erwähnen, das war auch besser so, für ihn wie für sie, Ausrede wäre ihr sowieso keine eingefallen. Sie hätte seinen Rat gebraucht, wie sie sich nun verhalten sollte; aber aus irgendeinem Grund fing er nicht an, von Geld zu reden. Sie ging bald wieder.

Die Ferien liefen nicht so toll, wie sie das erwartet hatte. Kein Postdienst, das war super – aber eben nicht *so* super; niemand konnte den ganzen Tag vor sich hin murmeln: Mensch, ich muss in dieser Hitze nicht mit dem Postrad rumfahren! Etwas Lästiges, erkannte sie, ärgerte einen viel mehr, als es einen freute, wenn einem das Lästige erspart blieb; an der Sache war etwas komisch unausgeglichen. Und was machte sie schon mit der Zusatzfreizeit: auch am Vormittag mit der Clique im Schwimmbad oder am Baggerloch rumhängen. Die Freundinnen ließen sich den lieben Tag lang von Typen anbaggern, darin bestand ihr Ferienvergnügen; für Karin kam es nicht in Frage, die Hans-Joachim-Sache frisch wie eine kaum verheilte Wunde, die erste dünne Haut hatte sich gebildet, es blutete nicht mehr, es lief auch kein Sekret raus, aber wenn sie aus Versehen dran kam, tat es weh wie am ersten Tag.

Sie begann sich von den anderen zu absentieren, ging nicht mehr zum Baden, machte dafür lange Radausflüge ins glühend heiße Lauteracher Ried, trat in die Pedale; über die hitzeflimmernden Feldwege, kreuz und quer ohne Ziel, bis sie so erschöpft war, dass sie nur mit Mühe nach Hause kam und ins Bett fiel wie ein Stein.

Reisen wie andere ging heuer auch nicht. Schuld war ihre Mutter. Semmler hätte sie durch halb Europa geschleift, alle beide, tauchte am Abend mit Spezialkatalogen auf, Städtereisen, Badereisen, Kunstreisen. Von Sizilien bis zum Nordkap, sogar eine Kreuzfahrt wäre drin gewesen. Aber Ursula wollte nicht. Sie müsse sich heuer erst an das Haus gewöhnen, sagte sie, nachdem er ein halbes Dutzend Mal versucht hatte, sie für einen Urlaub zu begeistern; nächsten Sommer bestimmt, aber diesen nicht. Er akzeptierte das, wie alles, was von ihr kam, die Kataloge tauchten nicht mehr auf.

Eine Reise hätte Abwechslung bedeutet, Hans-Joachim aus ihrem Kopf verbannt und die Schlampe, mit der er ging. Wenn sie nicht an Hans-Joachim dachte, der sie betrogen und verlassen hatte, dachte sie an Papa, den die Mutter betrogen und verlassen hatte. Das doppelte Unrecht. Es addierte sich nicht, sondern multiplizierte sich, es war ein Quadratunrecht, das lastete auf ihr wie eine Betonplatte.

An diesem Donnerstagnachmittag war sie früher nach Haus gekommen als sonst. Sie hatte ihren Vater besucht. Es ging ihm nicht gut, er litt unter der Hitze, die ihm früher nichts ausgemacht hatte. Kosloswki wohnte in seinem alten Haus, nicht wie seine Tochter in einem neuen, rundum klimatisierten. Das fiel ihr ein, als sie die Eingangshalle betrat, wo sie von wunderbarer Kühle umfangen wurde. Jeder Raum ließ sich einzeln regeln. Das Personal hatte frei, die beiden anderen auch nicht da. Sie duschte mit lauwarmem Wasser. Ohne positive Wirkung auf die Stimmung. Das Unrecht ließ sich weder betäuben noch wegduschen, auch nicht verkleinern durch symbolische Handlungen wie den Kauf einer Saeco. Das glaubten auch nur Töchter, dachte sie, die dem Vater eine Kaffeemaschine kaufen. Als Trostpreis, weil die Mutter mit einem Millionär davon gelaufen ist. Ein Almosen. Hätte sie ihm nicht gleich das Geld zustecken können? Es war widerwärtig. Alles nur wegen der Aussicht auf ein Mofa … ›Weibisches Zagen, ängstliches Klagen, wendet kein Elend, macht dich nicht frei.‹ Wie wahr, Herr Goethe, wie wahr! Aber Ihre Verse wenden sich doch an Erwachsene, oder? Wie alt ist die junge Dame, die sich mit hundertzwanzig Euro freikaufen will? Sechzehn? Oh, schon sechzehn! Warum führt sie sich dann auf wie eine Zehnjährige? Ich will ein Mofa, ein Mofa …!

Hass und Mitleid scheinen weit auseinander zu liegen. Und leicht zu trennen, wenn es um fremde Personen ging; manche hasste man, andere verdienten Mitleid. Aber Karin sollte erfahren, dass es, sobald sich das Selbst hineinmengte, nicht mehr so einfach war, zu entscheiden, was nun galt. Selbsthass und Selbstmitleid, kaum zu trennen, beides schien aus dem jeweils anderen hervorzugehen, sich ins andere umzuwandeln.

Beides war ekelhaft.

Karin trat auf den Patio. Es war heiß ohne Sonne. Über den Schweizer Bergen hatten sich Wolkentürme übereinander geschichtet, schwarz und grau. Sie ging auf die andere Seite des Innenhofs, um sich aus der Küche etwas zum Trinken zu holen.

Sie hörte etwas, das ließ sie vor der Küchentür zögern. Die war angelehnt. Das Geräusch kam aus der Küche. Im Gegensatz zu ihrem Vater gelang ihr gleich die Einordnung. Sie musste nur einen einzigen Blick durch den Spalt wagen, um die Einordnung zu bestätigen. Ihre Mutter saß auf der Anrichte, hatte die Beine um Semmler geschlungen, dessen Shorts auf die Knöchel gerutscht waren. Der Hintern bewegte sich. Langsam, kraftvoll. Das Geräusch, ein hohes Wimmern, kam von der Mutter, darunter ein tiefes Schnaufen von ihm. Wie ein Pferd, das einen schweren Wagen zieht. Allerdings hat kein Pferd Shorts um die Knöchel. Karin wusste, dass Jungs in diesen Dingen sich unglaublich bescheuert anstellen konnten, hatte aber immer gedacht, dass liege an der mangelnden Erfahrung und wachse sich aus; jetzt sah sie einen Erwachsenen eine so unglückliche Figur machen.

Sie zog sich von der Tür zurück. Es muss sie überkommen haben, dachte sie, wer, der seine fünf Sinne beisammen hat, vögelt am helllichten Tag in der Küche, ohne auch nur die Tür zuzumachen – gut, das Personal hatte frei, es gab die Gelegenheit – und eine Leidenschaft, die sie sich nicht vorstellen konnte. Hans-Joachim wäre nicht auf so eine Idee gekommen.

Sie ging in ihr Zimmer und setzte sich an den Schreibtisch. Sie konnte nicht umhin, die Situation zu analysieren, obwohl sie den Vorfall am liebsten vergessen hätte. Ans Personal hatten sie gedacht, an die Tochter nicht. War die nicht weg? Ach ja, die hängt ja den ganzen Nachmittag bei ihrem Versagervater rum. Die Versagertochter. Die hatten vergessen, dass sie etwa früher heimkommen könnte … nein, nein, das war nur eine Beschönigung der Lage. Die Erkenntnis begann sich in ihr auszubreiten wie kaltes Wasser: Die hatten nichts vergessen. Es war ihnen nur egal. Vor dem Personal hätten sie Hemmungen gehabt, vor ihr nicht. Sie zählte nicht. Sie hatten ja auch keine Hemmungen vor der Kücheneinrichtung, Stuhl, Tisch, Anrichte. Eben die, auf der ihre Mutter nun saß.

Kälte erfüllte den Körper. Es tat nicht weh, es war nur ungewohnt. Karin staunte über sich selber. Sie hätte nun verzweifeln sollen, oder nicht? Weinen, wenigstens weinen. Das tat sie nicht. Die Augen blieben trocken. Aber sie spürte, dass sich in ihr etwas verändert hatte. Als ob man einen Schalter umgelegt hätte. Ein grünes Licht war aufgeleuchtet. Sie war in einem anderen Zustand als vorher, nicht, dass sie anderes gedacht, anders gefühlt hätte – sie war als Ganzes anders, in einem anderen Modus. Was das für ein Modus war, wusste sie nicht, aber sie spürte, dass sie nun bald Dinge denken würde, an die sie vorher nie gedacht hatte. Und auch Dinge tun; noch hatte sie keine Ahnung, was dies für Sachen sein würden. Aber andere würden es sein, ganz andere, früher undenkbare, unsagbare und unmachbare. Das wusste sie schon.

Sie verließ das Haus, bemühte sich, kein Geräusch zu machen. Sie fuhr mit dem Rad ins Ried und kehrte eine Stunde später zurück, rechtzeitig zum Abendessen. Sie war guter Dinge. Alle waren guter Dinge. Karin, Ursula und Semmler. Zusammen sahen sie aus wie eine glückliche Familie.

Als Semmler gesprochen hatte, war es eine Zeitlang still im Raum. Koslowski machte einen sehr bekümmerten, Wurtz einen entsetzten Eindruck. Semmler hatte sie ins Café Moosmann nach Altach – man kann sagen: bestellt, und mit einer Stimme gesprochen, die keinen Widerspruch aufkommen ließ. Es gehe um eine wichtige Mitteilung, die er ihnen zu machen habe; Wurtz als seinem besten Freund und Koslowski, weil er in gewissem Sinn auch betroffen sei.

Jetzt hatte er die Mitteilung gemacht. Sie saßen im Hinterzimmer des Cafés, wo es angenehm kühl war. Draußen herrschte brütende Hitze, der Gastgarten war schwach besetzt. Diese alten Häuser, dachte Koslowski, sollte man sich zum Vorbild nehmen, die haben damals gewusst, wie man baut und mit der Sommerhitze umgeht, ohne »klimaaktiv« und wie das alles heißt … er litt unter Gedankenflucht, konnte sich nicht konzentrieren.

»Seit wann?«, fragte Wurtz.

»Seit gestern. Ihre Freundinnen hat Ursula alle durchtelefoniert. Da ist sie nicht.«

»Also kein Scherz«, sagte Koslowski mit sichtlichem Bemühen, bei der Sache zu bleiben.

»Nein. Wie ein Scherz klang das nicht.«

»Würdest du den Anrufer erkennen – an der Stimme, meine ich?«

»Auf keinen Fall … das war so elektronisch verzerrt, eine Computerstimme.«

»Du musst zur Polizei«, sagte Koslowski, »sofort! Du hättest das gleich als erstes machen sollen, statt uns hier …«

»… Polizei kommt nicht in Frage!«, schrie Semmler. Schon beim »nicht« dämpfte er die Stimme.

»Wenn du weiter so rumschreist, kommt die Polizei von selber!« Wurtz stand auf und machte das Fenster zu. Es ging nicht in den Gastgarten, nur auf den Parkplatz. Er verwünschte sich, dass er hergekommen war. Er hätte damals, nach Einsicht in die Pläne zur lächerlichen Prunkvilla, einen handfesten Streit vom Zaun brechen, die Verbindung kappen sollen, ein für alle Mal. Dieser Semmler bedeutete Scherereien, im besten Fall leere Kilometer.

»Mit Polizei, hat er gesagt, geht es … schlecht aus.« Semmler setzte sich. Er wirkte müde wie nach einer durchwachten Nacht.

»Wie geht es Ursula?«, fragte Koslowski.

Semmler antwortete nicht, schüttelte nur leicht den Kopf. Koslowski blickte zu Boden.

»Es geht um Geld«, sagte Wurtz. »Die Sache ist furchtbar, keine Frage, aber es geht um Geld, glaub mir. Sonst hätte niemand angerufen, oder? Und diese Sache mit der Verzerrung … dieses Telefonzeugs – so was machen nicht irgendwelche Möchtegernganoven, die denken gar nicht dran. Das sind Profis …«

Semmler und Koslowski blickten auf.

»Das soll ein Trost sein?«, sagte Koslowski.

»Natürlich! Für Profis ist das ein Geschäft, die machen keine halben Sachen – aber, und das ist wichtig: auch keine Fehler! Es kommt zu keinen Überreaktionen, Fehlverhalten … wie soll ich das jetzt ausdrücken …«

»Wir verstehen schon«, sagte Koslowski. »Sie haben recht! Sehen wir doch den Tatsachen ins Gesicht: Wenn solche Sachen schiefgehen, sind es immer Amateure, Hobbykriminelle, die nichts durchdacht haben und irgendwann die Nerven wegschmeißen. Für die da ist das aber ein normaler Geschäftsvorgang, wie Dr. Wurtz schon sagte. Die wollen Geld, sonst nichts. Karin passiert nichts, glaub mir.«

»Bis jetzt keine Forderungen?«, fragte Wurtz.

»Nein. Er hat nur gesagt, sie haben Karin, und es passiert nichts, wenn wir vernünftig sind, Ursula und ich, und keine Polizei. Und er ruft wieder an. Ich konnte nichts fragen, es ging zu schnell.«

»Wenn er sagt, er ruft wieder an, dann wird er das auch tun. Und er wird Geld verlangen. Ab dann hängt es nur noch an dir.«

Es wurde nichts mehr gesprochen. Semmler versank in dumpfes Brüten. Nach einer Weile verabschiedeten sich Wurtz und Koslowski. Sie ließen ihn im Hinterzimmer des Café Moosmann in Altach sitzen wie einen sabbernden Onkel zweiten Grades, den man gern dem Pflegepersonal überlässt.

»Was meinen Sie«, fragte Wurtz auf dem Parkplatz, »wie viel werden die verlangen?«

»Keine Ahnung. Die werden sich sicher kundig gemacht haben …«

Wurtz blieb beim Toyota Koslowskis stehen. Er hatte es nicht eilig. Er hatte es nur eilig gehabt, der Gegenwart Semmlers zu entkommen.

»Er hat sich einfach zu weit aus dem Fenster gelehnt«, sagte er, »das ist die einzige Erklärung.«

»Wie meinen Sie das?«

»Diese … diese Villa … haben Sie die einmal gesehen?«

»Nein …«

»Ein Monsterding. Viel zu teuer. Damit hat er sich übernommen, wenn man's genau nimmt.«

»Das mag sein, aber was hat das mit der Entführung zu tun?«

»So ungewöhnliche Dinge wie dieser Bau sprechen sich herum, glauben Sie mir. Die Leute reden und reden den ganzen Tag. Hauptsächlich über Dinge, die sie nichts angehen.«

So wie du jetzt, dachte Koslowski, du merkst es nur nicht.

»Das zieht weite Kreise …«

»… und erregt natürlich die Aufmerksamkeit gewisser Personen …«

»Sie sagen es! Die beobachten den Markt, ganz professionell. Und sagen sich: wenn einer sich so ein Ding hinbaut, dann ist er nicht reich – sondern ungewöhnlich reich. Denn ein vermögender Mensch wendet für sein Heim einen gewissen Prozentsatz seines Vermögens auf. Wenn nun der

Bau sehr teuer ist, dann kommt man unter Zugrundelegung dieses Prozentsatzes zu einer unrealistisch hohen Einschätzung dieses Vermögens!«

Unter Zugrundelegung, dachte Koslowski, wo lernen die das bloß?

»Ich verstehe«, sagte er. »Die können nicht wissen, dass er nicht extrem reich ist – nur verrückt!«

»Verrückt haben jetzt Sie gesagt!«

»Ich bin mit ihm in die Schule gegangen …«

»Leider hat das üble Konsequenzen für das Kind«, setzte Wurtz fort. »Die werden ihre Forderung an der Höhe des geschätzten Vermögens festmachen, ich kann das natürlich nicht beschwören, behaupte aber, die haben da ihre Umrechnungsfaktoren, hundertprozentig!«

Er war immer lauter geworden, seine Augen glänzten. Die Sache machte ihm Spaß. Koslowski ging auf Abstand. Nur einen halben Schritt.

»Sie meinen, die werden zu viel verlangen?«

»Viel zu viel. Das wird Semmler nicht bezahlen können, weil er es ganz einfach nicht hat. Und dann …« Wurtz hob und senkte die Schultern – so langsam und deutlich, dass man sein Spiel auch noch aus der zwanzigsten Reihe bewundern konnte.

»Was glauben Sie: wie viel werden sie verlangen?«

»Eine Million! Ich sage Ihnen ganz offen: eine Million. Sie werden sehen! Ich hab ein Gespür für so etwas, ich irre mich selten!«

»Und das wäre zuviel?«

»Es würde ihm das Kreuz brechen. Die Million hat er nicht mehr, auch wenn er alles verkauft!« Er blickte zu Boden, schüttelte den Kopf. »So ein nettes Mädchen …«

»Kennen Sie Karin?«

»Nein, nein. Aber sie ist sicher nett, oder? Eine Tragödie … ich muss jetzt … wir bleiben in Verbindung … also dann …«

»Sie haben keine Kinder?«

»Ich? Nein, hab ich nicht. Bis dann!« Er ging mit langen Schritten zu seinem Mercedes.

»Was möchtest du essen?«

»Egal – irgendwas. Mir ist alles recht.«

»Du solltest wirklich besser darauf achten, was du isst, du weißt …«

»Bitte!«

Er verstummte, räumte den Inhalt des Rucksacks auf den Holztisch, der fast den ganzen Raum einnahm. Dieser Raum war nicht groß, quadratisch, auf drei Seiten gab es ein Fenster. Hinter dem Tisch führte eine schmale Leiter unter das Satteldach. Dort konnten zwei Leute in fest eingebauten Kojen schlafen. Wie auf einem Schiff, hatte er damals gedacht, als Herr Messmer ihm das Häuschen gezeigt hatte; alles aus dicken Bohlen sauber gefügt, Esche und Eiche. Die Bezeichnung »Häuschen« verwendete Messmer nicht, um einen höheren Preis herauszuschlagen. Jeder andere, der nichts von der Sache verstand, hätte es »Hütte« genannt, er sprach von einem »Häuschen« aus Trotz. Messmer hatte den Bau gegen behördlichen Widerstand erst nach langwierigen Verhandlungen durchgesetzt und bei den Abmessungen nachgeben müssen. Die Hütte lag mitten in dem Waldstück, das er geerbt hatte, einen Fahrweg gab es nicht, nur einen schmalen Pfad von der Forststraße weiter oben am Hang herunter, den musste man kennen, sonst fand man unter den dichten Sträuchern nicht die Stelle, wo er anfing.

Messmer hatte sich für die Schikanen gerächt und den Bau mit einem Keller versehen, für den er keine Genehmigung hatte. In der Kochnische gab es eine Art Geheimtür, dahinter führte eine Treppe nach unten. Der Keller aus massivem Beton war deutlich größer als die Hütte, aber von außen nicht sichtbar. Messmer hatte Wein darin gelagert, zwei Regale voll, die waren schon lang weg. Strom gab es nicht, nur Petroleumlampen und eine von außen angebaute Chemietoilette. Das ganze Konzept so verunglückt, dass Koslowski sich sofort dafür begeistert hatte. Die Terrasse der Fläche nach wie die Hütte selbst, der Keller darunter so groß wie beide zusammen, aber diesen Keller vermutete man nicht, es gab dazu keinen Plan, keine Behörde wusste von seiner Existenz.

Herr Messmer hatte versucht, in einem reinen Forstgebiet doch so etwas wie ein Wochenendhaus hin zu bekommen. Gegen den Willen seiner Frau und der Töchter. Als dann bei ihm selbst die Bandscheibenprobleme anfingen, erkannte er, dass das »Häuschen« mitten im Wald in Hinkunft seine Kräfte übersteigen würde – man musste jeden Laib Brot und jede Flasche Bier ein paar hundert Meter durch den Wald tragen. Also annoncierte er. Interessenten kamen spärlich, und alle hatten bei der Besichtigung schon auf dem Fußmarsch den Entschluss gefasst, das Ding nicht zu kaufen, bevor es überhaupt aufgetaucht war. In einem Land, da man auf drei Einwohner schon zwei Autos zählte, war ein Haus ohne Zufahrt – es mochte so klein sein, wie man wollte – eine Verschrobenheit. Und Verschrobenheiten schätzte man nicht, sie wurden bestraft. Messmer musste seine Preisvorstellungen beträchtlich nach unten korrigieren, seine Frau drängte darauf, das unglückselige Ding, wo sie unter Mückenschwärmen viele öde Sommernachmittage verbrachte hatte, endlich loszuwerden. Die erwachsenen Töchter machten keinen Hehl aus ihrer Abneigung, je wieder einen Fuß in diese Hütte zu setzen, die Schwiegersöhne sprachen offen von Abriss – kurz: der enttäuschte und verbitterte Messmer schlug Waldgrundstück und »Häuschen« endlich zu einem Preis los, den der einzig verbliebene, wenn auch schwankende Interessent bezahlen konnte. Dieser Interessent hieß Koslowski.

»Also, was haben wir hier«, begann er, stellte die Sachen mit großer Geste in eine Reihe. »Landjäger von der Metzgerei Walser, Schwarzbrot, Steinofenpärle, Bergkäs und Romadur, Oliven mit Mandeln gefüllt – und schließlich auch das ›Hollermandl‹. Dafür war ich in noch zwei Geschäften, beim Spar hatten sie es nicht.«

»Ja, schon gut, Papa, ganz toll, ich werd nicht verhungern.« Es rührte sie, dass er sich an ihre Vorliebe für die speziellen Walser-Landjäger erinnerte, die besten weit und breit, und dass er auch nicht die Holunderkonfitüre vergessen hatte, die sie lieber aß als jede andere Süßspeise. Gleichzeitig ärgerte sie die Rührung, kam ihr kleinmädchenhaft, fast kindisch vor.

Er setzte sich an den Tisch. »Wie war dein Tag?«

Sie schüttelte den Kopf. »Da war gar nichts. Lesen, Musikhören ...« Er zog die Brauen hoch. »Nein, natürlich nur Walkman und nur unten ...«

»Du musst alles hören, wenn du oben bist«, sagte er, wie er das schon ein Dutzend Mal getan hatte. »Und oben heißt draußen. Wenn jemand kommt, verschwindest du rechtzeitig im Keller, oder, wenn das nicht mehr möglich ist, bist du die Wanderin, die das hier zufällig entdeckt hat und als Rastplatz nützt. Es geht nicht an, dass ein Wandersmann vorbeikommt …«

»… und mich durchs Fenster am Tisch sitzen sieht«, vollendete sie den Satz. »So wie jetzt.«

Er sprang auf, trat auf die Terrasse und sah sich um. Sie folgte ihm.

»Mach dir keine Sorgen, Papa, es war überhaupt niemand da, kein Mensch, kein Reh, kein gar nichts!«

»Die Rehe sind schon da, die sind nur zu scheu, wart nur, wenn sie sich an dich gewöhnt haben …«

»Ich hoffe nicht, dass es noch so lang dauert …«

»Ich hab dir doch gesagt, ein paar Tage wird es schon brauchen.« Darauf antwortete sie nicht, sie hatten diese Diskussion schon ein paar Mal geführt.

Sie hatte nicht gedacht, dass es so entsetzlich langweilig sein könnte, ein Verbrechen zu begehen. Es gab keinen Nervenkitzel, nicht die geringste Aufregung. Dabei war es ein Verbrechen, sogar mehrere, hatte ihr der Stiefvater erklärt. Vortäuschung einer Straftat und Erpressung. Das betraf allerdings nur ihn – für Karin selbst hatten sie sich, wenn alles schiefgehen sollte, eine Geschichte ausgedacht: durch die Trennung der Eltern in psychische Probleme verwickelt, hatte sich Karin in einer Art Kurzschlusshandlung von aller Welt in diese Hütte zurückgezogen, um »sich über sich selbst klar zu werden«, wie das in den einschlägigen Publikationen des »Instituts für Sozialdienste« hieß. Enttäuschte erste Liebe, Scheidung der Eltern – diese Kombination erklärte jedes dissoziale Verhalten – zum Beispiel einen Trip nach Marokko ohne jemandem etwas davon zu sagen, oder aber den Rückzug in eine Waldhütte, von der nur die Eltern wussten. Und hatte ihre Mutter etwa dort nach ihr gesucht? Nein, hatte sie nicht, obwohl die »Messmerhütte« (sie hieß familienintern immer noch so) doch die erste Adresse für Nachforschungen sein musste. Mit zehn war Karin nach einem Krach von zu Hause fortgelaufen – und in eben jener Hütte gefunden worden.

In Wahrheit hatte Ursula noch in der ersten Nacht, als Karin nicht nach Hause kam, ihren Exmann angerufen, der sich sofort erbötig machte, die Waldhütte aufzusuchen und nachzusehen. Das hatte er getan und niemanden angetroffen. Einen Tag später kam der Anruf des Erpressers. Bis hierher war alles Koslowskis Schuld, ein perfider Plan, die Arglosigkeit der Stieftochter ausnützend, schlau und gerissen. Und böse, sehr böse. Was man »abgrundtief« nennt. Genau das war es.

Der Plan kam von ihr. Das, fand er, war das Beste daran. Sie hatte das Herz auf dem rechten Fleck, sie würde ihren Weg machen; sie würde sich nicht jahrzehntelang ausbeuten lassen wie ihr unglücklicher Stiefvater. Sie würde Nägel mit Köpfen machen.

Was ihn etwas irritierte, war die geniale Einfachheit des Plans. Konnte so etwas funktionieren? Vorgetäuschte Entführungen kamen nur in Filmen vor, er hatte noch nie von so einem Fall in der Realität gehört, und er meinte, sich ein bisschen auszukennen, weil er sich gerne Kriminalitätsdokus im Fernsehen ansah, reale Fälle; vom FBI, vom deutschen Bundeskriminalamt. Vorgetäuschte Entführung war dort kein Thema. Richtige Entführung ja, oder vorgetäuschter Selbstmord … die realen Verbrecher waren zu blöd, sich so etwas auszudenken. Andererseits konnte er nicht einfach die Tatsache ausklammern, dass in solchen Dokumentationen nur aufgeklärte Fälle auftauchten – um die Behauptung zu untermauern, das perfekte Verbrechen gebe es nicht. Aus Gründen der Generalprävention war es wünschenswert, dass alle Menschen das glaubten – aber wer nur eine Minute darüber nachdachte, musste zu dem einleuchtenden Schluss kommen, dass dieser Satz eben nur eine Behauptung war und nicht einmal Indizien für sich in Anspruch nehmen konnte. Die Indizien, beunruhigend genug, wiesen eher in die andere Richtung – einfach deshalb, weil sich die Nichtexistenz einer Sache aus Gründen elementarer Logik nicht beweisen ließ. Das perfekte Verbrechen taucht auch nicht als »ungelöster« Fall in der Statistik auf, sondern wird gar nicht als Verbrechen erkannt. Würde es das, wäre es nicht mehr perfekt. Jeder zehnte, vielleicht aber auch jeder fünfte Todesfall konnte ein verkappter Mord sein; an den Grundfesten der Gesellschaftsordnung würde das nicht rütteln. Vielleicht gehörte ja heimliches Morden zu eben diesen Grundfesten – wenn das aber so sein konnte, dann war auch vorgetäuschte Entführung möglich und durchführbar.

Erst hatte er nicht gewollt, hatte versucht, ihr die Sache auszureden. Sie beharrte auf ihrem Plan. Sie hatten mehrere Nachmittage alles Für und Wider erwogen und besprochen. Sein Widerstand war immer schwächer geworden. Bis zu dem Punkt, da er sich sagen musste: du selbst hast gehofft, dass die Lösung von ihr kommt. Jetzt ist sie da, die Lösung. Wenn du es jetzt nicht machst, dann nur aus Feigheit oder Trägheit, oder was weiß ich für Gründen. Aber das hat dann nichts mehr mit der Situation und dem Problem zu tun und nicht mit anderen Menschen, nicht mit Ursula, Semmler oder Karin. Sondern nur noch mit dir.

Also hatte er zugestimmt.

Ursula sah nicht mehr gut aus. Nicht einfach verweint, auch nicht verheult, sondern in einem nicht genauer bestimmbaren Stadium emotionaler und körperlicher Auflösung. Das Gesicht eine rote, verquollene Maske, unter der er seine Frau nicht erkannte. Auch die Person hatte sich verändert, die Stimme ein hohes Wimmern, ständig von Schluchzern bedroht; sie weinte mit kurzen Unterbrechungen den ganzen Tag. In diesen Unterbrechungen machte sie ihm Vorwürfe wegen seiner Untätigkeit.

Warten auf einen Anruf erweckt nicht den Eindruck besonderer Aktivität; da sie die vorsichtige Erwähnung der Polizei mit einem hysterischen Ausbruch beantwortet hatte, blieb unklar, was »tun« in dieser Lage bedeuten sollte. Warten, bis die Entführer anriefen. Und keine Polizei! Es konnte nicht mehr lang so weitergehen, das wusste er. Weil er es nicht aushielt. Seine Frau verwandelte sich vor seinen Augen in ein scheußliches Etwas, zwar menschlich, aber das war auch schon alles, was man Gutes darüber sagen konnte. Er wollte die Ursula zurück, in die er sich beim ersten Anblick verliebt hatte. Karin natürlich auch, das war schon klar: der Prozess des Wieder-in-Ordnung-Kommens konnte allein mit dem Auftauchen einer unversehrten Karin starten, mit nichts sonst. Die Alternative konnte er sich nicht vorstellen, drängte den Gedanken zurück. Es kam nicht in Frage, dass die Sache schief ging.

Leider sah es aber immer mehr danach aus. Die Entführer meldeten sich nicht. Nicht am ersten, zweiten, nicht am dritten Tag. Er hatte keine Ahnung, was das bedeuten konnte. Vielleicht eine bestimmte Taktik, vielleicht aber nur ein bestimmter Modus einer spezifischen Entführungskultur; was wusste er schon davon? Die Polizei hätte ihn aufgeklärt, die hatten Spezialisten und die berufliche Erfahrung, aber Polizei kam nicht in Frage.

Bei all dem blieb Semmler so ruhig, dass er sich zuerst selber darüber wunderte. Seine Schwäche waren die Nerven, das war ihm bewusst – unter anderen Umständen hätte er sie längst weggeschmissen, die Nerven, und eine wahrscheinlich sinnlose Aktion gesetzt. Zur Polizei laufen, weglaufen, Ursula erschlagen, irgendwas ohne positiven Einfluss auf die Geschicke auch nur eines Beteiligten – aber seine eigene Lage hätte sich geändert, radikal. Dass er das nicht tat, lag an den Umständen. Er wusste, er würde aus allem herauskommen, wenn er nur wollte. Von allen Menschen (mit Ausnahme der Mießgang) war er der einzige, der eine Escape-Taste zur Verfügung hatte. Es war schweineteuer, diese Taste zu drücken, aber es war möglich – er konnte raus, wann immer er wollte. Er hatte keinen Beweis, dass es auch diesmal funktionieren würde, nur die Erfahrung, dass es bis jetzt dreimal funktioniert hatte. Das reichte ihm, und so hatte er im Grunde seines Herzens einen Rest köstlicher Ruhe, wie sie nur die Überzeugung hervorbringt, durch ein absolut irrationales Prinzip geschützt zu sein. Gegen die Wahrscheinlichkeit, den gemeinen Menschenverstand, gegen die Wissenschaft.

Das Opfer.

Er konnte es vermasseln, darüber war er sich klar. Durch Knauserei, darin bestand die einzige Gefahr. Es gab nichts, was er fordern konnte, wenn nur das angebotene Opfer groß genug war. *Do ut des.* Nicht auf die absolute Größe kam es dabei an, sondern auf die relative. Das Opfer musste nicht für das Universum groß sein – das wäre auch lächerlich, weil neben der Größe des Universums jedes menschliche Opfer zu einem Nichts zusammensinkt, sondern für *ihn* musste es groß genug sein; vor allem aber in einem angemessenen Verhältnis zu früheren Opfern stehen. Da konnte man leicht einen Fehler machen, das durfte er nicht riskieren.

Irgendwo musste er die Nummer dieser Mießgang haben. Im Organizer war sie nicht verzeichnet, im Notizbuch auch nicht. Dann fiel ihm ein, dass er sie nicht bekommen hatte. Im Telefonbuch stand sie nicht. Er fuhr hin.

Gisela Mießgang wunderte sich nicht, ihn zu sehen. Sie öffnete die Tür, musterte ihn mit kurzem Blick, und mit dem leisen »Komm rein«, das sie von sich gab, wandte sie sich schon wieder ins Innere der Wohnung. Er trat ein, machte die Tür hinter sich zu. Das Chaos war so wie vor Monaten, nicht weniger, aber auch nicht schlimmer; es kam ihm so vor, als sei er in eben jener Nacht gerade gegangen und nach zehn Minuten wieder gekommen, um einen vergessenen Schlüsselbund zu holen. Auch sie hatte sich nicht verändert. Sie war ihm vertraut, es war kein angenehmes Gefühl.

Sie suchte im Schrank nach Gläsern, wandte ihm den Rücken zu.

»Du kommst nicht zum Ficken?«, fragte sie.

»Nein«, sagte er. Dabei war er ruhig, die Frage erstaunte ihn nicht und ärgerte ihn nicht.

»Du liebst sie wirklich, hmm?«

Das erstaunte ihn nun doch.

»Woher weißt du …?«

»Ich seh es dir an.« Sie hatte zwei saubere Gläser gefunden – er wusste mit einem Mal, dass sie die anderen unabgewaschen in den Schrank zurückgestellt hatte. Sie fragte nicht, was er trinken wolle, öffnete eine lichtbraune Flasche und schenkte in die Cognacschwenker ein.

»Kubanischer Rum«, sagte sie, »etwas Besseres gibt es nicht … setz dich doch, steh nicht so rum.«

Er schob einen Packen zerknitterter Blusen zur Seite und nahm auf der freien Stelle des Sofas Platz. Sie setzte sich gegenüber in den Lehnstuhl. Der Rum war ausgezeichnet, aromatisch, voll, aber mild. Kein Etikett auf der Flasche.

Sie nahm einen tiefen Schluck, lehnte sich zurück.

»Du hast also Schwierigkeiten.« Die Feststellung wunderte ihn nicht mehr. Er nahm selber einen Schluck und erzählte alles. Die ganze Geschichte von dem Augenblick an, als er vor Monaten ihre Wohnung verlassen hatte. Sie hörte zu. Er beobachtete sie dabei; die Worte kamen von selbst aus seinem Mund, es gelang ihm, die Wirkung an ihr zu sehen. Er hatte noch nie jemanden erlebt, der ihm so aufmerksam zuhörte. Sie schien alles, was er sagte, aufzusaugen; sie war ein einziges, brennendes Interesse.

Als er geendet hatte, schwieg sie lange Zeit. Mit ihm ging eine Wandlung vor. Er betrachtete sie, wie sie ihm gegenüber saß und nachdachte, in ihr Glas starrte, das sie in den Fingern drehte. Zum ersten Mal seit ihrer Bekanntschaft sah er sie an – ohne Absicht und Ablenkung. Sie war nicht schön, sie gab sich auch keine Mühe, diese Tatsache zu verbergen. Er sah die Falten an ihrem Hals, auf der Stirn, die winzigen Fältchen um die Augen; jedes einzelne wie herausmodelliert. Das lag vielleicht nur an der Beleuchtung, aber keine Beleuchtung konnte ihr diese stumpfgrauen Strähnen ins Haar machen, die waren einfach da. Sie trug ein knielanges Kleid, beige, jene Art Beige, die an gekotztes Bier erinnert. Die Füße steckten in abgetretenen Slippern. All dies war negativ, nicht einfach reizlos, sondern abstoßend.

Dennoch spürte er Wärme im Schoß, ein unendlich sanftes Sehnen. Sie machte ihn an. Sie war hässlich; im klaren Licht des Tages bei offenen Jalousien war sie hässlich. Dennoch spürte er ein wachsendes Begehren, das sanfte Ziehen, in dem die Unmöglichkeit des Wunsches mitschwingt, wandelte sich innerhalb einer Minute zu trotzigem Drängen, begleitet von der Gewissheit des Endes.

»Also doch«, sagte sie und trank aus. Das leere Glas setzte sie so nachlässig am Boden ab, dass es umkippte, das sah er genau; das Nächste, was er sah, war ihre nackte Gestalt, die um den Tisch herum auf ihn zukam, die Slipper in eine Ecke schleuderte. Das kotzgelbe Kleid hatte sie ausgezogen. So schnell?

Sie ließ sich rittlings auf seinem Schoß nieder, begann, sein Hemd aufzuknöpfen.

»Die Sache ist gefährlich für die Kleine, das ist dir doch klar?«, sagte sie.

»Ja, ja …«

Wie ein kleines Kind ließ er sich das Hemd ausziehen. Sie rutschte auf den Boden, bearbeitete mit flinken Fingern die Hosenknöpfe.

»Ich hatte dir gesagt, es ist auch gefährlich für die ganze Sache, wenn du zu … zu geizig bist – hab ich das nicht gesagt?«

Sie zog am Hosenbund, er spürte ihre Finger an den Hüften, ein Schauer überlief ihn. Er stemmte die Fersen auf den Boden, hob den Unterkörper.

»Doch, doch, das hast du gesagt, nicht geizig …« Sie zog ihn aus. Dann war sie mit einer einzigen, fließenden Bewegung auf ihm, kauerte in derselben Haltung, die Fußrücken auf seinen Schenkeln abgestützt, küsste ihn mit weichen Lippen, während sie sich auf ihm niederließ, sehr langsam. Eindringlich. Auch Ursula hatte ihn so geküsst, ihn so aufgenommen. Jetzt war es besser, viel besser. Viele Nächte sind so hell, dass man im Licht des Mondes lesen kann. Dennoch kann sich die hellste Nacht nicht mit dem trübsten Tage messen. So waren diese beiden Male: wie Nacht und Tag. Er packte ihre Hinterbacken, sie begann sich zu bewegen.

»Oh Gott …!«

»Es ist merkwürdig«, flüsterte sie, »wie viele Leute ihn dabei anrufen. Dabei heißt es doch, du sollst den Namen nicht unnützlich führen … so heißt es doch, korrigier mich, wenn ich was Falsches sage, aber so heißt das doch wortwörtlich in einem der Gebote, frag mich nicht, in welchem … unnützlich führen … das hier kann er nicht gemeint haben, oder doch?« Sie erhöhte das Tempo, er stöhnte auf. Sie schmiegte ihre Wange an seine, ihr Mund an seinem Ohr. Ein Strom entsetzlicher Obszönitäten kam aus diesem Mund, unterbrochen von Lustlauten jeder Art, die er je gehört hatte. Und viele, die er noch nie gehört hatte.

Es dauerte lang. Dann schrien beide auf, es klang aber nicht nach zweien. Es klang nach etwas Einmaligem, Einzigen; aus einer Spalte im Boden tönte es herauf, aus der Tiefe klang es, ein Röhren wie von einem unbekannten Tier.

Ihre Pulse jagten, Schweiß glänzte auf der Haut.

»Es geht nicht um das Mädchen, hab ich recht?«

Er nickte. Sprechen konnte er nicht, was er sagen wollte, blieb im Hals stecken.

»Es geht um die Frau. Aber wie auch immer – du musst das Opfer hoch ansetzen, sehr hoch.« Sie richtete sich auf, sah ihn an. »Es geht hier um das Leben. Um deins. Wenn dem Mädchen was passiert, ist die Frau weg. Dann ist dein Leben nichts mehr wert.« Sie löste sich von ihm, erhob sich. »An deiner Stelle würde ich nicht knausern. Was nützt dir Geld, wenn du sie verlierst?«

Sie zog sich an. Sein Denkvermögen kehrte zurück. Er suchte seine Hose, nahm sie vom Boden auf. Wenn man die Situation bedachte, ergab ihre Rede keinen Sinn, nicht den geringsten. Sie riet zu opfern, viel zu opfern. Um eine Frau nicht zu verlieren, die er eben betrogen hatte. Und nicht etwa mit einer Hure, sondern mit dieser ... dieser Frau Mießgang, die ganz etwas anderes war als eine Hure. Was genau, wusste er nicht. Unbehagen breitete sich in ihm aus wie Eiswasser. Was hatte er hier getan? War er verrückt? Das war die einzige Lösung und Erklärung. Sinnesverwirrung, vorübergehender Verlust des Verstandes. Er liebte Ursula doch! Das hier in dieser Sozialwohnung hatte nichts damit zu tun. Nichts mit Liebe, nicht einmal mit Zuneigung. Womit dann hatte es zu tun? Darüber wollte er nicht nachdenken.

Aus dem Monster, das seine Lust herausbrüllte, wurden zwei Individuen. Er kannte sie nicht. Nicht richtig. Sie war nicht sympathisch. Er stand ihr nicht einmal neutral gegenüber, sie war ihm nicht angenehm. Er wollte raus hier.

»Geh nur«, sagte sie. »Ich hab sowieso zu tun.« Er zog sich an, es fiel ihm nichts ein, was er sagen sollte. So ging er ohne ein Wort.

Im Flur des Erdgeschosses blieb er stehen. Alles war still. Geistesverwirrung, schön, das gebrauchen sie immer als Ausrede, manchmal fällt das Gericht auch darauf rein. Mit einem geschickten Anwalt … in dieser Sache hatte er keinen. Aber er kannte die Wahrheit. Geistesverwirrung. Dennoch ein Verbrechen, besser: eine Störung der Ordnung der Dinge, der Verhältnisse. Das kam vor. Nicht todeswürdig, aber zu sühnen. Das musste sein.

Er öffnete die schäbige Haustür, trat ins Freie. Dort sagte er, nicht zum Himmel und nicht zur Erde gewandt, nur geradeaus in Richtung des Nachbarblocks mit der Nummer 7: »Ich opfere mein ganzes Vermögen für das Leben Karins.«

Fünfhunderttausend.

Das war die Summe. Klang ungeheuer, aber nicht unvorstellbar. Eine Million wäre schon eine andere Ebene gewesen, etwas Phantastisches, Irreales. Aber fünfhunderttausend – das war einfach nur viel Geld. Das war machbar. Das klang so, dass man fragen wollte: mit Mehrwertsteuer oder ohne? Drei Prozent Skonto bei Barzahlung? Es klang nach Geschäft. Er wurde zuversichtlich, als er die Zahl hörte. Fünfhunderttausend konnte er aufbringen. Mit Klimmzügen und Scherereien. Es war nicht leicht, aber es ging. Vor allem konnte er es aufbringen, ohne Aufsehen zu erregen. Er hatte nicht versucht, zu feilschen, er hatte sofort akzeptiert. Mit der elektronisch verzerrten Stimme am anderen Ende zu handeln hätte nichts gebracht; das waren vernünftige Leute, die ein Geschäft abwickelten. Er hatte nur gesagt, sie müssten sich gedulden, weil sonst Aufmerksamkeit erregt wird … »und das wollen wir nicht«, hatte die Stimme gesagt und ihm drei Tage gegeben. Drei Tage war in Ordnung. Er musste sich gewaltig dahinter klemmen, aber drei Tage, das ging, das war machbar. Und kein Gebrülle, keine Drohungen, kein abgeschnittenes Ohr. Er wurde zuversichtlich. Die Nachricht wirkte auch auf Ursula. Sie hörte auf zu weinen, zum ersten Mal seit Tagen gab sie Antwort auf seine Fragen, sie führten ein Gespräch; sie wirkte, als sei sie aus dem Reich des Todes zurückgekehrt.

Danach begann er das Geld aufzutreiben.

»Kein Koffer?«, fragte Koslowski. Er saß in der Wohnlandschaft des Semmlerschen Anwesens vor dem Designtisch, der jüngsten Erwerbung Ursulas. Er war unregelmäßig geformt, mit Zacken, eine Metall-Holz-Glaskonstruktion; man konnte von dem Tisch nicht essen, nur mit Mühe ein Glas darauf abstellen. Aber er war geeignet, fünfhunderttausend Euro drauf zu legen. Nur die Verpackung störte. Eine Plastiktasche vom »Interspar«. Koslowski schaute hinein. Sie war voll gestopft mit Geld. Alle möglichen Scheine. Große, kleine.

»Sieht komisch aus«, sagte er, »wie Altpapier«.

»Die haben das so verlangt«, sagte Semmler. »Ein Intersparsack und alle Sorten … es muss aber nicht genau sein …«

Semmler wirkte geistesabwesend. Er war grau im Gesicht.

»War das so schwer?«, Koslowski deutete auf das unförmig aufgeblähte Behältnis.

»Nein, nein, es ging, es ist nur … ich sag dir ganz ehrlich, ich bin am Ende meiner Kräfte, das Ganze ist … wie soll ich sagen …«

»… nicht leicht.«

»Nein, nicht leicht.«

»Wegen des Geldes?«

»Nein, wegen der Situation hier, solang Karin nicht wieder … ach, ich weiß nicht …«

Er ließ sich auf das andere Sofa fallen.

»Wie geht es …« Koslowski deutete nach oben, wo er Ursula vermutete.

»Schläft. Sie nimmt jetzt starke Mittel. Ohne kann sie überhaupt nicht mehr …« Er verstummte.

Koslowski räusperte sich. Seine Stimme war ganz ruhig.

»Reiß dich zusammen«, sagte er. »Es dauert nicht mehr lang …«

»So oder so …«

»Nein, verdammt noch mal! Nicht so – oder so! Sondern nur – so. Verstehst du? Es existiert nur eine Variante. Ich mach die Übergabe, dann hol ich Karin ab. Fertig. Ende der Vorstellung!«

»Du hast Recht.« Semmler seufzte tief auf, erhob sich. Er hat Mühe, aufzustehen, dachte Koslowski. Er ist gealtert. In wenigen Tagen deutlich.

»Also, du machst es?«, fragte Semmler.

»Herrgott, wie oft soll ich das noch sagen? Ja, ich mach's! Ich bin nicht begeistert, aber ich mach's. Wenn die das schon verlangen …«

»Ausdrücklich!«

»Aber nicht ausdrücklich mich, oder?«

»Nein, ein Vertrauter, haben sie gesagt, aber keine Frau.«

»Ich weiß nicht, was das für einen Sinn haben soll, dass du nicht selber gehst …«

»Die beobachten mich, ich sag dir, die haben irgendwie das ganze Haus unter Kontrolle …«

»Ja, ja, glaub ich alles. Aber warum verlangen sie das?«

»Ich weiß es doch nicht, ich weiß es wirklich nicht …«

»Und warum nicht dieser Dr. Wurtz?«

»Der steht doch unter dem Pantoffel! Der könnte das nicht für sich behalten, nach fünf Minuten wüsste es seine Frau – und alles wäre verloren.«

»Also schön. Dann geh ich jetzt.« Koslowski stand auf, nahm den Plastiksack an sich.

»Du fährst direkt heim, oder?«

»Nein, ich geh ins Kino und dann zieh ich die halbe Nacht um die Häuser, damit ich daheim garantiert nicht erreichbar bin – Herrgott, reiß dich zusammen, ich mach das alles wie besprochen. Ich fahr heim und warte aufs Telefon. Ich ruf dich dann an.«

Semmler lächelte. Zum ersten Mal seit Tagen.

»Es wird schon«, sagte Koslowski. »Es wird schon.« Er ging hinaus.

Den Plastiksack legte er auf den Beifahrersitz.

Es kam nun darauf an, dass alles so ablief, wie es ablaufen müsste. Wenn alles wahr wäre. Koslowski musste sich so verhalten, wie er sich verhalten würde, wenn es einen Entführer gäbe – in gewissen Sinn gab es den ja auch, nämlich ihn selber, obwohl man kaum von Entführung sprechen konnte, wenn das Opfer mitmachte … es fiel ihm schwer, die Sache von zwei Seiten zu betrachten. Wie ein Schachspiel gegen sich selbst. Ungesund, steril. Er musste handeln wie der besorgte Vater und wie der abgefeimte Kriminelle, gleichzeitig.

Also fuhr er heim, weil der besorgte Vater das getan hätte. Inzwischen war es dunkel geworden, der Himmel hatte sich zugezogen, es roch nach Regen. Für die Übergabe war es ideal. Die Entführer waren vorsichtig, Profis eben. Um eins riefen sie ihn an. Es war wie beim Solokabarett, wenn einer alle Rollen spielt. Als Entführer rief Koslowski mit einem Kartenhandy bei Koslowski an. Als besorgter Vater nahm Koslowski ab und sagte »Ja?«. Als Entführer sagte Koslowski durch den elektronischen Verfremder: »In fünf Minuten Autobahnparkplatz Dornbirn, Richtung Bregenz. Leg das Paket auf die zweite Bank und fahr.« Dann legte der Entführer auf. Koslowski, der besorgte Vater, wollte noch etwas fragen, seufzte nur und drückte den Aus-Knopf.

Die Akustik auf beiden Handys gleich, die Stille des Heizungskellers. Die Heizung war aus. Das Entführerhandy hatte er mit der linken Hand bedient, das Besorgter-Vater-Handy mit der rechten. Sogar die Symbolik stimmte. Im Solokabarett hätte es der Solodarsteller genau so gemacht. Nur hätte bei dieser Nummer das Publikum nicht gelacht, wahrscheinlich nicht, es war nicht so lustig irgendwie. Aber beim anspruchsvollen Kabarett sollte sowieso nicht dauernd gelacht werden. Und Publikum gab es nicht.

Er nahm den Sack und fuhr bei Dornbirn-Süd auf die Autobahn Richtung Deutschland, bog dann, wie es die verfremdete eigene Stimme befohlen hatte, einen Kilometer weiter auf den Parkplatz ein. Neben der zweiten Bank hielt er an. Der Parkplatz war leer. Wäre er es nicht gewesen, hätte Koslowski die Toiletten aufgesucht, wäre dann weitergefahren. So fuhr er gleich weiter. Den Intersparsack behielt er im Auto.

Als er bei Dornbirn-Nord die Autobahn verließ, drängte sich der Gedanke auf, den er den ganzen Tag über in den Hintergrund geschoben hatte. Dass diese ganze Aktion eine Schnapsidee war, ein Unfug reinsten Wassers, wie sie nur einem vollständig versoffenen Gehirn entsprang. Unheimlich daran war, dass er sich selbst auch bei Anlegung strengster Maßstäbe nicht als Trinker einordnen konnte, geschweige denn als Alkoholiker. Der Plan stammte von einer romantisch gestimmten Sechzehnjährigen, die das Unrecht wiedergutmachen wollte, das ihrem Ziehvater geschehen war; jedes Mal, wenn er diesen Aspekt bedachte, wuchs ihm ein Kloß im Hals – aber die Durchführung: trug sie Merkmale eines erwachsenen, analytischen Verstandes? Wohl kaum. Was hatte er denn geplant? Genau nichts. Das innovativste Element war der elektronische Verzerrer gewesen, den er vor Jahren bei einer Secondhand-Messe in Friedrichshafen aufgegabelt hatte. Es war anzunehmen, dass die Rückverfolgung dieses Teils aus der Analyse der Sprachaufzeichnung schwierig bis unmöglich war – wahrscheinlich, aber nicht sicher. Die Gerissenheit des Dr. Koslowski, dachte er, erschöpft sich aber schon in der Verwendung dieser Bastelei; klar: Woher sollte ein Normalbürger auch all die Spezialisten kennen, die zur Durchführung so eines Vorhabens unerlässlich waren? Wenn es darum gegangen wäre, etwas zu sprengen, oder ein Giftgas herzustellen, dann hätte er selber mit Literaturrecherche und ein bisschen Nachdenken behilflich sein können, aber beim Spezialthema »Geldübergabe« war er ein ebenso blutiger Laie wie nur irgendein anderer, der diese Dinge auch nur aus dem Fernsehen kannte. Und diese Kenntnis war keine Hilfe. Denn je nach Genre des Krimis gehen die Übergaben durch eine Kombination aus dummen Zufällen und menschlichem Versagen schief oder sie erfordern einen verwickelten Ablauf von Weitergaben und Benutzung diverser Massenverkehrsmittel, was in Dornbirn alles nicht zu haben war: woher hätte er hier eine U-Bahn nehmen sollen? Oder Bandenmitglieder?

Er gestand sich ein, dass er sich bis zum Anruf mit der Fünfhunderttausender-Forderung keine Gedanken über den weiteren Verlauf gemacht und sich danach auf den ersten Einfall versteift hatte, der ihm gekommen war. Den denkbar idiotischsten, den Autobahnparkplatz. Der war auf der Ostseite gegen den Wald durch einen halbhohen Maschendrahtzaun abgegrenzt – einen von der Art, wie ihn Kräfte des Spezialkommandos in eleganter Flanke zu überspringen pflegen, nicht sichtbar durch Schnellfeuerwaffen, Panzerwesten und elektronischen Krimskrams gehindert, den sie bei sich tragen. Was war das für eine bescheuerte Idee, wie war er darauf verfallen? Wer durch den Wald kam, um das Paket abzuholen, lief den Spezialkräften in die Hände, sonst konnte der Parkplatz nur auf die gewöhnliche Art erreicht werden, von der Autobahn aus. Nichts anderes als eine verdammte Falle – wenn also die Entführer selbst so etwas Hirnverbranntes vorschlugen, war es ein Ablenkungsmanöver, überlegte sich Koslowski, und die Einsatzleitung würde nicht erstaunt sein, dass niemand kam, um das Paket abzuholen, das im Übrigen auch gar nicht abgestellt worden war, weder unter der zweiten Bank noch einer anderen. Weil besagter Koslowski übers Handy im letzten Augenblick einen anderen Befehl erhalten hatte, aha, ein Katz-und-Maus-Spiel, das sich die ganze Nacht hinziehen mochte, Herumgefahre von einem Punkt zum nächsten, aber kein Problem mit zwei Dutzend Verfolgerautos. Was, wenn Koslowski nun aber nicht in den Bregenzer Wald (zum Beispiel) fuhr, sondern einfach nach Hause?

Das war immer noch drin. Er sah in den Rückspiegel. Ein

Verfolgerauto konnte er nicht entdecken. Überhaupt keinen anderen Wagen. Bei der Einmündung in die B 190 stand die Ampel auf rot, er fuhr einfach nach rechts weiter, weil weit und breit kein anderes Auto zu sehen war, nicht hinter ihm, nicht links und nicht rechts. In der Stadt wurde der Verkehr etwas dichter, die meisten Autos kamen ihm entgegen. Er stellte sich auf den Kundenparkplatz beim »Merkur«, der um diese Zeit völlig leer war und beobachtete den Verkehr auf der nördlichen Haupteinfahrtsstraße. Ja, es gab Verkehr. In beiden Richtungen. Keines der Autos zögerte beim Vorbeifahren. Koslowski versuchte, sich die Typen zu merken, gab das bald auf, es waren zu viele. Auch hatte er keine Ahnung von der Technik der Observation mit PKWs; vielleicht gab es da einfache Tricks, die man aber gezeigt bekommen muss, von selber kommt der Laie nicht drauf.

Er konnte immer noch nicht sagen, ob er verfolgt wurde. Er fuhr nach Hause. Dort aktivierte er das vor zwei Wochen gekaufte Wertkartenhandy, wählte und sagte: »Du kannst gehen.« Dann rief er auf dem normalem Handy Semmler an.

»Alles erledigt«, sagte er. »Es kann noch dauern.«

»Wer sagt das?«

»Na, die!«

»Wie lang?«

»Haben die nicht gesagt. Nur: kann noch dauern. Mach dir keine Sorgen, das geht klar.« Im Hintergrund hörte er leises Weinen. Er legte auf.

Inzwischen war es halb zwei. Er machte einen Spaziergang, warf das Wertkartenhandy in einen Altmetallcontainer. In der Umgebung seines Hauses war niemand auf der Straße – aber klar doch: ganze Hundertschaften konnten hinter den dunklen Fenstern der Nachbarschaft lauern und ihn mit Nachtsichtgeräten und hochempfindlichen Richtmikrophonen überwachen. Er saß daheim und wartete. Auf den Krach, wenn sie mit dieser komischen Zweimannramme, die man immer im Fernsehen sieht, die Tür einschlagen. Oder würden sie doch zuerst läuten?

Er setzte sich an den Küchentisch und zählte das Geld, dann gleich noch einmal. Fünfhunderttausend in Zehnern, Fünfzigern und Hundertern. Er untersuchte die Scheine mit einer Lupe, konnte aber keine Markierungen erkennen, was nichts hieß, da ihm bei diesem Detail wie auch bei allen anderen des Entführungsgeschäftes alle Kenntnisse fehlten. Wo blieben die nur? Hätten sie nicht schon längst zugreifen müssen? Oder verhörte man erst Karin, wenn sie zu Hause auftauchte? Karin würde etwa eineinhalb Stunden von dem Waldversteck zum Bahnhof brauchen, wo sie sich ein Taxi nehmen und heimfahren sollte. Nach mehrtägiger Gefangenschaft in einem lichtlosen Keller habe man sie, würde sie sagen, mit einer Augenbinde in ein Auto verfrachtet und lang durch die Gegend gefahren; natürlich habe sie versucht, sich die Kurven zu merken, es aber bald aufgegeben, und so weiter und so fort, dieser Teil war nicht schwierig. Dann hätten sie angehalten, hätten sie aussteigen lassen und seien sofort weitergefahren. Wo? Auf einem Waldweg. Dort sei sie eine Zeitlang umhergeirrt, weil sie nicht gewusst habe, wo sie sich befand; endlich sei es ihr gelungen, sich zu orientieren, sie sei in die Stadt gelaufen zum Bahnhof. Und ja, es seine mehrere gewesen, gesehen habe sie aber immer nur einen in einer Schimaske, und sie hätten sich in einer ihr unbekannten, aber slawisch klingenden Sprache unterhalten. Aber klar doch!

Eine Legende. Reine Erfindung. Aus Gründen, die sie beide nicht kannten, Karin nicht und Koslowski auch nicht, leicht vom zuständigen Kommissar zu zerpflücken, weil sie nicht nur ein wichtiges Detail übersehen hatten, sondern deren mehrere. Karin wusste das nicht, aber Koslowski wusste es. »Wenn es so war, wie Sie sagen, warum ist dann …« Oder: »Warum haben Sie dann nicht …? Oder: »Wie erklären Sie sich dann, dass …« Den Fortgang dieser Sätze konnte er sich aber nicht vorstellen, nicht einen einzigen, und dazu würde er, das wusste er, auch nicht imstande sein, wenn er hundert Jahre darüber nachdachte. Es fehlte ihm jede Eignung zum kriminalistischen Denken, er las keine Kriminalromane, hatte nie welche gelesen. Weil sie so langweilig waren – denn das ganze Herumgetüftel hatte nichts mit Logik zu tun, die es allein in der Wissenschaft gab, sondern war nur ein von Menschen ausgedachtes Spiel; in Spielen war er nie gut gewesen, Schach zum Beispiel. An sich war das doch alles Zeitverschwendung, hatte nichts zu tun mit wirklichen Dingen und realen Menschen. Koslowski war nicht der rechte Mann, mit einem auch nur mittelmäßig fähigen Kommissar der heimischen Kriminalabteilung diese Art Schach zu spielen. Matt in vier Zügen oder so.

Warum hatte er sich dann darauf eingelassen? Darüber dachte er nach, als er in der Küche vor den fünfhunderttausend Euro saß und auf Semmlers Anruf wartete. Je weiter die Zeit vorrückte, desto mehr kam eine grundsätzliche Gewissheit in den Vordergrund – eine Gewissheit, die schon, wie er sich eingestand, bei der ersten Idee zu diesem Unternehmen mit einem Male da gewesen, mit größter Selbstverständlichkeit, dann aber bescheiden in den Hintergrund getreten war, um dem üblichen Pessimismus, der in Koslowskis Denken Hausrecht besaß, das Feld zu überlassen; die durch nichts zu begründende, aus keinem Umstand der realen Welt abzuleitende, dennoch unerschütterliche Gewissheit: Dass ihm nichts passieren konnte, wenn er es tat. Gar nichts. Bei Semmler. Nur bei ihm. Bei jedem anderen wäre er aufgeflogen, und wenn die Untat nur darin bestand, diesem anderen einen Kuli zu klauen – sie hätten ihn entdeckt und gedemütigt. Aber bei Semmler konnte er sich so blöd anstellen, wie er wollte. Er hatte ihm das Haus niedergebrannt, und was war ihm geschehen? Nichts. Er hatte ihn um fünfhunderttausend Euro geprellt. Was würde geschehen? Nichts. Das Krachen der Ramme blieb aus. Es wurde auch nicht an der Tür geläutet. Warum sollte die Polizei seine Tür einschlagen oder daran läuten? Das setzte, egal, was sie tat, voraus, dass man sie informiert hatte, die Polizei. Aber niemand hatte irgendjemanden informiert. Semmler hatte genau getan, was er, Koslowski, ihm gesagt hatte. Semmler hatte alles getan, was getan werden musste, damit er um fünfhunderttausend Euro erleichtert werden konnte, und alles vermieden, was dieses Ziel gefährden würde. Und er selbst, Koslowski, hatte einen hanebüchenen Plan durchgeführt.

Das Telefon läutete. Als er abnahm, hörte er im Hintergrund hysterisches Kreischen wie von Teenagern bei einem Rockkonzert, im Vordergrund Semmler, der ein ums andere Mal brüllte: »Sie ist das! Sie ist da! Sie ist da!«, in einer Tonlage, die sich kaum von dem Kreischen unterschied, das, wie er begriff, von Ursula stammen musste. Karin blieb stumm. Semmler erklärte, sie sei vor zwei Minuten eingetroffen, mit einem Taxi. Dann begann er zu schluchzen, gab unverständliches Zeug von sich; Koslowski hingegen versuchte Beruhigendes; er solle sich nicht aufregen, sagte er, tief durchatmen und natürlich, Glückwünsche richtete er auch aus. Dann legte er auf. Er stieg ins Auto, fuhr zur Villa. Als er dort vor der Tür stand, fiel ihm ein, dass er den Geldhaufen auf dem Küchentisch hatte liegen lassen; man konnte ihn durch die Stores sehen, wenn man sich auf die Zehenspitzen stellte und mit den Händen gegen Seitenlicht einen Trichter vor den Augen bildete. Aber wer sollte das tun?

Im Hause Semmler herrschte eine höchst merkwürdige Stimmung. An der Oberfläche alles eitel Wonne und Sonnenschein. Die beiden Frauen sahen erschöpft aus; Ursula hatte sich beruhigt, Karin kam auf ihn zugerannt und umarmte ihn, ohne ein Wort zu sagen, Ursula umarmte ihn dann auch, was ihm unangenehm war, sogar Semmler selber umarmte ihn, was keine Gefühle auslöste, weder positive noch negative. Karin erzählte ihm alles, was er ohnehin wusste, es war langweilig. Sie selber schien das auch zu spüren, gab sich aber Mühe, den Eindruck von Langeweile zu vermeiden und outrierte durch ausufernde Gestik, aber an den falschen Stellen. Es war ein bisschen wie bei der Schüleraufführung der »Medea«, die Koslowski vor vierzig Jahren im Gymnasium gesehen hatte. Die beiden anderen merkten nichts. Er blieb noch eine Weile, hörte sich die Pläne der Familie an; ein Urlaub in den Bergen, Rückzug und Erholung, vor allem Ursula hatte das nötig. Das Haus, erklärte Semmler mit schöner Offenheit, würden sie verkaufen; mit dem blöden Kasten habe das doch alles erst angefangen, Ursula nickte heftig, stimmte mit dem Fanatismus der frisch Bekehrten zu; dass sie ihre Lektion gelernt hatte, daran konnte kein Zweifel bestehen. Keine Protzerei mehr. Koslowski, nur, um sich am Gespräch zu beteiligen, äußerte Zweifel an der Verkaufbarkeit der Villa, gebe es denn einen Markt für so ein Objekt? Das sei freilich schwierig, gab ihm Semmler recht, man müsse es eben versuchen, mit dem Erlös könne er aber das Loch stopfen, das durch das Lösegeld gerissen worden sei. Koslowski nickte, mimte den Interessierten. Je länger Semmler redete, desto intensiver wurde die Gewissheit, die Koslowski beim Zuhören überkam: er hörte Semmler das letzte Mal zu, sah ihn das letzte Mal vor sich, war zum letzten Mal in diesem Haus. Dasselbe fühlte er bei Ursula, wenn er sie ansah, nicht aber bei Karin. Sie würde er öfter sehen, die beiden anderen nie wieder. Dieses Wissen hatte aber nichts Bedrohliches, weder für ihn noch für Semmler und die Frau, die früher seine gewesen war. Kein Unfall würde sie aus dem Gesichtskreis entfernen, nur das Leben selbst. Ihre Wege würden sich trennen. Für immer. Er würde, das wusste er auch, von seiner Tochter noch vieles über Semmler und Ursula hören, auch über das Haus, das nicht niederbrennen würde wie das letzte, sondern verkauft werden, gegen jede Wahrscheinlichkeit würde sich nämlich ein Käufer finden und dann … da verließ ihn das Wissen, das mehr ein Gefühl war als explizit formulierbare Kenntnis. Er fröstelte. Weiter wollte er nichts wissen. Nur raus. Er verabschiedete sich, Karin brachte ihn zur Tür, versprach, am nächsten Tag vorbei zu kommen.

Koslowski drehte sich kein einziges Mal um, als er auf den Wagen zulief und schaute nicht in den Rückspiegel, als er auf dem Parkplatz wendete und mit hochdrehendem Motor die Einfahrt hinab fuhr.

Koslowski behielt Recht. Er sah Semmler nicht wieder, auch seine Exfrau nicht. Und nicht das Haus. Karin noch oft. Sie erzählte ihm alles. Nach dem Geld fragte sie nie. Er berichtete ihr davon: wie er es angelegt hatte, vorsichtig, ohne Hang zu Spekulationen, wie er es ausgab für kleinere Anschaffungen und für die Renovierung des Hauses. Das Geld ließ er in dem Intersparsack in einem Schrank im Keller, er machte nicht einmal den Versuch, es zu verstecken; einen kleineren Teil legte er auf acht Wertpapierkonten bei verschiedenen Banken. Die Tarnung war dürftig. Wenn jemals nachgeforscht würde, hätte er keine Erklärung für die Herkunft des Geldes. Nur die Wahrheit. »Das Geld? Ach so, das hab ich von einem Schulfreund erpresst, die Tochter steckt auch mit drin, vorgetäuschte Entführung, komplizierte Geschichte, wollen Sie sie hören?« Er kaufte sich keinen Porsche und kreuzte damit in der Nachbarschaft herum, das nicht, aber viel mehr tat er nicht, den neuen Reichtum zu verbergen. Er ließ die alte Ölheizung rausreißen und eine Wärmepumpe einbauen, neue Böden legen, die Fassade isolieren und verputzen. Neue Fenster gab es auch. Das alles wurde von der Nachbarschaft zur Kenntnis genommen, aber nicht hinterfragt. Ausgaben für bauliche Maßnahmen maß man in diesem Land mit einer anderen Latte; sie galten nicht als ausgegebenes Geld. Wenn sich jemand einen Plasmafernseher kaufte oder ein Rennrad, fragte sich jeder, wo das Geld herkam; bei der zehnmal teureren Pelletsheizung fragte das niemand, das Geld kam von der Bank, es war von einer anderen, höheren Kategorie, weil notwendig.

Die Semmlersche Villa wurde verkauft, schon einen Monat nach Karins Rückkehr. Für so ein bizarres Objekt so schnell einen Käufer zu finden grenzte an ein Wunder; Karin wusste nur zu berichten, dass es sich um einen Geschäftsmann handelte. Sie bekam ihn nie zu Gesicht; Semmler erzählte wenig, aber, sagte sie, weil er selber kaum etwas über diesen Herrn wusste, nicht, weil er etwas verschweigen wollte. Konnte gut sein, dass es ein Strohmann der Russenmafia war. Auch später wurde nie recht klar, wer nun in der Protzvilla wohnte. Koslowski hörte von seinem Berater bei der BAWAG, seiner neuen Hausbank, dass in dieses Objekt verschiedene Handelsfirmen eingezogen seien. Womit die handelten, war nicht ganz klar; wie es aussah, mit allem und jedem. Semmler, erzählte Karin, habe das rasche Auftauchen des Interessenten als Wink des Schicksals begriffen und das Angebot sofort angenommen.

»Er dreht völlig durch«, sagte sie, »da meldet sich irgend so ein windiger Typ beim Makler, bietet eine lächerliche Summe …«

»Wie viel?«, fragte Koslowski.

»Weiß ich nicht genau … so bei eins komma vier, glaub ich. Jedenfalls hat Semmler sofort akzeptiert. Der Makler war dagegen. Aber Semmler sagt, wenn er dieses Angebot nicht annimmt, kommt keiner mehr …«

»Er hätte doch warten können – oder hat der Typ gedrängt?«

»Überhaupt nicht. Das ist ja das Komische. Semmler wollte die Villa so schnell wie möglich loswerden. Er muss den Verlust wieder hereinbringen, sagt er, braucht Bares für Investments.«

»Was für Investments?«

»Keine Ahnung. Darüber spricht er nicht.«

Auch später verlor Semmler über seine finanziellen Transaktionen kein Wort. Vielleicht, weil sie samt und sonders unglücklich verliefen. Koslowski hörte davon nur über

Karin, die aber nur die familiären Auswirkungen der hereinbrechenden Katastrophe schildern konnte, nicht ihre Ursachen. In die hatte Christoph Wurtz besseren Einblick, weil er im Gegensatz zu Koslowski in der Gerüchteküche agierte, wo man erfuhr und weitererzählte, was von der Norm abwich. Christoph Wurtz kam zum Schluss, dass Semmler den Verstand verloren hatte, zumindest den geschäftlichen. Er benahm sich wie ein Spieler im Kasino, der Anfangsverluste durch höhere Einsätze wettzumachen sucht. Das geht schief. Immer. Semmler investierte wie im Rausch. In Aktien, in Swaps, in alles Mögliche, wovon ein Vernünftiger die Finger gelassen hätte. Das allgemeine Umfeld war ungünstig, die Konjunktur kam nicht in Schwung, alles lief irgendwie so dahin, aber es gab auch keinen Crash, das nicht. Das Stichwort hieß »Seitwärtsbewegung«; in der Börsenprosa las man oft die Vokabel »lustlos«. Wer gar nichts tat und alles laufen ließ, der machte kleine oder gar keine Verluste; es gehörte eine Portion Verbissenheit dazu, in diesem Klima Verluste wie Semmler einzufahren. Man konnte als Investor nur schwer reich werden, musste sich aber für das Gegenteil fast noch mehr bemühen. Semmler nahm diese Mühe auf sich. Er verlor nicht nur die eins komma vier Millionen, die seine Villa eingebracht hatte, sondern im Lauf eines einzigen Jahres auch sein ganzes Vermögen.

5

Semmler saß auf dem Balkon und schaute auf die Wiese hinunter. Etwas Besseres als eine Wiese war es nicht, keine »Anlage« mit Rasenkantensteinen und Rabatten, einfach nur eine Wiese mit drei Exemplaren jenes schnellwüchsigen Ahorns, wie er oft auf Parkplätzen anzutreffen ist. Die Wiese wurde gemäht, aber mit einer gewissen Nachlässigkeit, man sah die Bahnen der Maschine, die Herr Köster bediente. Er wohnte auf 12 a im Erdgeschoss und bekam eine Pauschale von der Hausverwaltung; er erledigte das Mähen, so schnell er konnte. Köster war in Pension und hätte genug Zeit gehabt, aber er hatte keine Lust.

»Keine Lust« war der geheime Fluch der Siedlung. Fünf Blocks wie Inseln in der riesengroßen Wiese, dreistöckig, vor dreißig Jahren gebaut, renovierungsbedürftig. Renoviert wurde aber nicht, nur darüber geredet. Auch hier: keine Lust. Man konnte nicht von Verfall reden, weder architektonisch noch soziologisch; es war nicht die Unterschicht, die hier wohnte. Keine der Parteien bezog Sozialhilfe, da war sich Semmler sicher, die gingen fast alle arbeiten, keine Berufsarbeitslosen in der Siedlung Blumengasse, nur der übliche Schnitt; nicht mehr Alkoholiker, nicht mehr allein erziehende Mütter, nicht mehr schwierige Halbwüchsige als im Landesschnitt. Es war nicht die Unterschicht, sondern die genau darüber, die untere Mittelschicht. Ich gehöre jetzt zur unteren Mittelschicht, dachte Semmler. Es passt noch alles, der Rasen wird gemäht, wenn auch schlampig. Letztes Jahr wurden die Läden gestrichen, vor fünf Jahren die Heizung erneuert. Es geht so dahin. Eben noch so.

Aber nur ein winziger Stoß, ein Hauch, eine Bagatelle – und die Kurve würde sich nach unten neigen. Die Kurve der Menschen, der Siedlung, seine eigene. Man erhielt sich aufrecht, ging eher schlecht bezahlten Beschäftigungen nach, führte eher schlechte Ehen, bewohnte eher schlechte Wohnungen: wenn man genau hinsah, dann war alles eher schlecht. Und genau deshalb hatte niemand mehr Lust. Keine Lust auf was immer. Zu arbeiten, zu lieben, zu leben. Man tat es, aber nur noch eben so. Keine große Erschütterung würde das ändern, kein Erdbeben. Es genügte schon, dass ein Sack umfiel oder ein Fahrrad im falschen Moment, und alles würde fallen, alles, alles, in ein tiefes, erlösendes Nichts.

Semmler erfuhr hier, dass der berühmte Satz, die Hoffnung sterbe zuletzt, nichts anderes war als ein dummer Spruch. Die Hoffnung war schon lang tot, die Menschen lebten immer noch. Sie gingen zur Arbeit, sie paarten sich, manchmal lachten sie sogar. Aber ihre Wünsche waren nicht in Erfüllung gegangen und würden auch nicht in Erfüllung gehen, nicht in aller Zukunft und auch nicht, wenn sie warten könnten auf das Ende aller Tage.

Ein halbes Jahr wohnte er schon in der Siedlung Blumengasse. Es ging so. Was das fehlende Geld betraf, kam er gut zurecht. Das überraschte ihn selbst am meisten. Ob es auch die anderen überrascht hätte, die vielen, die er gekannt hatte, wusste er nicht, denn sie ließen sich seit ein paar Monaten nicht mehr blicken. Von allen langweiligen Sachen ist Armut die langweiligste; er verstand das. Armut traf es nicht ganz. Mit dem Verlust des Vermögens waren andere Vokabeln am Rande des Bewusstseins aufgetaucht und sehr rasch ins Zentrum gerückt: »Sozialversicherungsnovelle« und »Höchstbemessungsgrundlage« waren solche Worte. Da wurden als Ergebnis byzantinischer Berechnungen lächerliche Beträge ausbezahlt; kein richtiges Geld. Für ihn bisher an der Wahrnehmungsgrenze – für ihn waren solche Summen eine fette Null gewesen – aber natürlich war auch das richtiges Geld und keinesfalls null, es kam nur auf das Instrument an, mit dem man es betrachtete. Es war wie das Eintauchen vom Makro- in den Mikrokosmos. Mit einem Mal war es wichtig, was die Dinge kosteten; nicht die Dinge des Handels, die man weiterverkaufte, sondern die Dinge des Lebens, die man verbrauchen musste. Wie viel bezahlte man für ein Viertel Butter, für einen Laib Brot, für zehn Deka Lyoner Wurst? Das war nun wichtig. Und mit diesem »mikroskopischen« Geld kam er nun auch in Berührung. Er brachte es nicht über sich, eine Rechnung von dreizehn achtzig mit der Bankomatkarte zu bezahlen, das war zu lächerlich; er zahlte bar und hantierte mit Scheinen, auf denen eine Fünf aufgedruckt war oder eine Zehn, mit Münzen, die Prägungen aus allen Ländern Europas zeigten. Wie im Mittelalter. Er hatte seit der Studentenzeit nichts mehr mit realem Geld zu tun gehabt; Geld hatte er nur als Ziffern auf dem Computerschirm gesehen oder in Form großer Scheine, die wiederum die armen Leute nie zu Gesicht bekamen. An manchen Tankstellen war ein Fünfhunderter auf einem Schild abgebildet, dabei der Hinweis, dass man außerstande sei, ihn zu wechseln; das hatte ihn amüsiert, jetzt erfüllte es ihn mit Bitterkeit. Arm zu sein, war anstrengend. Die Befriedigung, das arme Leben doch zu meistern, stand in keinem Verhältnis zu den Beschwerlichkeiten, die es mit sich brachte. Ein Marathonlauf war ein Honiglecken dagegen. Und *arm* war nicht das rechte Wort. Oder doch das rechte Wort; er schwankte von einem Tag auf den anderen in der Beurteilung der Lage. Richtig arm waren die Leute im Sudan oder so – waren dann Menschen, die im Interspar dreizehn achtzig mit der Karte bezahlten, etwa reich? Oder doch arm, aber nicht *richtig* arm? Ein Hinweis konnte sein, dass von all den Leuten, die er von früher kannte, die sich aber selber nie als *reich* bezeichnet hätten, niemand jemals im Interspar auftauchte. Die kauften dort nicht ein, die ließen einkaufen, wie er selbst es auch getan hatte. Nach den ersten Wochen verlor er die Angst vor peinlichen Begegnungen an der Wursttheke.

Am Ende des Abstiegs, als die Kurve wieder flach wurde, befand sich auf dem einzigen noch verbliebenen Konto Semmlers bei der Dornbirner Sparkasse eine gewisse Summe; von diesem Geld lebten sie. Nein, nicht ganz richtig: Von diesem Geld bezahlten sie Miete und Betriebskosten, leben taten sie von dem, was Ursula als Sekretärin verdiente, sie war – unglaubliches Glück – in ihren alten Beruf zurückgekehrt. Bei Christoph Wurtz. Der Anwalt hatte nach dem Zusammenbruch der SILIV AG eine Kanzlei gegründet und als Wirtschaftsanwalt Erfolge verzeichnet, die ihm niemand zugetraut hätte. Ursula arbeitete bei ihm als Sekretärin, sie war einfach hingegangen und hatte sich beworben. Semmler hatte sie nichts davon erzählt. Und Semmler hatte, mit der vollendeten Tatsache konfrontiert, nichts dazu gesagt.

Semmler verrührte den Zucker im Kaffee; seit ein paar Monaten trank er ihn süß; Ursula schätzte das nicht, er habe auch zugenommen, sagte sie und seufzte dabei. Ganz leise, er hörte es dennoch. In dem, wie sie es sagte und dazu seufzte, schwang Resignation, was ihm nicht gefiel; er äußerte sich dazu nicht, um keinen Streit vom Zaun zu brechen. Das war nämlich eine Gefahr des Verarmens, dass man leichter zu streiten anfing. Wenn er die Sache unvoreingenommen betrachtete, musste er allerdings zugeben, dass es nicht an ihm lag. Seltsamerweise schien Ursula den Umschwung schlechter zu verkraften als er selbst; er hatte lang darüber nachgedacht, woran das lag. Ökonomisch betrachtet, war Ursula von einer sehr mittelmäßigen Position an der Seite Koslowskis in eine hohe an der seinen aufgerückt, aber eben nur kurz, und dann auf eine bis dato nicht erlebte niedrige Stellung zurückgefallen. Vielleicht verschärfte der vorangegangene Aufstieg rein psychisch den nachfolgenden Absturz; sie fiel wohl tiefer, als es der reinen ökonomischen Differenz entsprach … dadurch, dass sie nun arbeiten gehen musste, was sie als Koslowskis Frau nie getan hatte, konnte ihr Gram nicht verursacht sein, denn das tat sie gern. Semmler kam es vor, als sei die Stelle bei Christoph Wurtz das einzige, was ihr die neue Existenz erleichterte. Unübersehbar, wie gern sie morgens das Haus verließ. Nicht, dass sie am Abend nicht gern zurückgekommen wäre, dafür gab es keine Anzeichen; sie erzählte nur mit leuchtenden Augen von ihrer Arbeit, wie interessant das doch alles sei, welche Einblicke sie in das Wirtschaftstreiben der Region bekomme und so weiter, es war eine unschuldige Freude an ihrer Tätigkeit. Dass sie dabei ihn, der gar nichts tat und solche Einblicke nicht mehr hatte, verletzen musste, kam ihr nicht in den Sinn.

Das Problem war nicht das Nichtstun. Viel getan im Sinne des Angestellten, der von neun bis fünf in der Fron steht, hatte er auch früher nicht. Vermögensverwaltung ist keine *Arbeit*. Arbeit ist alles Tun, das von jemand anderem angeschafft wird. Man mag es gern und gut und willig tun – es bleibt Zwang, das ist Arbeit. Dass er jetzt Stunden auf dem Balkon saß oder an der Ach spazieren ging, bereitete ihm keine Probleme. Er hatte sein ganzes Leben nicht gearbeitet, Arbeit nie als Wert an sich begriffen und war jetzt auch nicht *arbeitslos* im technisch-juristischen Sinn. Er bezog natürlich keine Arbeitslosenunterstützung.

Was an ihm nagte, war der Umstand des Verlustes einer so gewaltigen Summe. Wieder und wieder überdachte er die Entscheidungen, die er in den kritischen Monaten gefällt hatte; und konnte auch bei Anlegung strengster Beurteilungsmaßstäbe keinen Fehler finden. Durch den Verlust der fünfhunderttausend war er gezwungen gewesen, eine aggressivere Veranlagungsstrategie zu wählen, als dies bei bloßem Vermögenserhalt geboten gewesen wäre, aggressiver, also renditeträchtiger und risikoreicher. Da zu jenem Zeitpunkt an der Börse eben keine Blase wuchs, die er hätte nutzen können, musste er auf Spezialgebiete setzten. Devisen, Zinsswaps, Rohstoffe. Und das war alles schiefgegangen. Nicht das eine oder andere Investment, und nicht die Hälfte oder zwei Drittel. Sondern alle. Er hatte, wie er später nachrechnete, genau auf die falschen Möglichkeiten gesetzt; nur auf solche, nicht eine einzige gewinnbringende Investition war dabei. Dass jemand so etwas tat, war sehr unwahrscheinlich; jeder Affe oder ein Zufallsgenerator hätten die Sache zu einem besseren Ende geführt.

Es war der Deal mit dem Universum.

Er hatte für das Leben Karins sein ganzes Vermögen versprochen. Alles war glatt gegangen. Das Vermögen fort, Karin am Leben und gesund. Also gab es kein Problem: Der

Handel mit dem Universum war verlaufen wie geplant, jede Seite hatte ihre Hälfte des Vertrags erfüllt. Was ihn quälte, war die Tatsache, dass er es im Gegensatz zu allen früheren Opfern dieses Mal *glaubte.* Er glaubte, dass sein Vermögen wegen seines Versprechens verloren gegangen war. Er hatte das auch bei den anderen Dingen geglaubt, beim Schlüsselbund, beim Wagen, beim Haus, aber nicht zu hundert Prozent. Immer war da ein mehr oder minder großer Zweifel geblieben, das Zauberwort *Zufall* wie eine Grasinsel, auf die man sich retten konnte im tückischen Moor – es konnte doch alles auch nur Zufall sein, oder Autosuggestion oder sonst irgendwas mit geistigen Energien, die das Materielle beeinflussen, pi pa po ... dann wäre zwar alles genauso verlaufen, aber er wäre dabei allein gewesen, allein mit dem Zufall, also ganz allein, denn der Zufall ist niemand.

Jetzt aber war der Zweifel verschwunden, kein Rest mehr vorhanden, kein Stäubchen, kein Hauch. Er war bei diesen Sachen *nicht* allein. Da gab es einen Jemand, der in Beziehung zu ihm trat, sein Leben beeinflusste, einen Deal mit ihm hatte. *Wir haben einen Deal.* Das sagte er manchmal vor sich hin, wenn Ursula nicht da war. Diese unsichtbare Macht »Universum« zu nennen – warum nicht? Es war am einfachsten so. Er brauchte jemanden, mit dem er einen Deal hatte, nicht zu sehen. Sein ganzes Leben hatte er Geschäfte mit Unsichtbaren gemacht; jede Seite musste ihre Bedingungen einhalten, das war wichtig bei einem Deal, sonst nichts. Er hatte die Personen nie gesehen, denen er seine Optionen verkaufte. Der Gedanke, diese Menschen persönlich zu kennen, war geradezu lächerlich; das Wesen der Börse beruhte auf der Anonymität, das war ein technisches Erfordernis. Auch der Makler kannte ja die Beteiligten nicht. Sie traten nicht an seinen Tisch wie die Kunden an der Wursttheke im Supermarkt.

Er sah nichts von dieser Wesenheit, mit der er den größten Deal seines Lebens abgewickelt hatte, er hörte keine Stimme, niemand erschien ihm, nicht im Strahlenmeer des Morgenrots wie im Schweizerpsalm, nicht im Sturmgebraus noch sonst einer Naturerscheinung, das war alles nur Physik und Naturgeschichte. Er war nicht allein. Das »Universum« handelte. Aber nicht im Wortsinn, sondern im Sinne von »Handel treiben«. Wie ein Kaufmann alten Schlages stand das »Universum« hinter seiner Theke und wartete auf Kunden. ES wurde nicht von selber aktiv, das hätte sich nicht gehört; es war kein Marktschreier, der die Passanten mit Vorführung seiner Wunderdinge an den Stand lockte – es wartete schweigend, bis man selber herantrat und etwas vorschlug. Und alles andere, das nicht vernunftbegabt war und nichts vorschlagen konnte? Das lief, dachte Semmler, eben nach den Naturgesetzen und nach Zufall, vom Ross bis hinunter zum einfachen Elektron oder Quark und wie das ganze Zeug hieß, automatisch. Da stand kein Wille dahinter und keine Absicht. Da mischte sich das »Universum« nicht ein. Wenn ihm nicht ein Deal angeboten wurde, blieb es untätig.

Semmler verstand das umso besser, je mehr er darüber nachdachte. Das »Universum« hatte sich die Mühe gemacht, alles zu erschaffen mit all den Galaxien und Naturgesetzen und Lebensformen, und vielleicht ein paar Mal neu anfangen müssen – was wissen wir schon davon? – und jetzt, wo alles läuft, jedenfalls nicht *stehen bleibt*, sollte es sich weiter Stress machen und auf bloßes Bitten und Beten hin an Millionen Stellen herumschrauben und basteln und nachbessern, diesen seinen Zug erreichen, jene vom Krebs genesen lassen, alles für ein schlichtes Dankeschön? Eine gestiftete Kerze, wenn es hoch kommt? Ohne reale Gegenleistung? Das konnte man von niemandem verlangen, auch nicht vom »Universum«; Semmler wäre damit auch nicht zufrieden gewesen. Es ging hier um die *Anerkennung*, um *Respekt.* Mit Versprechungen waren die Menschen schnell, das wog nichts. Wo blieben aber die Verantwortung, der freie Wille und der ganze Scheiß? Nein, nein, Semmler musste zugeben, dass er es an der Stelle des »Universums« genau so gemacht hätte: wer etwas wollte, musste etwas geben, musste aktiv werden, musste einen Deal anbieten.

Aber er konnte sich diese Dinge noch so oft durch den Kopf gehen lassen, sie drehen und wenden, von allen Seiten beleuchten – der Schmerz über den Verlust wurde nicht geringer. Es war der Schmerz eines Kindes, dem die Einsicht ins Unabänderliche fehlt. Bei einem Handel muss man etwas hergeben, um etwas anderes zu bekommen, das liegt in seinem Wesen, das ist geradezu die Definition des Handels, wie es die Definition einer geraden Zahl ist, ohne Rest durch zwei teilbar zu sein. Sich deswegen zu grämen, war kindisch und lächerlich; auch das sagte er sich immer wieder. Nur nützte es nichts. Er trauerte dem Geld nach.

Und Karin? Karin ging es gut, soweit er das beurteilen konnte. Sie brachte gute Noten aus der Schule mit, lernte brav, bereitete sich auf die Matura vor. Sie besuchte ihren Vater ab und zu, warum auch nicht. Koslowski schien sich aus dem Berufsleben zurückgezogen zu haben; Karin wusste offenbar nichts Genaues über diesen Punkt. Koslowski führte ein bescheidenes Leben. Er verzichtete auch darauf, seine tausend Euro einzuklagen, die ihm vertraglich zustanden, aber schon lange nicht mehr überwiesen werden konnten. Er kam also wohl auch ohne das Geld aus, sehen ließ er sich jedenfalls nicht …

Auch alle anderen, die Semmler gekannt hatte, ließen sich nicht blicken. Niemand bot ihm Hilfe oder Rat an. Er war den Leuten nicht böse deswegen, er hätte genauso gehandelt. Es war nicht Herzenskälte, sondern die nackte Angst vor dem Wahnsinnigen, dem Unbegreiflichen. Sie mieden ihn, wie sie einen gemieden hätten, der von einen Tag auf den anderen von einer geheimnisvollen Geisteskrankheit befallen war; wer garantierte, dass man sich nicht ansteckt? Von außen mussten seine Taten wie die eines Menschen aussehen, der den Verstand verloren hatte …

Er hörte die Eingangstür, Ursula kam. Er hörte sie durch die offenen Türen in dem winzigen Vorzimmer herumkramen, was dauerte so lang, das fragte er sich jedes Mal, wenn sie heimkam, einen Mantel an die Garderobe zu hängen, eine Handtasche hinzustellen, konnte doch keine fünf Minuten in Anspruch nehmen? In Wahrheit waren es keine fünf Minuten, nicht einmal zwei, es kam ihm nur so vor, und das wusste er auch; er wollte sie sehen, wenn sie kam, sofort. Sie kam auf ihn zu, lächelte, er stand auf, trat vom Balkon ins Zimmer, umarmte sie, drückte sie an sich.

»Wie war dein Tag?«, fragte er dann. Es war das erste, was er nach ihrer Heimkehr sagte, jeden Abend. Dann erzählte sie. Nicht immer. Meistens. Manchmal wechselte sie auch das Thema, stellte eine Gegenfrage. Heute war so ein Tag.

»Warum sitzt du auf dem Balkon? Es ist doch schon Oktober …«

»Es ist warm, der ganze Tag war warm, es war herrlich in der Sonne …«

»… aber jetzt ist schon lang Schatten. Und kühl, was sag ich, das ist richtig kalt, sogar hier drin.« Sie räumte das Tischchen ab, schloss die Tür, ging mit dem Kaffeegeschirr in die Küche.

»Frische Luft ist schon gesund«, fuhr sie fort, »aber du weißt doch genau, dass du empfindlich bist – dann liegst du wieder wochenlang mit einer Grippe …«

»Das war nur eine Erkältung, keine Grippe.«

»Da hast du recht, aber gelegen bist du trotzdem, drei Wochen, hab ich nicht recht, Mausebär?« Sie wandte sich ihm zu, lächelte, ihr Gesicht strahlte, von innen, wie ihm vorkam. Er wollte etwas erwidern, sie kam ihm zuvor und sagte: »Außerdem kostet es, die Heizung läuft ja schon drei Wochen.«

Die gute Laune verflog. Sie hatte recht mit der Heizung. Es gab nur zwei Probleme. Erstens Geld. Jede Erwähnung von Geld oder Dingen, die Geld kosteten, brachte ihn auf. Das hatte er ihr offen gestanden, das wusste sie. Zweitens *Mausebär*. Er konnte das idiotische Kosewort nicht leiden; das hatte er ihr nicht gesagt, davon konnte sie nichts wissen. Wenn sie nun von Geld anfing, um ihn zu ärgern – sollte dann der *Mausebär* den Angriff abschwächen? Angriff und Rückzug in einem; Beleidigung und Besänftigung? Ihr war nicht bewusst, was sie da tat, sicher nicht. Also brachte es nichts, sie auf das doppelbödige Reden anzusprechen. Aber warum tat sie das, was war der Grund?

Er musste zugeben, dass sich Abende dieser Art in letzter Zeit häuften. Schweigen breitete sich aus, was einen Beobachter von außen noch nicht beunruhigt hätte; es herrschte keine feindselige Spannung, die auch einem Unbeteiligten aufgefallen wäre. Beide gingen ihren kleinen Beschäftigungen nach, um das Abendessen vorzubereiten, meistens wurde kalt gegessen, ab und zu eine Wurst heiß gemacht. Er deckte den Tisch, sie richtete die Lebensmittel her. Eigentlich, dachte er an diesem Abend, könnte ich das machen. Ihm fiel zum ersten Mal seit dem Absturz auf, dass sie den größeren Teil dieser abendlichen Verrichtungen übernommen hatte. Wurst, Käse, Brot Aufschneiden, saure Gurken und Peperoni in Schälchen anrichten, darauf legte sie Wert – auf den Gebrauch dieser Schälchen – das war jetzt auch keine Arbeit, die jemanden belasten konnte, auch nicht nach acht Stunden Büro. Aber vielleicht ging es ihr darum, dass es jeden Tag so war; vielleicht war diese kleine Zusatzarbeit nach dem Ende der großen Berufsarbeit ja nur der Tropfen, der ein internes Fass überlaufen ließ.

»Ich mache dir einen Vorschlag«, sagte er. »Von heute an mach ich das Abendessen, ganz mein ich, du brauchst dich nur noch an den gedeckten Tisch zu setzen.«

»Ach, lass nur«, antwortete sie, »das macht mir nichts aus, die paar Handgriffe. Außerdem würdest du immer nur das frische Zeug auftischen …« Sie lächelte ihn an.

Er sagte nichts darauf. Das war ein weiterer Punkt des Missvergnügens: seine Neigung, Lebensmittel, die auch nur ein bisschen alt geworden waren, in den Biomüll zu entsorgen, Käsereste, die letzten fünf Scheiben Salami und die Anschnittstellen vom Brot. Besonders die. Sie konnte das nicht leiden, es mache sie krank, sagte sie, wenn Lebensmittel weggeworfen werden, vor allem Brot. Er verstand es, wenn er es auch nicht nachvollziehen konnte; die Sache hatte nichts mit realem Wertverlust und Verschwendung zu tun. Mythische Überhöhung des Brotes als Inbegriff der Nahrung, das lag an ihrer kleinbürgerlichen Herkunft, das hatten ihr die Eltern so beigebracht, die als unmittelbare Nachkriegsgeneration noch wirklichen Mangel hatten kennenlernen müssen. In der gemeinsamen Zeit in der Villa war das nie ein Thema gewesen, weil Magda, die Köchin, diese Dinge in Eigenregie verwaltete. Semmler hatte keine Ahnung, wie viel damals weggeworfen worden war; Magda bekam eine gewisse Summe, mit der sie auch auskam, das war alles. Semmler wusste aber, dass sich seine Ursula in jenen Tagen keinen Deut darum geschert hatte, was mit der zwei Tage alten Wurst und einem Eckchen Bergkäse geschah, die Sparerei hatte erst in der Mietwohnung angefangen. Es ärgerte ihn. »Wir müssen jetzt sparen«, hatte sie mit einem Lächeln gesagt und ihm den angefaulten Apfel, den er in den Biomüllsack werfen wollte, aus der Hand genommen. »Das siehst du doch ein, Mausebär?« Sie hatte die faule Stelle ausgeschnitten, den Rest geteilt und ihm eine Hälfte gegeben. Was hätte er darauf sagen sollen? Sie war es, die mit ihrer Arbeit zum Familieneinkommen beitrug, nicht wie er durch Abhebungen von einem Konto, das langsam, aber beständig abnahm. Ihn brachte nur das Missverhältnis zwischen den Beträgen, die gespart wurden und jenem, den er verloren hatte, auf. Wie viele Jahrhunderte mussten sie alt gewordenen Käse essen, um seinen Verlust zu kompensieren? Das Ganze war lächerlich. Wir müssen sparen, ja klar, aber nicht um das Verlorene wieder anzusparen, sondern als subtile Art der Bestrafung. *Sparen* bedeutete, das wurde ihm schnell klar, nicht Verlustminderung, sondern *Buße* für jenes Versagen, das den Verlust verursacht hatte. Sie lebte in einer moralischen Welt, wo man sich alles *verdienen* musste und wer *Fehler* machte, hatte dafür *grade zu stehen.* So war sie erzogen worden. Für einen Millionenverlust konnte man aber nicht *grade stehen*. Das sah sie ein; da kollidierte ihre Kleinbürgermoral mit der schieren Quantität. Aber sie konnte ihn auch nicht einfach so davonkommen lassen. Also wurde gespart. Keine Lebensmittel weggeworfen, wenn sie auch nur halbwegs … er verlor sich in diesen Gedanken, in den letzten Wochen häufiger. Ich sollte mit ihr darüber reden, dachte er. Das hatte er bis jetzt nicht getan. Vielleicht war alles ganz anders, vielleicht konnte er ihr mit vernünftigen Argumenten beikommen? »Schau einmal: ich habe mir ausgerechnet, wie lang es braucht, um mit diesen Wurstzipfeln auch nur hundert Euro einzusparen …« Vielleicht war es eine reine Gewohnheit von zu Hause, vielleicht war »wir müssen sparen« ein Stehsatz, wie ihn einfach die Umgebung einer Mietwohnung ganz automatisch hervorbrachte, eine leere Floskel. Vielleicht fiel sie unbewusst in frühere Verhaltensnormen … jetzt bemühst du schon das Unbewusste, sagte er sich, der gleiche Kleinbürgerscheiß wie die Sparerei. Hörst du dir eigentlich selber zu?

Sie setzten sich und begannen zu essen. Wurstsalat. Angerichtet hatte ihn Ursula. Schon der erste Bissen war köstlich. Er sagte ihr das, sie lächelte, tätschelte seine Hand. Dann erzählte sie von einem lustigen Fall, der ihnen tagsüber im Büro untergekommen war … wer »ihnen«? Chris und mir, sagte sie, und schilderte den Fall, während er darüber nachdachte, wer Chris sein konnte, ein neuer Mitarbeiter? Würde bedeuten, dass Wurtz seine Tätigkeit ausweitete, kam er schon wieder in diesen Workaholic-Scheiß wie unter Hilde? Dann hätte es ja gar nicht an der Frau gelegen.

Es dauerte die ganze Erzählung Ursulas, von der Semmler nicht ein Wort mitbekam, bis ihm dämmerte, dass Wurtz mit Vornamen Christoph hieß. Chris. Klar. Das Lustige an

Ursulas Fall blieb ihm auch weiter verborgen, denn es war neunzehn Uhr, die Sendung »Vorarlberg heute« begann. Daher musste nichts weiter gesprochen werden.

Der Herbst war weit vorgerückt. Zuerst hatte er es gar nicht eilig gehabt und den späten Sommer wochenlang herumtrödeln lassen mit warmen Tagen und einem stabilen Hochdruckgebiet, das über Europa hängen blieb wie angeschraubt. Aber dann hatte sich der Herbst doch seiner Aufgaben besonnen, die Temperatur mit ein paar rasch aufeinander folgenden atlantischen Tiefs hinuntergedrückt, kalten Regen und danach wieder ein Hoch gebracht, aber ein anderes, ein klares Herbsthoch mit einer deutlichen Rauchnote in der Luft und der Besorgnis der Wetterleute im Fernsehen, die klaren Tage seien von Hochnebel bedroht, der sei typisch für diese Art Hochdruckgebiete. Wenn er sich erst etabliert hatte, der Hochnebel, dann blieb er, das wussten alle, mindestens fünf Wochen.

Semmler nützte die Zeit und ging spazieren. Er hatte sich in den ersten Tagen nach dem finanziellen Absturz vor dem Spazierengehen gefürchtet. Es war das Pensionistenhafteste, was ihm zu dieser Phase unfreiwilliger Untätigkeit einfiel, die sich vor ihm dehnte wie die sibirische Taiga; eine endlose Landschaft gleichförmiger Tage, die er nur dadurch unterscheidbar machte, dass er nicht stets dasselbe zu Mittag aß. Oder in wechselnde Restaurants ging. Große Auswahl gab es nicht. Selbstbedienung im »Interspar«, Selbstbedienung im »Kika« oder Selbstbedienung im »Sutterlüty« im Zentrum. Jeden Tag in einem richtigen Restaurant zu essen, kam nicht in Frage – und was hieß das schon: Restaurant?

Die Pizzeria und den Chinesen, die er manchmal aufsuchte, hatte er in seiner guten Zeit als Orte der Gastronomie gar nicht wahrgenommen. Die, die er früher aufgesucht hatte, lagen nun außer Reichweite, finanziell und technisch; er hätte ein Auto gebraucht, wenn er ins »Deuring-Schlössle« in Bregenz oder ins »Mangold« in Lochau wollte. Der Audi, Nachfolger des verbrannten Jaguar, war längst verkauft, um Schulden zu begleichen. Ursula hatte einen Opel-Corsa, mit dem sie zur Arbeit fuhr; er hatte das nie in Frage gestellt. Undenkbar, dass eine Angestellte von Christoph Wurtz etwa mit dem Bus kam, das hatte keine Klasse. Semmler erledigte die Einkäufe mit Ursulas Fahrrad, sonst ging er zu Fuß.

Es überraschte ihn, wie schnell er sich ans Gehen gewöhnte. Er ging gern und schnell, machte große Spaziergänge, Wanderungen durch Stadt und Umgebung. Wer spazieren ging, tat etwas für die Gesundheit, wer aber den Bus nahm, war ein anerkannter Verlierer. Oft ging er am Abend noch eine Runde. Ursula war zu müde, ihn zu begleiten, hatte aber nichts dagegen, wenn er die Wohnung verließ. Gehen sei gesund, sagte sie, für Fitness und Sport hätten sie sowieso kein Geld. Das Wort »Geld« trieb ihn dann auch bei Regen hinaus. Schlechtes Wetter machte ihm nichts aus, aus besseren Tagen besaß er Outdoor-Adjustierung, die er sich jetzt nicht mehr hätte leisten können. Er hatte sie damals für einen Urlaub in Island gekauft, daraus war dann nichts geworden, warum, hatte er vergessen. Spezialwanderschuhe, atmendes Gewebe und das ganze Zeug von »Bergsport Leitner«.

Ursula kam oft sehr spät und erschöpft nach Hause. Überstunden für Wurtz, der zahlte dafür über Tarif, »und wir brauchen doch«, sagte sie, »jeden Cent, bis du wieder auf die Beine kommst«. Darauf sagte er nichts. Sie nahm an, dass er aus dem Pensionistenstatus ins aktive Berufsleben zurückkehren würde; dass dazu alle Voraussetzungen fehlten, schien sie nicht zu bemerken. Was war er gewesen von Beruf? Reich. Alles, was er je getan hatte, hing mit dem Besitz erheblicher Mittel zusammen. Für eine Tätigkeit als Millionär fehlten nun die Millionen; er konnte seinen Beruf eben so wenig ausüben wie ein Tischler den seinen in einer baumlosen Wüste. Sie begriff nicht – oder weigerte sich zu begreifen –, dass die Mittel, die in seinem Metier für einen Neustart nötig waren, in einem Menschenleben nicht erarbeitet werden konnten, auch nicht durch noch so viele Überstunden für Dr. Christoph Wurtz.

Es führte zu nichts, wenn er darüber nachdachte. Es gab keinen Ausweg außer dem, das Unvermeidliche anzuerkennen. Das war aber ihre Sache, nicht die seine, er konnte ihr dabei nicht helfen. Er beschleunigte seine Schritte. Je schneller er ging, desto leichter entkam er fruchtlosem Grübeln, das war ihm bald aufgefallen. Davonlaufen vor Gedanken. Funktionierte.

Auch Geräusche eigneten sich, alles, was von außen kam. Er lief zur Lustenauer Straße, dort war auch am Abend genug Verkehr. Als er die Straße erreicht hatte, verlangsamte er das Tempo, schlenderte auf dem nördlichen Gehsteig wieder Richtung Zentrum. Es gab einen Riesenstau in allen Richtungen bei der Messeparkkreuzung, außer ihm war niemand zu Fuß unterwegs. Auf der anderen Straßenseite erleuchtete das neue Hochhaus den dunklen Oktoberabend; ein Wellness-Tempel mit Bädern, Fitnessstudios, Arztpraxen und einem Hotel, in die hässlichste Umgebung der Stadt gebaut in der Nachbarschaft des Messegeländes, dreier Einkaufszentren, einer Hauptverkehrsstraße und der Autobahn. Man musste auf der Aussichtsterrasse im achten Stock eben den Blick heben und hatte das ganze Rheintal vor sich, die Ost- und die Westalpen.

Semmler ließ das Wellnesshochhaus hinter sich. Neben ihm rauschte der Verkehr. An der Straße lagen Tankstellen und gewöhnliche Einfamilienhäuser, die man in Zeiten hierher gebaut hatte, als die Grundstücke billig und die Autos seltener waren. Ein paar hochmoderne Bauten im üblichen Quaderstil, reduziert auf die geometrische Form des Quaders, Länge, Breite, Höhe, Glas und Beton und Aluminium. In einem dieser Häuser gab es ein Restaurant, das in der Stadt als sehr gut und sehr teuer bekannt war; bei den vielen Schweizer Gästen als sehr gut und sehr billig, weshalb sie es in Scharen frequentierten. Semmler war mit Ursula ein paar Mal hier gewesen, nur ein paar Mal, was er nun bedauerte, denn das Lokal lag jetzt außerhalb ihrer Reichweite.

Das Restaurant war rundum verglast, die Scheiben braun getönt, so dass man bei Tageslicht von außen nicht hineinschauen konnte; in der Nacht war es etwas besser wegen der Innenbeleuchtung. Wenn man wie Semmler nah genug ans Glas herantrat, ließen sich Leute, die an einem Randtisch saßen, identifizieren, zum Beispiel Christoph Wurtz am Tisch Nummer vier auf der Parkplatzseite und ihm gegenüber Ursula.

Ja, genau, Ursula, kein Zweifel. Was auf den Tellern lag, konnte Semmler nicht richtig erkennen, sah aus wie Salat, und diese weißen Stückchen vermutlich Shrimps, vielleicht aber nur geschälte Schwarzwurzel, mariniert; jetzt spießte Ursula eines auf ihre Gabel, streckte sie auf die andere Seite des Tisches, als wolle sie Christoph Wurtz bedrohen, das war aber nicht so, denn der lachte, beugte sich vor und pflückte das weiße Stückchen von der Gabel. Mit dem Mund. Ursula lachte auch. Sie fütterte ihren Chef, daran bestand kein Zweifel. Sie saß mit ihrem Chef lang nach Dienstschluss in einem Haubenrestaurant und fütterte ihn. Mit Shrimps. Oder geschälter, marinierter Schwarzwurzel, konnte auch sein. In der Kanzlei Dr. Wurtz schien ein ganz ausgezeichnetes Betriebsklima zu herrschen. Seine Frau wurde von ihrem Chef also zum Essen ausgeführt. Wenn sie selber zahlt, dachte er, hätte ich das gemerkt im Lauf der Zeit, das Geld würde fehlen, es geht unheimlich ins Geld, wenn man hier regelmäßig essen geht, das ist ja der Grund, warum wir es nicht tun … essen gehen. Was heißt »wir«? »Wir« gibt's nicht. Er ging nicht hierher. Sie schon. Mit jemandem, der Geld hatte. Es war ganz einfach.

Die vielen Überstunden. Wurtz hatte Geschmack, das hätte er ihm nicht zugetraut. Ein Sinnenmensch, sieh einer an! Nun ja, nach der Trennung von Hilde … Semmler spürte, dass seine Gedanken der Situation nicht angemessen waren. Was ging ihn die Persönlichkeitsentwicklung des Dr. Wurtz an? Er hätte sich besser um die seiner Frau gekümmert. Getönte Scheibe hin oder her, Shrimps oder Schwarzwurzel, Geschäftsessen oder Überstunden, da drin saß ein Liebespaar, das nicht einmal im Ansatz versuchte, zu verbergen, dass es eines war. Sie hatte die Hände über den Tisch ausgestreckt, die seinen erfasst. Sie hielten sich an den Händen, eine Minute, wie ihm vorkam, vielleicht zwei, währenddessen wurde nicht gegessen, beim Salat ist es egal, dachte er, aber wenn sie das beim nächsten Gang auch so machen, wird alles kalt, der nächste Gang ist sicher etwas Warmes … er verlor sich in Grübeleien, wandte sich ab. Er konnte hier nicht bleiben, er stand auf der Straße und beobachtete Gäste eines Restaurants durch die Scheibe, das musste seltsam aussehen, sogar verdächtig. Er ging rasch weiter.

Beim Spital drehte er um, lief die zwei Kilometer zurück, dachte über das Gesehene nach, aber nicht so, wie er das hätte tun sollen, es fiel ihm auf, dass er sich nicht adäquat verhielt; adäquates Denken brachte er erst recht nicht fertig. Er hätte hineingehen können, nein, hineinstürmen, wenn schon, denn schon und die beiden »zur Rede stellen«. Unklar war ihm aber, wie das ging, das »zur Rede stellen«. Was sagte man da? Zum Beispiel »Was tut ihr hier?« Idiotisch. Es war ja klar, was sie taten. Shrimps oder Schwarzwurzeln essen oder inzwischen Kalbsbraten an Marsala oder doch schon Crème brûlée – all dies nur als Vorspiel. Natürlich. »Was tut ihr hier?« war kein guter Satz, taugte nur, den betrogenen Ehemann als noch größeren Trottel dastehen zu lassen. Was sonst? »So sehen also eure Überstunden aus!« Schwachsinn. Das war keine Situation, in der dieser Dritte, der Gehörnte, etwas *sagen* konnte. Alles, was er von sich gab, würde ihn nur noch lächerlicher erscheinen lassen, ob Wut, Empörung, Ironie, Klagen oder Jammern: Es sah alles schlecht aus, das eine mehr, das andere weniger. Nicht um Passendes *sagen* ging es, nur um Passendes *tun*. Und das einzig mögliche Tun bestand darin, hineinzugehen, den Widersacher mit einem Stück zugespitzten Eisens zu durchbohren (Lanze oder Schwert, was eben zur Hand war) und danach die betreffende Dame mit Verachtung zu strafen (und in einer möglichst zugigen und abgelegenen Burg einzusperren, wo sie dem völligen körperlichen und geistigen Verfall entgegendämmern mochte).

Zur Hand waren weder Lanze oder Schwert noch Burg. Da dieser einzig gangbare Ausweg verwehrt war, wählte er einen der nicht gangbaren, deren es viele gab, er marschierte auf der Lustenauer Straße auf und ab wie ein patrouillierender Posten, was nur deshalb nicht als abwegiges Verhalten auffiel, weil er für eine Richtung immer ein paar hundert Meter wählte, zur Bahnunterführung und dann zurück zur Messeparkkreuzung. Wenn er an dem Lokal vorbeikam schaute er durch die Scheibe. Bei einem der künftigen Kontrollgänge würden sie weg sein, soweit konnte er logisch denken, und dann ... dann würde er beim Gehen etwas herausfinden und sich etwas überlegen und weiterdenken und eine Lösung finden und pi, pa, po. Aber nicht vorher. Nicht solange sie dort drin saßen und aßen.

Er hatte Pech. Als er wieder von oben auf das Restaurant zulief, das dritte oder vierte Mal, kamen sie heraus. Er blieb stehen. Sie sahen ihn nicht, obwohl der Parkplatz in seiner Richtung lag, sie unterhielten sich, sie hatte sich bei Wurtz eingehängt, nur ein paar Schritte zum Auto, es wurde eingestiegen in den weißen Mercedes und weggefahren. Richtung Stadt. Als sie auf der anderen Straßenseite an ihm vorbeifuhren, wandte er sich ab, bückte sich, um den rechten Schuh zu binden. Noch in der Tarnbewegung löste sich die Sperre, er konnte weiter denken, wusste, was zu tun war. Verfolgung, ganz einfach. Ihnen nach. Er lief vor bis zum Lokal und ließ per Handy ein Taxi dorthin kommen. Es dauerte volle zehn Minuten, bis er die Verfolgung aufnehmen konnte. In der Innenstadt stieg er aus, querte den Park beim Kulturhaus und näherte sich dem schmucklosen achtstöckigen Block, in dem Wurtz seine Kanzlei hatte. Gemischte Nutzungen, in den unteren Stockwerken Büros, weiter oben dann Wohnungen. Aber Wurtz wohnte nicht hier. Semmler lief die umliegenden schmalen Straßen ab, die zwischen Mauern und hohen Hecken hindurch führten, hier lagen alte Bürgerhäuser, jedes auf parkartigem Grundstück, hier begann der bessere Teil der Stadt mit den Häusern der höheren Angestellten jener Textilindustrie, deren Eigentümer sich weiter oben am Berg richtige Villen gebaut hatten, die dann auch in richtigen Parks lagen.

Es war jetzt elf. Die Büros im Gebäude alle dunkel. Das erleichterte ihn. Es hätte ja sein können, dass eines dieser Fenster oder auch zwei, drei nebeneinander im dritten Stock noch erleuchtet gewesen wären, das hätte bedeutet … hätte bedeutet … er spürte, dass er vor sich hin sprach, leise nur, aber so laut, dass ein Passant aufmerksam würde … was hatte er denken und sagen wollen? Dass sich Ursula und Wurtz in ihrem Büro unaussprechlichen Ausschweifungen hingeben könnten, wollten, würden? Und warum sollten sie das Licht brennen lassen, ausgerechnet dabei? Weil, so antwortete eine kühle Stimme in seinem Kopf, die Unaussprechlichkeit der Ausschweifungen eben auch an der Beleuchtung hängt; ohne Licht kein Sehen, und gesehen werden muss sie, die Ausschweifung, um als solche erkannt und gewürdigt zu werden, das Gesehenwerden ist ihre innere Bestimmung, den größten Realitätsgehalt hat, was man mit eigenen Augen gesehen, aufgenommen, was heißt hier aufgenommen, aufgesaugt, eingeschlürft und hinab gestoßen in die tiefste Höhlung des Selbst, wo ein kaltes Feuer brennt, das die Menschen nicht spüren. Wenn nicht die eigene Frau mit einem anderen Mann vögelt, eben jetzt. Nicht in dem hässlichen Bürobau, wieso auch, wo es doch ein paar hundert Meter weiter viel gemütlicher war.

Semmler ging in die Goethestraße.

Dort lag der pyramidenförmige Betonbau, jedes Stockwerk gegenüber dem unteren ein paar Meter rückversetzt, wodurch großzügige Terrassen entstanden, jede so groß wie eine Dreizimmerwohnung, am Rand mit bestrauchten Betontrögen. Dort wohnte Wurtz im zweitobersten Stock, dem fünften, Semmler kannte die Wohnung, er war ein paar Mal zu Besuch dort gewesen, unpraktisch geschnitten, saalartiger Wohnraum mit integrierter Küche und nur drei Räumen, wo man die Tür hinter sich zumachen konnte, das Klo war da schon dabei. Großkotziger Stil der siebziger Jahre, als die Architekten rohen Beton »ehrlich« fanden und ihn überall wuchern ließen, so dass man nie wusste, ob die Gebäude schon fertig waren oder noch eine Fassade drauf kam. Damals kam eben keine drauf. Hilde hatte es ausgesucht, nun war sie ausgezogen, das ist das Pech, wenn man einen Anwalt heiratet. Die einzigen Männer unter Semmlers Bekannten, die nach der Scheidung dort wohnen blieben, wo sie vorher gewohnt hatten, waren Anwälte. Sieh an, Wurtz, den er immer als absoluten Pantoffelheld gesehen hatte, konnte auch anders. Ja, Wurtz konnte auch anders und ohne Hilde erst recht.

Semmler blieb stehen und atmete tief durch. Er war zu schnell gelaufen, jetzt hatte er Seitenstechen. Sollte man Wurtz, der in diesem Augenblick wahrscheinlich seine Frau vögelte, nicht auf besonders grausame Weise umbringen? Nein, sollte man nicht, flüsterte die kühle Stimme in seinem Kopf, und er wusste: die Stimme hatte recht. Das Problem war nicht Wurtz, der war nur ein Symptom, nicht Ursache. Lag es an Ursula? Wenn nicht auf den ersten, so doch auf den zweiten Blick schien das so zu sein, aber es war falsch.

Ursula reagierte nur auf geänderte Umstände. Die Ursache lag bei ihm selbst. Er war arm, schlimmer: arm geworden. Erst reich, nun arm – das war kein Nebenaspekt seines Daseins, das war die Hauptsache. Er hatte Ursula verloren, weil er arm war. Die Erkenntnis erschütterte ihn nicht. So wenig wie die Summe am unteren Ende einer Dienstagnachmittag-Einkaufsrechnung. Siebzehn fünfundachtzig. Na ja, warum nicht, an dem Betrag war nichts Erstaunliches. Er hatte ihn nicht gekannt, bis er von der Kasse ausgespuckt wurde; so weit war es noch nicht, dass er bei jeder Ware, die er in die Hand nahm, den Preis auf eine innere Rechnung addieren musste, um sicher zu gehen, dass der Zehner reichen würde, der letzte, der er noch hatte – so arm war er nicht. Aber zu arm für Ursula. Arm genug für Maßnahmen. Er hatte es die ganze Zeit gewusst – wie er gewusst hatte, dass es am Dienstagnachmittag beim SPAR rund zwanzig Euro ausmachen würde – aber er hatte nicht daran gedacht.

Das Seitenstechen ließ nach.

»Es überrascht mich nicht«, sagte er laut vor sich hin. Es war halb zwölf, kein Mensch auf der Goethestraße. Er trat zum Eingang, die massiven Glastüren gaben dem Druck nicht nach, natürlich versperrt um diese Zeit, überprüft werden musste es doch, es hätte ja sein können … dann wäre er hinaufgegangen, nein, wäre er nicht, das war das Idiotischste, was einer in dieser Lage tun konnte. Er war jetzt froh, dass die Tür zu war. Blieb nur, ums Haus herumzugehen. Im Osten, auf den Berg zu, lag ein großes, unbebautes Grundstück, das zu einer Villa gehörte; von dort konnte er die andere Seite der Pyramide einsehen. Wurtz' Wohnung lag im fünften Stock. Die Hoffung reichte für hundert Schritt, oder zweihundert? So weit musste er gehen, um auf die andere Seite zu kommen. Wenn dann von dort aus der fünfte Stock im Dunkeln liegen würde – dann hieß das, Wurtz und Ursula waren nicht nach Hause gefahren, sondern in einen der zahlreichen Clubs. Und das wiederum hieße, es war noch nicht so weit gediehen …

… zum Äußersten gekommen? Die Stimme im Kopf voller Hohn, und kalt. Was bist du eigentlich? Eine alte Jungfer, eine … »Halt dein verschissenes, verfluchtes Maul!«, sagte Semmler. Er brüllte nicht, aber im Umkreis von zehn Metern hätte ihn jeder hören können. Er drehte sich um. Er war allein.

Wenn es dunkel ist, du trauriger Halbidiot, kann das auch daran liegen, dass die beiden schon bei der Sache sind, Ursula schätzt keine Festbeleuchtung, während sie es besorgt kriegt, das weißt du doch … »Scheiße!«, brüllte er. Jetzt brüllte er, trampelte mit den Füßen auf den Boden wie ein Vierjähriger, dann stützte er sich am Grundstückszaun ab, ging weiter. »Ich muss mich zusammenreißen«, sagte er in seiner normalen Tonlage, mit der Geschäftsstimme, die früher in diversen Gremien einen wohltuenden, kalmierenden Effekt ausgeübt hatte. Die Stimme der Vernunft.

Er kroch auf allen Vieren durch die Hecke auf das freie Grundstück. Das Gras war mit Reif überzogen und eiskalt. Er lief ein Stück vor. Wenn Hunde zu der Villa gehörten, hatte er Pech. Alles blieb still. Er lief um ein Ligustergebüsch, das den Blick auf die Rückseite des Pyramidenhauses verstellte. Dann lag das Haus vor ihm. Licht im ersten und zweiten Stock. Darüber nichts. Dunkel im dritten, vierten und fünften. Er fühlte sich schwach, sank in sich zusammen, saß endlich auf den Unterschenkeln. Was wusste er jetzt? Genau so viel wie vorher. Sie konnten nicht da sein. Oder sie konnten da sein. Wenn sie da wären, wenn er sicher wüsste, dass sie da wären, hätte er Gewissheit.

Lag es an der neuen Armut, dass er bis jetzt so eigentümlich ruhig geblieben war? Er dachte darüber nach. Er hatte erst zweimal geschrien, war das etwa normal? Wenn ihm eine parteiische Erinnerung keinen Streich spielte, war Ursula die erste Frau, die ihn verließ; alle vor ihr hatte *er* verlassen. Bei dieser neuen, den Existenzgrund auflösenden Erfahrung sollte man doch ein bisschen mehr Reaktion erwarten als den mickrigen Allerweltsfluch »Scheiße«, oder nicht? »Scheiße« sagt man, wenn man in der Innenstadt keinen Parkplatz findet. Als Reaktion auf das Fremdgehen der Ehefrau ist es dürftig. Das Sein bestimmt das Bewusstsein, und als armer Schlucker konnte man nicht so aufdrehen wie als Millionär ... lag es daran? Nein, Quatsch. Er war relativ ruhig, weil noch relativ wenig passiert war und nichts Gravierendes mehr passieren würde. Das wusste er.

Denn es stand ja in seiner Macht, alles zu wenden. Er hatte das schon vier Mal getan. Er hatte einen verlorenen Schlüssel wieder bekommen, einen Riesenreibach gemacht, eine wunderbare Frau gewonnen, sie zurückgewonnen, als sie in Gefahr war. Alles durch wohlüberlegte Opfer zur richtigen Zeit. An die richtige Stelle. Hingegeben hatte er ein goldenes Feuerzeug, ein Auto, ein Haus, sein ganzes Vermögen. Man konnte nicht bestreiten, dass der Wert der Opfer exponentiell angestiegen war. Aber lag das an jener oberen Instanz, die seine Opfer annahm? Es lag doch nur am Wert der Gegenleistung, die er gefordert und erhalten hatte. Der Wert entsprach dem Gegenwert, die Grundregel jeder funktionierenden Ökonomie war eingehalten; deshalb lief der Deal ja auch – und lief immer weiter, das zweite, das dritte

Mal und so fort – weil beide Seiten bekamen, was sie erwartet hatten. Es war in einem substanziellen Sinne *fair.*

Was konnte er jetzt noch opfern? Ursula war sein Leben. Der Satz klang übertrieben, verschwitzt pubertär. Aber es war so. Er konnte sich nicht einmal vorstellen, ohne Ursula zu leben. Aber es ging nicht um Ursulas Leben; da hätte er ein Leben für das andere setzen müssen, und welches? Sein eigenes. Das war Blödsinn, denn wenn er tot war, konnte er kein gemeinsames Leben mit Ursula führen, das Geschäftsziel wäre verfehlt, einen Deal dieser Art brauchte er nicht anzubieten. Mit dem eigenen Leben hatte es gleichwohl doch zu tun, was ihm als Opfer blieb, war der eigene Körper, es nutzte nichts, der musste dran. Große Ruhe überkam ihn. Er schämte sich jetzt, dass er vorhin laut »Scheiße« gerufen hatte. Wäre nicht nötig gewesen. Er kniete in der reifbedeckten Wiese, die Nässe kroch durch den Hosenstoff. Er breitete die Arme aus und sagte mit lauter Stimme: »Ich opfere meine Gesundheit für die Rückkehr Ursulas.«

Er stand auf. Ich bin verrückt, dachte er. Wer macht so etwas? Die Gesundheit ist das höchste Gut! Ohne Gesundheit ist alles nichts … oder wie ging das? Nein: Die Gesundheit ist nicht alles, aber ohne Gesundheit ist alles nichts. Aber die Menschen, die sich diese biederen Sinnsprüche ausgedacht hatten, kannten Ursula nicht. Er hatte keine Wahl. Wenn er der tiefen und festen Überzeugung wäre, dass ihm diese Frau auf immer verloren war, würde er sich in derselben Stunde umbringen. Ja, das würde er. Klang bescheuert, wenn man es laut aussprach. Es klang sogar im eigenen Kopf bescheuert, wenn er es nur dachte, aber es entsprach der schlichten Wahrheit. Er konnte ein Leben mit all den Qualen, die Ursulas Fehlen auslösen würde, nicht ertragen; der Selbstmord wäre dann die logische, vernünftige und einzig mögliche Reaktion. Die Stimme in seinem Kopf blieb stumm. Obwohl er sie noch vor fünf Minuten so laut gehört hatte wie die eines Menschen, der einen Schritt entfernt stand, schwand die Erinnerung, er hörte sie von Minute zu Minute weniger deutlich, wusste noch, was sie Hässliches gesagt, aber nicht mehr, wie das geklungen hatte.

Danach ging er spazieren. Durch Straßen und Gassen der Außenbezirke Dornbirns, die eigentlich Dörfer waren; er durchwanderte die ehemaligen Ortskerne, ging an den Pfarrkirchen und Poststellen vorbei, den breit ausladenden Bauernhäusern im Rheintalstil, ging immer weiter, kreuz und quer. Es kam ihm nicht darauf an, wohin er marschierte, nur darauf, in Bewegung zu bleiben. Nach geraumer Zeit begannen die Füße weh zu tun, dann die Unterschenkel. Die Gnadenfrist ziellosen Gehens war vorbei, er musste zurück, er musste nach Hause, er musste sich dem stellen, was ihn dort erwartete. Eine leere Wohnung. Vielleicht aber auch nicht. Er hatte einen Deal.

Ohne es zu planen, kam er in die Rosenstraße zurück, am Villengrundstück vorbei, wo er diesen Deal angeboten hatte. Er betrat es wieder durch die Hecke, lief zum Ligustergebüsch und sah zum Pyramidenhaus hinüber. Jetzt war alles dunkel, auch der erste und zweite Stock. Und der fünfte natürlich, der auch. Hoffnung keimte. Etwa hundert Meter weit. Dann überquerte er die Einmündung der Goethestraße, und der Mercedes von Wurtz kam ihm entgegen. Zwei Personen saßen im Auto, sie mussten ihn sehen, er hatte zu spät bemerkt, dass es Wurtz war, weil ihn die Scheinwerfer blendeten. Ein Mann und eine Frau, sie lachten. Der Wagen bog nach links in die Goethestraße ein.

Semmler blieb stehen. Die Hoffnung verschwand. Mit dem Deal, das hatte nicht funktioniert. Auch gut. Dann würde eben etwas geschehen, etwas Dramatisches, Verrücktes. Semmler drehte sich um, ging dem Wagen nach, der schon in der Einfahrt des Pyramidenhauses verschwunden war. Wurtz und Ursula würden aussteigen. Semmler richtete in der Hosentasche den Schlüsselbund her: er ließ die Spitzen der Sicherheitsschlüssel zwischen den Fingern aus der geballten Faust herausschauen. Er würde diese Spitzen in das Gesicht des Anwalts schlagen, zwei, drei Mal hintereinander, das würde eine grandiose Sauerei abgeben, gleich jetzt würde das passieren, in ein paar Sekunden, er lief schneller, lief dem Auto hinterher, das nicht stehen blieb, sondern eben in die Rampe zur Tiefgarage einbog; Wurtz ließ ihn einfach stehen, obwohl er ihn gesehen hatte, obwohl Ursula ihn gesehen hatte, sie ließen ihn draußen stehen, besser: wollten ihn stehen lassen, aber das ging nicht mit Semmler, der einen Deal hatte mit … egal jetzt … er rannte die Rampe hinunter, als sich das elektrische Tor hob, das Auto war keine drei Meter vor ihm, laute Musik dröhnte heraus, irgendwas Poppiges, was er Wurtz nicht zugetraut hätte und was wohl besondere Jugendlichkeit signalisieren sollte, Semmler schlüpfte hinter dem Auto in die Garage, bevor sich das Tor mit dumpfem Blechton schloss. Jetzt begriff er, dass sie ihn nicht gesehen hatten. Zu beschäftigt miteinander, zu betrunken, kein Blick in den Rückspiegel, warum auch, glücklich waren sie heimgekehrt ohne Polizeikontrolle, nach einem Abend reizender Versprechungen, eine Nacht ihrer Einlösung vor sich.

Semmler hatte eine Idee. Er trat hinter eines der geparkten Autos, duckte sich. Tiefgarage, das war zu billig, wenn schon, denn schon. Im Schlafzimmer würde es passieren, die Züchtigung, was für ein Wort, es gefiel ihm, Züchtigung; Blut würde spritzen auf diesen sündteuren weißen Teppich, an den er sich erinnerte, den Teppich hatte Wurtz sicher noch, den konnte er dann wegschmeißen, die Flecken gingen nie mehr raus, was heißt hier Flecken; wenn er mit Wurtz fertig war, würde das Schlafzimmer aussehen, als ob man darin ein Schaf geschächtet hätte …

Er hörte das Aussteigen, beidseitiges Gelächter und ein weibliches Quietschen, das er von Ursula noch nie gehört hatte, die Musik erstarb, Türen wurden zugeschlagen, dann Gekicher auf dem Weg zum Lift, die Lifttür und Stille.

Er beobachtete die Signallampen am Lift. Fünfter Stock. Er nahm ihn nicht, er nahm die Treppe. Im Haus war es still, sie haben wahrscheinlich die Türen erneuert, dachte er beim Stufensteigen, die Fenster sowieso, sonst wären die Heizkosten monströs bei dem vielen Glas … er wurde ruhiger, wunderte sich, dass ihm das Energiezeug eingefallen war. Auf dem Weg, die Frau und ihren Galan in flagranti zu erwischen, was mach ich hier eigentlich, ging es ihm durch den Kopf, wenn einer aus einer Wohnung tritt. Es ist halb zwei in der Nacht, ich bin in einem fremden Haus, wie bin ich rein gekommen, was will ich hier? Niemand trat aus einer Tür, aber im fünften Stock war er nüchtern, die idiotische Anwandlung verflogen. Zwei Türen auf diesem Treppenabsatz, die linke die zur Wohnung Christoph Wurtz, das wusste er noch. Er legte das Ohr an die Tür, alles blieb still, die haben sie auch erneuert, die Originaltürblätter waren wie dicke Pappe, daran konnte er sich erinnern, wieso, du bist doch in den Siebzigern nie hier gewesen, nein, von anderen Bauten aus der Zeit, von dort, wo er selber gewohnt hatte in Innsbruck … die Gedanken verwirrten sich, alles Blödsinn, eine Finte des Gehirns; es zwingt einen an das Langweiligste zu denken, was sich denken lässt, irgendwelches Ökozeugs – um den Fokus des Bewusstseins vom Peinlichen weg zu lenken, dass man als erwachsener Mensch in der Nacht um halb zwei in einem fremden Treppenhaus steht, das Ohr an einer fremden Tür, um – was zu hören? Wie die eigene Frau von einem Nebenbuhler durchgevögelt wird? Er nahm den Kopf von der Tür. Es war in hohem Maße lächerlich, die Situation, alles. Was für Beweise brauchte er noch? Was würden die beiden da drin schon machen? Akten aufarbeiten? Den Deal hatte er vergessen.

Im Gehen fiel sein Blick auf die andere Tür. Die Augen hatten sich ans spärliche Licht im Treppenhaus angepasst, er sah nun, dass diese Tür einen Spalt offen stand. Ein Stückchen Holz verhinderte das Zuschlagen. Er drückte die Tür auf.

Ein leerer Flur, in der Mitte stand eine Klappleiter. Er trat ein, schob das Holzstück beiseite und zog die Tür ins Schloss. Er ging von Zimmer zu Zimmer, vermied es, irgendwo anzustoßen. Alles leer. Die Parkettböden mit Folie abgedeckt, Malerutensilien, Papiersäcke, deren Beschriftung er im Dunkeln nicht entziffern konnte, ein Stapel Fliesen vor dem Eingang zum Bad, dort ging er nicht hinein, die Tür fehlte, drin war es dunkel. In den anderen Räumen herrschte diffuse Helligkeit vom Licht der Stadt, das durch die Panoramafenster fiel. Es war kalt in der leeren Wohnung, zwei Fenster auf Kippstellung. Er trat auf die Terrasse. Daneben, durch eine dünne Betonwand abgetrennt, die der Wurtzschen Wohnung, die Wand reichte nicht bis ganz nach außen, denn dort ganz außen liefen die bepflanzten

Betontröge rund ums Gebäude; diese Linie zu unterbrechen, hätte den Gesamteindruck des Gebäudes gestört, natürlich, dachte er, wegen dieses Architektenfurzes waren alle Wohnungen einer Etage bequem von außen zugänglich, von einem Einbrecher zum Beispiel, der nicht einmal schwindelfrei sein musste, er durfte nur nicht an dem Grünzeug in den halbmeterbreiten Trögen hängen bleiben.

Er stieg auf den anderen Balkon.

Aus dem Panoramafenster des Wohnzimmers drang schwaches Licht. Nur eine Lampe in der Küche. Er trat dicht ans Fenster. Der Raum leer. Wo waren die? Die Terrasse lief auf drei Seiten um die Wohnung, nirgendwo schmaler als dreieinhalb Meter, monströse Platzverschwendung, aber sehr geeignet für Sommerfeste, wie sie Hilde so gern gegeben hatte. Hilde Wurtz hatte nichts mehr zu sagen, war ersetzt worden durch Ursula Semmler, geschiedene Koslowski, die sich eben jetzt mit Christoph Wurtz im Bad – aber mit deutlich größerer Wahrscheinlichkeit im Schlafzimmer, aufhielt und eben vor diesen Räumen endete die Terrasse, die Fenster lagen an einer normalen, senkrechten Hausfront, hier, an der Nordseite, war die Form unterbrochen, ein schmaler Quader hochkant aus der Pyramide herausgeschnitten, hier stand der außen angebaute Liftschacht, und die Fenster links und rechts davon waren kleiner als auf den andern Seiten des Hauses. Die Tröge allerdings liefen auch hier durch, aber schmaler.

Semmler stieg auf den Betontrog, zertrat ein kaum kniehohes schattenliebendes Gewächs, machte einen Schritt nach vorn auf den schmäleren Sims, richtig, Licht aus dem Schlafzimmerfenster, sie waren dort drin, alle beide. Nur einen Moment zögerte er, dann kam der zweite Fuß nach auf den Sims. Schmal? Was heißt schmal, dreißig Zentimeter mindestens, außerdem keine Fläche, sondern eine Höhlung, an dieser Seite fehlte die Erde im Trog, die Füße standen einen Schuh tief in einer rechteckigen Betonwanne, das gab zusätzliche Sicherheit, vor allem, wenn man, wie Semmler es tat, in die Knie ging, den Schwerpunkt absenkte, sich mit der rechten Hand außen am Rand der Rinne abstützte. Es war ganz einfach, zweieinhalb, drei Meter bis zum Fenster.

Dort musste er sich zum Hineinsehen aufrichten. Licht einer Nachttischlampe.

Ein breites Bett. Von Ursula sah er nur den Rücken – verkürzt, weil sie sich vorbeugte –, die Hinterbacken und die Fußsohlen. Die Beine nicht, denn Ursula kauerte, die Füße ruhten auf den Oberschenkeln der Unterlage. Sie war aufgespießt und bewegte sich. Auf und ab. Sehr langsam. Aber er erkannte sie nicht. So habe ich sie noch nie gesehen, dachte er, aus dieser Perspektive, wir hätten einen Spiegel aufstellen müssen, dachte er, aber daran liegt es nicht allein. Sondern – fangen wir vielleicht oben an, einverstanden? – zum Beispiel am Haar, eine lange Mähne wie bei Ursula, aber eben brünett, kein Goldhelm, das stimmt ganz und gar nicht, sollen wir also annehmen, sie hat sich die Haare färben lassen an diesem einen verfluchten Nachmittag? Weiter nach unten schweifend mit forschendem Blick bemerken wir einen schlankeren Rücken als den von Ursula gewohnten und endlich auf der linken Hinterbacke einen halbwegs runden, schwarzen Fleck von Handtellergröße, im schwachen Nachttischlämpchenlicht und durch die Scheibe nicht zu erkennen, aber wohl mit hoher Trefferwahrscheinlichkeit als Tätowierung anzusprechen, eine Rose. Ziemlich sicher eine Rose. Das wär dir doch aufgefallen, alter Freund, sagte die Stimme im Kopf (geraume Zeit sprach sie schon wieder zu ihm), wenn deine Frau eine Rose auf den Arsch tätowiert hätte, so geistesabwesend kannst du nicht sein – wenn das also Ursula sein soll, hat sie nicht nur abgenommen und sich die Haare gefärbt, sondern sich auch tätowieren lassen, alles in ein paar Stunden seit dem Essen mit Wurtz in diesem Lokal; denn dort war sie ja noch blond gewesen, oder nicht? He, hörst du überhaupt zu?

Semmler antwortete nicht. Das Herz schlug bis in den Hals. Die Sache war peinlich. Er stand auf. Peinlich war eine Untertreibung. Er musste weg hier. Schnell.

Er stürzte ab.

Die Ärzte sagten, er habe unheimliches Glück gehabt, die Chance, einen Sturz aus dem fünften Stock zu überleben, sei so gering, dass … er hörte ihnen nie richtig zu, das Gerede verging wie alles andere Gerede aller anderen Menschen, die ihn umgaben, im Dämmerdasein seiner Schmerzmittelexistenz, denn »Glück gehabt«, das muss man wohl zugeben, ist ein relativer Begriff; das rechte Bein zerschmettert vom Knie bis zum Hüftknochen, Operationen, Liegen, Schmerzen, Schmerzmittel, langsame Heilung. »Heilung« erfuhr er, war ebenso relativ wie »Glück gehabt«; die Sprache der Mediziner strotzte vor solchen Relativitäten, die Hüfte musste versteift werden, er konnte aber gehen. Mit einer Krücke. Und die Hüfte tat oft weh, was heißt Hüfte, das ganze Bein tat weh. Bei Wetterwechsel. Oder bei Tiefdruckwetter ohne Wechsel. Am besten ging es noch bei stabilen Hochdrucklagen im Sommer. Aber Semmler zeigte große Geduld. Die

Ärzte wunderten sich, Dr. Rösch, der ihn viermal operiert hatte, meinte sogar Ursula gegenüber, er könne sich in seiner mehr als zwanzigjährigen Praxis als orthopädischer Chirurg an keinen anderen Patienten mit so ausgeprägter Leidensfähigkeit erinnern.

In diesen Monaten besuchte ihn Ursula jeden Tag im Krankenhaus Dornbirn, dann zwei-, dreimal die Woche im Rehazentrum im Montafon, wo er wieder laufen lernte. Eines Tages erzählte ihm Ursula alles. Er dachte jedenfalls, dass das alles war, was sie ihm von sich aus erzählen würde; Wurtz habe sie »umgarnt«, gab sie zu, Komplimente gemacht, ausgeführt, bei der täglichen Arbeit ihre Meinung eingeholt. Und sie? Wie sie darauf reagiert habe, das wolle er doch sicher wissen, sagte sie, das könne sie sich vorstellen, wie neugierig er auf diesen Punkt sei. (Er war es nicht.) Nun, sie gebe zu, ihn nicht von Anfang an zurückgewiesen zu haben, das hätte sie nämlich tun sollen, keine Frage, aber sie sei ungeheuer geschmeichelt gewesen, diesen Ausdruck verwendete sie oft in ihrer leise gemurmelten Apologie, während sie an seinem Bett saß und seine Hand streichelte, »ungeheuer geschmeichelt«. Denn daheim, und das sei ja schließlich auch wahr, was habe denn daheim auf sie gewartet? Ein depressiver Ehemann, machen wir uns doch nichts vor, wenn sie schon rückhaltlos die Wahrheit berichten solle (das hatte niemand von ihr verlangt), dann müsse doch, bitteschön, auch die andere Seite zur Sprache kommen … die andere Seite, das war er, der nun mit kaputten Knochen in einem weißen Bett lag und versuchte, aus ihrem leisen, fast wispernden Sermon schlau zu werden, alles drang wie durch einen Wattebausch ins analgetikagedämpfte Bewusstsein; nicht, das er nicht verstanden hätte, was sie sagte.

Akustisch bekam er jedes Wort mit, nur nicht emotional. Es war so unsäglich langweilig. Gut, er war depressiv gewesen und keine anziehende Persönlichkeit, das war ja klar; ihre Erzählung tröpfelte dahin, er kannte die Pointe, die äußerst schwache Pointe, was das Hinauszögern doppelt quälend machte; ohne die Schmerzmittel hätte er sie angefahren, endlich auf den Punkt zu kommen, Herrgott noch mal!

Der Punkt war, dass sie wochenlang dem Werben des Anwalts widerstanden hatte. So war das gewesen. Dann, buchstäblich von einem Tag auf den anderen, zeigte Wurtz eine solche Kühle im Umgang mit ihr, dass sie erst glaubte, durch irgendeine missverständlich aufgenommene Bemerkung seinen Unwillen erregt zu haben. Was heißt Unwillen, ihm eine Verletzung beigebracht zu haben, ohne Absicht, wie sich versteht. Es war eben der Tag, als Semmler … ja, ja, sagte der, ich weiß noch, welcher Tag das war! Sie hätten schon einen Tisch in jenem Lokal bestellt, erzählte sie weiter, das Essen sei sehr schweigsam verlaufen, Wurtz habe ein Bild großer Zerknirschung geboten, sie endlich mit der Wahrheit herausgerückt; es sei ihm klar, habe er gesagt, erzählte Ursula, dass er sich ihr als einer verheirateten Frau gegenüber nicht korrekt benommen habe, denn seine Aufmerksamkeiten hätten, dass müsse ihr doch aufgefallen sein, keinen rein freundschaftlichen Charakter gehabt; ja, dass sei ihr allerdings aufgefallen, habe sie geantwortet, erzählte Ursula, aber wie, so habe sie gefragt, hätte sie denn darauf reagieren sollen? Ja, wie? Semmler hatte Mühe, dem verschachtelten Bericht zu folgen.

Er wollte schon fragen, ob sie ihn nicht vor dem Restaurant gesehen habe; er ließ es aber, es war in seinem Zustand zu mühsam, ihren Redefluss zu unterbrechen.

Nun denn, fuhr sie fort, er habe ihr gestanden, sich verliebt zu haben – und weiter musste er nichts sagen; aus den Umständen dieses Geständnisses war nur allzu klar, dass nicht sie das Objekt dieser Verliebtheit sein konnte. Und überhaupt: verliebt! Schon die Wortwahl! Wenn es einer ernst meint, sagt er: ich habe einen Frau kennengelernt, wir lieben uns, oder wenigstens: Ich liebe sie oder etwas in der Art halt. Aber *verliebt*. Daran ersieht man doch schon das zutiefst Unernste, das gleichsam Spielerische, das Leichtfertige des Charakters (an dieser Stelle brach ihr die Stimme, was ihm nicht entging). Sie fasste sich, erzählte weiter. Ja, sie habe ihn natürlich beglückwünscht und sich nach der Angebeteten erkundigt, ob sie sie vielleicht kenne und so – aber er habe sehr geheimnisvoll getan, woraus sie den Schluss gezogen habe, dass die Betreffende von ihrem Glück noch gar nichts wusste. Dadurch habe die Situation etwas ganz und gar Pubertäres bekommen: der erwachsene Mann erzählte ihr, Ursula, als einer Vertrauten von den Wirrungen seines Herzens, als ob er fünfzehn wäre und sie eine ältere Schwester oder Cousine. Semmler versuchte sich einen Fünfzehnjährigen vorzustellen, der seiner älteren Schwester oder Cousine erzählte, in wen er aktuell verliebt war, es gelang ihm nicht; bei einem Fünfundvierzigjährigen, der dasselbe seiner Angestellten erzählte, gelang es ihm noch weniger und bei Wurtz im speziellen Fall überhaupt nicht. Das alles konnte sich nicht so abgespielt haben. Sie beschönigte die Dinge oder erfand sie. Aber das war egal. Wichtig war nur eines: Sie saß hier an seinem Bett und würde das auch weiterhin tun. Er hatte einen Deal.

Sie hätten das Essen dann eher schweigend zu Ende gebracht, berichtete Ursula, Wurtz habe sie zu ihrem Auto in der Radetzkystraße gebracht, sie sei heimgefahren, wo sie zu ihrer großen Beunruhigung ihn, Semmler, nicht angetroffen und sofort die Polizei verständigt habe. In der Früh sei dann die Meldung von seinem Unfall gekommen. Sie verstummte, er streichelte ihre Hand, sagte, er fühle sich sehr müde und schloss die Augen.

»Kannst du mir verzeihen?«, flüsterte sie.

»Was?«

»Dass ich Wurtz nicht sofort zurückgewiesen habe, als er mir den Hof gemacht hat …«

»Ach das? Ja, ja …«

Bald danach verabschiedete sie sich. »Den Hof machen« dachte er, als sie weg war, unglaublich … er war sich nicht einmal sicher, ob der sagenhaft ungebildete Wurtz, ein Wirtschaftsmensch reinsten Wassers, sprachlich etwa auf dem Niveau eines Siebenjährigen, auch nur die Bedeutung dieser Phrase kannte. Wie auch immer. Was er nun gehört hatte, mochte Bestandteile der Wahrheit in großer Verdünnung enthalten, aber wirklich nur in großer Verdünnung. Alles andere war gelogen. Semmler war es egal.

Ursula fuhr nach Hause.

Hätte sie gewusst, wie gleichgültig Semmler ihren Eskapaden gegenüber war, hätte sie nicht ein so kompliziertes Netzwerk aus Lüge und Wahrheit weben müssen. Ihr kam es kompliziert vor, weil sie keine Übung im Erfinden von Tatsachen hatte, sie verabscheute alles Fiktionale. Sie las auch nichts dieser Art. Während ihrer Erzählung hatte sie dauernd Angst gehabt, von ihm mit der Frage unterbrochen zu werden: »… aber Schatz, wenn das so war, wie du sagst, wie kommt es dann, dass …« Wie dieser Satz weiterging, konnte sie sich nicht vorstellen; sie hatte eben keine Übung im Lügen. Sie hatte in ihrem Leben noch nie gelogen. Sie war der Stimme ihres Herzens gefolgt. Wer das tut, braucht nicht zu lügen, braucht keine Rechtfertigungen zu erfinden, keine Beschönigungen.

Aber nun war Lügen unausweichlich geworden. Denn man hatte sie zurückgewiesen. Wurtz hatte sie zurückgewiesen. Vom sachlichen Gehalt her war der Abend etwa so verlaufen, wie sie ihn ihrem Mann geschildert hatte. Abendessen mit Wurtz, das Dessert wurde serviert, und sie wurde abserviert. Dahinter steckte aber kein Plan, sie war sicher, dass Wurtz noch um acht nicht daran gedacht hatte, die Beziehung zu beenden, nicht bewusst daran gedacht … konnte man unbewusst an etwas denken? Sie kannte sich mit dem Psychozeug nicht aus, sah darin nur billige Ausreden für Leute, die sich nicht trauten, sich selber einzugestehen, was sie wollten. Wie auch immer, an *diesem* speziellen Abend wollte Wurtz mit ihr ins Bett, daran gab es keinen Zweifel. Sie kannte diesen Blick, seine Anzüglichkeiten, die sie zum Lachen brachten, sie konnte nichts dagegen tun.

Leider hatten sie sich dann gestritten. Das war normal, dass Paare sich streiten, und sie waren ein Paar, Herrgott noch mal! Seit Monaten. Nur eine kleine Weile noch, und sie hätte Semmler verlassen. Man kann Klagegesänge anstimmen, Tagebücher vollkritzeln, alle möglichen Therapien machen – es kommt immer auf dasselbe heraus: wenn der Ofen aus ist, gibt es keine Möglichkeit, das Feuer wieder zu entzünden, das ist so, war immer so und würde auch immer so sein. Es entsprach ihrer eigenen Erfahrung und der Erfahrung aller Leute, die sie kannte. Man konnte zwar, auch das gab es (wenn man ausreichend dumm war, es zu tun), dieses Feuer ersticken. Aber es gab keinen Weg, es zu entzünden. Im Fall des Falles entzündete es sich von selber. Man konnte es nähren, anfachen und so weiter, das schon – aber man konnte es nicht anzünden.

Zwischen Semmler und ihr war es erloschen. So etwas passierte ständig. Ursulas Freundinnen verbrachten Monate damit, über die Gründe nachzudenken, ein ebenso ergebnisloses wie unnötiges Verfahren. Gründe gab es nicht. Warum schlug der Blitz in diesen Baum und nicht in den daneben? Wo lag da der Grund? Zufall war die einzig mögliche Antwort. Bei Beziehungen genau so.

Sie hatten sich gestritten, Ursula kam aber nicht mehr drauf, weshalb. Wenn sie sich daran zu erinnern versuchte, senkte sich dichter Nebel herab. Es hatte auch keine große Bedeutung, wahrscheinlich ging der Streit um die bekannten Themen. Wahrscheinlich hatte sie etwas vorgeschlagen, was ihm gegen den Strich ging, dann reagierte er überempfindlich, fühlte sich bevormundet oder so … es war lächerlich, eine Schwachstelle, jeder Mensch hatte solche Stellen, sie selber auch, eine davon, dass sie ihr blödes Maul nicht halten konnte, sie wusste das, es tat ihr jedes Mal leid. Hinterher. An diesem Abend war es sicher auch so gewesen, ein Wort gibt das andere, der Abend endet nicht im Bett, sondern in einer schweigsamen Heimfahrt. Einen Tag herrscht dicke Luft, dann Versöhnung. Und doch noch Bett.

Aber dieses eine, dieses letzte Mal war etwas ganz anders abgelaufen. Er hatte sie bei ihrem Auto in der Radetzkystraße abgesetzt und war schnurstracks zu dieser Schlampe gefahren, die er von früher kannte, eine frisch Geschiedene, das soll nichts heißen, lebenslustig sei sie, hatte man erzählt, manche sagten »mannstoll« – wie dem auch sei, wie die Sache dann weitergegangen war, widersprach jeder Erfahrung und allem, was sie je gehört hatte. Ein frustrierter Mann ist das am wenigsten anziehende Geschöpf auf Gottes Erdboden, darin war sie sich mit ihren Freundinnen einig. Die Wahrscheinlichkeit, dass ein Mann in diesem Zustand eine deutlich jüngere Frau erobert, gleich Null. Deutlich jünger als Ursula. Es war verrückt. Eineinhalb Stunden nach dem frostigen Abschied in der Radetzkystraße lag er mit dieser Dame im Bett, mit einer Frau, die er bis dahin nur flüchtig kannte, da war sich Ursula sicher, wenn da schon vorher etwas gelaufen wäre, hätte sie es gemerkt. Christoph Wurtz war nicht der Mann, der auf zwei Hochzeiten tanzte, er hätte gar nicht die Zeit gehabt, sie kannte jede Stunde seiner Tage und Nächte.

Es war ein gottverdammtes Wunder.

Sie stellte den Wagen ab und stieg aus. Die Fassade des Blocks schimmerte gelblich im Licht der Wintersonne. Sie war in Ordnung, die Fassade. Keine Flecken, kein abgeblätterter Putz. Sie sah nur einfach krank aus. KRANK! Wie das ganze Haus. Wie alle Menschen, die darin wohnten. Eine beschissene, dreimal verfluchte Verliererbude – und hierhin musste sie nun zurückkehren.

Hier, das wusste sie, würde sie nicht bleiben. Sie konnte es gar nicht. Sie hatte eine Tochter, die in Wien das Studium begonnen hatte. Architektur. Karin war begabt. Behauptete, kein Geld von zu Hause zu brauchen, weil sie nebenher einen Job hatte. Wodurch das Studium sich in die Länge ziehen würde. Das konnte Ursula nicht zulassen. Es war nicht gut für Karin und nicht gut für Ursula … Jobben und hier wohnen. An Semmlers Seite. Sie musste raus.

Eine Stunde oder anderthalb, spielte keine Rolle. In dieser kurzen Zeit hatte Wurtz die Frau ins Bett gekriegt,

Semmler war in der Goethestraße aufs Dach gestiegen, hatte die beiden beobachtet und war abgestürzt. Sie wusste, das er sich an den Sturz nicht erinnern konnte, nur an die Szene davor; die Tätowierung: eine Rose wahrscheinlich. Sie konnte Wurtz nicht danach fragen, ihr Verhältnis war gestört. Er hatte sie entlassen. Müssen. Auf Anweisung der Neuen (Ursula weigerte sich, den Namen zu behalten). Die führte ihn am Gängelband, wie es Hilde getan hatte. Immerhin verschaffte ihr Wurtz eine andere Stelle beim Kollegen Embacher, der Mitte sechzig war und miserabel zahlte, auf Dauer war das nichts.

Als sie das merkwürdig riechende Treppenhaus hinaufging, fasste sie wieder Mut. Diese Treppen würde sie nicht mehr allzu lang empor steigen. Sie würde sich umsehen. Sie hatte einmal einen Ausweg gefunden und würde wieder einen finden. Als sie die Wohnungstür aufschloss, kam ihr der Gedanke, wie alles hätte sein können – wenn sie damals bei Koslowski geblieben wäre. Der hatte kein Geld gehabt; verglichen mit Semmler, aber immerhin ein Haus … Es brachte nichts, über die Vergangenheit nachzudenken. Sie war in den Zug eingestiegen, der nun in die falsche Richtung fuhr. Aber dieser Zug hielt auch manchmal. Sie musste eben aussteigen und sich neu orientieren. Und sie würde aussteigen. Schon beim nächsten Halt.

6 Die Kirche lag am Ortsrand auf einem Felssporn, dem letzten Ausläufer des Berges vor dem Ried. Es war eine alte Kirche, eine der ältesten des Landes. Der Ortsteil gehörte zu Feldkirch und besaß seit den sechziger Jahren des vergangenen Jahrhunderts auch eine neue Kirche. Hier ganz in der Nähe wohnte Pfarrer Moser. Semmler war vom Bahnhof Feldkirch mit dem Taxi gekommen.

Vernünftig wäre es gewesen, unter den herrschenden finanziellen Umständen den örtlichen Busplan zu studieren. Noch daheim, im Internet. Das hatte er nicht getan. Er fuhr nicht mit Bussen, nie. Mit Bussen fuhren nur Kinder, arme Alte und Leute, die den Führerschein nicht geschafft hatten. Daran hielt er fest. Der Bus, der nach Liechtenstein hinüber fuhr, hielt bei der neuen Kirche, aber er widerstand der Versuchung. Einmal Bus, immer Bus, so weit war er noch nicht gesunken.

Sie hatten das Auto verkauft. Für ihn mit seinem steifen Bein war es nutzlos, selber zu fahren für immer vorbei, und Ursula kam seit ihrer Erkrankung kaum mehr aus der Wohnung. Das Auto war nur noch ein Geldfresser, der Verkauf das Vernünftigste, was sie tun konnten. Dennoch tat es ihm bei jeder Taxifahrt leid, dass er keinen Wagen mehr hatte.

Das Haus des Pfarrers lag unterhalb der Kirche an der Dorfstraße. Er läutete. Niemand kam. Er läutete noch einmal. Er war ein Idiot. Er hätte vorher anrufen müssen, einen Termin vereinbaren. Das alles kam halt daher, dass er so kirchenfern lebte; daher auch seine Vorstellung, ein Pfarrer sei entweder in der Kirche oder im Pfarrhaus anzutreffen; wie in den Don Camillo-Filmen. Blödsinn. Ein Pfarrer war in vielfache Verpflichtungen eingebunden – auch wenn er sich nicht vorstellen konnte, was ein Pfarrer den ganzen Tag machte. Den Bürgermeister einfach so zwischendurch in seinem Haus aufzusuchen, das wäre ihm nicht in den Sinn gekommen, da hätte er einen Termin vereinbart, obwohl er sich auch das Tagwerk des Bürgermeisters nicht vorstellen konnte. Wieso öffnete die Haushälterin nicht? Weil sie, gab er sich selbst die Antwort, nicht den ganzen Tag in diesem Haus arbeitete, nur stundenweise, nicht einmal Don Camillo hatte eine Full-time-Kraft zu Verfügung gehabt. Jetzt war das Taxigeld ausgegeben und nichts erreicht.

»Der Pfarrer ist in der alten Kirche.« Die Stimme kam von der Seite. Eine Frau mittleren Alters am Zaun zum Nachbargrundstück. Sie trug Gummistiefel, Arbeitshandschuhe, stütze sich auf eine Hacke. Semmler trat auf sie zu. Er sei, fuhr die Frau fort, um diese Zeit meistens dort. Dann schwieg sie, schien unschlüssig, ob das Verhalten des Pfarrers diesem Fremden gegenüber zu kommentieren sei. Sie verkniff es sich, beschrieb den Weg zur alten Kirche, warf einen langen Blick auf den Stock an seiner Seite. Das ginge schon, beeilte er sich zu versichern, er wisse auch, wie er dahin komme, bedankte sich für die Auskunft und ging so flott wie möglich an ihrem Garten vorbei die Dorfstraße hinunter, ließ den Stock vor jedem Aufsetzen durch die Luft schwingen und war fast so schnell wie ein Gesunder. Etwa hundert Meter weit, dann tat das Bein so weh, dass er stehen bleiben musste. Mit einer Krücke wäre es besser gewesen, mit dem Stock sah er nicht ganz so gebrechlich aus. Er gab sich Mühe, den Marsch durch Tisis wie einen Spaziergang aussehen zu lassen, blieb oft stehen, betrachtete die Vorgärten, in denen zwischen den Frühblühern die letzten Schneeflecken schmolzen. Der Schmerz ließ nach, verschwand aber nicht. Das Bein nahm jede Überanstrengung übel. Es wurde nicht mit jedem Schritt schlimmer, tat aber so weh, dass er nur langsam vorankam. Der Marsch von der neuen zur alten Tisner Kirche lag am äußeren Rand dessen, was er noch gehen konnte. Zwei Kilometer vielleicht.

Die Straße führte abwärts bis zum Dorfbrunnen, dann bog sie links zur Bahn ab. Er brauchte eine halbe Stunde bis zur Kirche. Ihr grauer Südturm ragte hoch über die weite Ebene, auf drei Seiten eingefasst von Bergen, die höchsten Gipfel im Süden, die Alviergruppe in der Schweiz. Die Berge umgaben die Riedebene wie ein Halbkreis; im Mittelpunkt, so konnte man sich einbilden, lag die Kirche. Es gab Ansichtkarten davon vor den verschiedenen Gebirgshintergründen, malerisch.

Semmler kam durch das Tor auf den Friedhof. Kein Mensch zu sehen. Semmler ging um den Chor herum auf die Westseite. Zwischen Außenwand und Umfassungsmauer blieb dort kaum ein Schritt weit Platz, das Gelände fiel hinter der Mauer steil ab.

Der Fleck war noch da. Eine kaum sichtbare rötliche Färbung, mehr zu ahnen als zu sehen. Es war ihm erst beim Betreten des Friedhofs wieder eingefallen. Vor vielen Jahren, als er das erste Mal um diese Kirche herumgegangen war, hatte er die kleine Gedenktafel an der schmucklosen Nordwestseite entdeckt, ohne die ihm der Fleck schon damals nicht aufgefallen wäre. Er hatte ihn einem Freund gezeigt oder einer Freundin, er konnte sich nicht mehr erinnern. Irgendjemandem hatte er den Fleck gezeigt – genau an der

Stelle, wo laut Inschrift im Jahre zweiundvierzig ein jüdischer Anwalt seine Familie erschossen hatte, die Frau und die zwei Mädchen, dann sich selber. Weil die Flucht hier zu Ende war, die Grenze zu Liechtenstein, keinen Kilometer entfernt, zu gut bewacht. Und der Fleck, das musste dann doch Blut sein.

Aber der Irgendjemand hatte den Fleck nicht gesehen.

Der Fleck war noch da. Unverändert. Man musste, um ihn zu sehen, ein wenig von der Seite schauen, das schon … er ging daran vorbei. Unwahrscheinlich, dass die Färbung vom jüdischen Originalanwaltsblut stammte oder von der Frau oder den Kindern; man hätte nach fünfundvierzig sicher drüber verputzt, die Farbe, die er sah, kam vielleicht von einer Beimengung in eben diesem Putz.

Die Tür stand offen. Er trat ein. Der Pfarrer stand mit dem Rücken zur Tür und hantierte an einem der mannshohen Kerzenständer.

»Herr Pfarrer!«, sagte Semmler in die Kirche hinein.

Der Pfarrer drehte sich um, in der Hand hielt er einen weißen Putzfetzen.

»Ja?«, sagte er.

Es überraschte ihn, wie jung Pfarrer Moser war. Er hatte den Mann nie gesehen, sich aber einen älteren Herrn vorgestellt, deutlich über dem für Normalbürger geltenden Pensionsalter.

»Pfarrer Moser?«

Der Pfarrer brummte Unverständliches und wandte sich wieder seiner Arbeit zu. Semmler kam durch den Mittelgang auf ihn zu. Pfarrer Moser schien kein kommunikativer Mensch zu sein. Er polierte mit dem Tuch den messingfarbenen Leuchter. Semmler sah zu. Ruhe überkam ihn.

»Eine Scheißarbeit ist das«, sagte der Pfarrer nach einer Weile. »Erst müssen Sie das ganze Ding mit so einer Paste einlassen« – er deutete auf eine Plastikflasche hinter sich auf der ersten Kirchenbank – »und dann Polieren – ›bis alles glänzt‹, steht so auf der Anleitung. Tatsache … Bis alles glänzt.«

Semmler wusste nicht mehr, wie er anfangen sollte. Pfarrer Mosers Wortwahl hatte ihn aus dem Konzept gebracht. Schriftlich drückte er sich viel gewählter aus. Jeder, der in diesem Land eine Tageszeitung las (es gab zwei), kannte den Pfarrer als Leserbriefschreiber. Seine Leserbriefe hatten ein einziges Thema, den Verfall der Moral, den er an immer neuen Beispielen anprangerte. Er wetterte gegen vorehelichen Geschlechtsverkehr, gegen praktisch jedes zeitgenössische Stück, das es ins Bregenzer Landestheater geschafft hatte, gegen die Ehescheidung und gegen die Abtreibung. Das war sein Lieblingsthema. Die Konservativen lasen seine Ergüsse mit der inneren Befriedigung: Da traute sich einer, es der linken Bagage hineinzusagen. Gleichzeitig gab es bei ihnen eine noch weiter innen liegende, gleichsam innerste Befriedigung: dass sie selber nicht so extrem waren wie Pfarrer Moser, denn im Vergleich mit ihm konnte sich jeder gesetzte Buchhalter oder Prokurist, der zu Hause die Frau und seine halbwüchsigen Kinder gegen sich hatte, wie ein aufgeklärter Liberaler vorkommen. Die »linke Bagage« las die Briefe des Pfarrer Moser als Unterhaltungsbeiträge, etwa wie die Witzseite. Man schämte sich ein bisschen, so etwas überhaupt zu lesen, las es aber doch. Pfarrer Moser war nicht mehr reaktionär, sondern das Zerrbild eines Reaktionären, und er war nicht einmal von politischen Gegnern dazu gemacht worden, es war alles ein eigenes Werk. Er war in keinen Dialog eingebunden, in keine Debatte verwickelt, niemand fand seine Auslassungen einer Antwort würdig, nicht einmal jene, die ihm zustimmten; man las die Leserbriefe mit Abscheu oder Vergnügen, aber man diskutierte nicht mit ihm. Er war die Stimme eines Rufers in der Wüste.

Er schien sich nicht zu wundern, dass ein Wildfremder die Kirche betrat, um ihm bei der Arbeit zuzuschauen. Er polierte weiter den Kerzenständer und blieb, wie es Semmler vorkam, ruhig dabei. Er redete nicht und erwartete nicht, dass der Besucher mit dem Reden anfing. Aber darum ging es ja … Semmler, der sich die letzten Minuten in Gedanken um die merkwürdige öffentliche Stellung des Pfarrers verloren hatte, riss sich zusammen.

»Ich komme zu Ihnen, Herr Pfarrer, weil ich jemanden suche«, begann er. »Eine Frau Mießgang.«

Pfarrer Moser hielt inne. »Nie gehört«, sagte er.

»Aber diese Frau war Ihre Haushälterin …«

»Wer sagt das?«

»Na, sie selber!«

»Dann hat sie Ihnen einen Bären aufgebunden. Komischer Humor … ich hatte nie ein Haushälterin mit diesem Namen.« Er begann mit dem Polieren, hielt gleich wieder inne. »Sie hat Ihnen das gesagt, dass sie bei mir putzt oder so?«

»Ja, genau.«

»Das verstehe ich nicht. Wenn diese Frau – wie war das? Mieß …?«

»Mießgang.«

»Wenn die Ihnen das gesagt hat, hatten Sie doch Kontakt, warum suchen Sie die hier?«

»Ich hatte Kontakt, das stimmt schon, aber jetzt ist er abgerissen. Sie ist verschwunden.«

Das hatte er nicht sagen wollen, das ging von allen Menschen im Land diesen Pfarrer am wenigsten an. Er war auch zu lang gelaufen, das Bein tat weh.

»Wenn Ihnen das Bein weh tut«, sagte Pfarrer Moser, »dann setzen Sie sich doch.« Er deutete auf die erste Reihe Kirchenbänke. Semmler nahm Platz, der Schmerz ließ nach. Er legte den Stock neben sich.

»Wissen Sie nicht, wo die Frau wohnt?« Pfarrer Moser hatte das Polieren wieder aufgenommen.

»Das ist ja das Seltsame. Ich war in ihrer Wohnung, zwei Mal. Ich hab das Haus auch wieder gefunden, natürlich … eine Siedlung in Rankweil. Aber sie war nicht da …«

»Verreist?«

»Nein, es hat jemand anderer dort gewohnt …«

»Dann ist sie halt umgezogen.«

»Das hab ich auch geglaubt. Der Mann, der jetzt ihre Wohnung hatte, behauptet … das kann alles nicht sein … entschuldigen Sie, ich will Sie nicht mit diesem Kram belästigen.«

»Sie belästigen niemanden … Lassen Sie mich raten: der Mann sagt, er wohnt schon seit Jahren in dieser Wohnung?«

»Seit fünf Jahren, jawohl. Woher wissen Sie das?«

»Ich kann es mir denken. Sie hat gelogen, ganz einfach. Sie hat ja auch gelogen, als sie sich für meine Haushälterin ausgegeben hat.«

»Aber Herr Pfarrer, das ist nicht möglich … ich war dort! Zweimal! Und das ist keine fünf Jahre her!«

Er war, ohne es zu wollen, laut geworden. Die Stimme

hallte in der leeren Kirche. Den Pfarrer schien es nicht zu stören. Auch er hob die Stimme.

»Sie wissen das so genau! Da ist noch etwas anderes, oder? Sie haben diese Frau fleischlich erkannt?«

»Ich habe was? Ach so … wenn Sie so wollen … ja, da haben Sie recht. Fleischlich erkannt, und wie!« Semmler fing an zu lachen. Auch der Pfarrer lachte, es dröhnte vom Gewölbe. Er hörte ebenso schnell auf, wie er begonnen hatte.

»Offensichtlich handelt es sich um eine simple Verwechslung«, sagte er. »Das war eine Siedlung, sagen Sie. Einfamilienhäuser?«

»Nein, Wohnblöcke …«

»Da haben wir es. Die sehen doch alle gleich aus. Die Erinnerung spielt Ihnen einen Streich. Sie haben im falschen Haus gesucht.«

»Nein, Herr Pfarrer.« Semmler stand auf, der Schmerz im Bein meldete sich. »Ich habe mich nicht geirrt, ich erinnere mich ganz genau, wo ich war.«

»Dann bleiben nur zwei andere Möglichkeiten.«

»Welche?«

Der Pfarrer hielt mit der Arbeit inne.

»Erstens eine Halluzination. Beliebigen Ausmaßes, verstehen Sie?«

»Offen gesagt, nein …«

»Einbildung! Sie waren nie in dieser Siedlung, sondern woanders! Vielleicht haben Sie auch nie erlebt, was Sie glauben, dort erlebt zu haben. Oder, noch weiter ausgeholt – vielleicht war auch diese Frau … Mieß…«

»Mießgang …«

»… diese Mießgang nicht real. Sie können hier die Grenze setzen, wo Sie wollen.«

»Würde heißen, dass ich verrückt bin …«

»Kommen Sie sich verrückt vor?«

»Nein … nein, sicher nicht!«

»Es gibt seit Tausenden von Jahren ganz einfache Worte für das, was Sie erlebt haben. Eines davon ist ›Trugbild‹, griechisch ›dokesis‹ … aber das wird philosophisch schwierig …«

»Lassen Sie die Philosophie einfach weg! Also: Wodurch unterscheidet sich ein Trugbild von einer Halluzination?«

»Die ›Halluzination‹ kommt vom lateinischen ›alucinatio‹, das heißt ›Faselei, Träumerei‹, und das wiederum stammt vom griechischen ›alýein‹ ab, das heißt ›außer sich sein‹ aber auch ›unstet umhergehen, herumschweifen‹ …«

»Ich sehe schon, dass Sie ein gebildeter Mann sind, Herr Pfarrer …«

»Na, hören Sie doch einfach zu, ja? Aus den Worten, dem lateinischen, wie auch aus der griechischen Wurzel geht doch schon hervor, dass es eher eine private Sache ist – ›Gefasel‹ ebenso wie ›außer sich sein‹. Auch ›unstet herumschweifen‹ tut man selber ohne Beziehung zur Außenwelt. Es kommt also aus dem eigenen Gehirn, wie wir heute sagen …«

»Ein Trugbild dagegen – kommt nicht aus dem eigenen Kopf?«

»Es wird hartnäckig geleugnet! Für den Menschen der Gegenwart kommt alles aus dem Zusammenspiel der Nervenzellen – alles Biochemie und Physiologie et cetera. Ein von außen intentional – das ist wichtig! – initiiertes Trugbild kann es in dieser Weltsicht gar nicht geben! Wenn Ihnen also in dieser Kirche ein Engel des Herrn erschiene in all seiner Pracht, dann würde Ihnen das niemand glauben.

Man würde es als unmöglich erachten, Ihnen so ein Bild vorzugaukeln – bei den heutigen technischen Möglichkeiten.«

»Worauf wollen Sie hinaus?«

»Auf das absichtlich erzeugte Trugbild.«

»Sie meinen so ein … wie heißt das … Laser … Hologramm? Das gibt's doch nur im Film …«

»Herr hilf! Sie klammern sich da an die technische Realisierbarkeit, die ist doch völlig egal! Auf die Herkunft kommt es an, auf die Absicht! Was ist das für eine Verarmung: Wenn die Menschen heute etwas sehen, was nicht sein kann, sitzen Sie entweder im Kino – oder sie glauben, dass sie verrückt sind. Etwas anderes gibt es nicht … etwas tatsächlich Paranormales wird nicht akzeptiert. Wenn so was auftritt, ist mit dem Hirn etwas nicht in Ordnung. Oder aber sie fragen sich: wie haben die das gemacht? Nicht etwa: Wer gaukelt mir hier was vor? Und warum? Nein, gefragt wird nach dem ›wie‹! – Als im dritten Jahrhundert die gnostische Häresie aufkam, waren die meisten von denen Doketisten, von eben jenem griechischen ›dokesis‹; sie glaubten, der Tod Jesu sei eine Vorspiegelung gewesen, eine Art Theater; es sei damals ein Scheinleib gekreuzigt worden. Natürlich hat von denen nie einer gefragt: wie hat er das gemacht? Ist ja auch völlig unerheblich …«

»… ich glaube, ich verstehe. Ich soll mich damit beschäftigen, wer diese Frau Mießgang wirklich war und warum sie mir … all das vorgespiegelt hat?«

Der Pfarrer klatschte in die Hände. »Dazu ein Tipp: ›Sein Mund ist voll Fluchens, Falschheit und Trug; seine Zunge richtet Mühe und Arbeit an – Psalm 10, Vers 7.‹«

»Und wer macht diese üblen Dinge?«

»Der Gottlose. Die Verse beziehen sich auf den Gottlosen.«

»… seine Zunge richtet Mühe und Arbeit an …«, wiederholte Semmler leise. Der Pfarrer sah ihn unverwandt an, Semmler blieb eine Weile still, dann sagte er: »Das passt genau, das kommt hin … Mühe und Arbeit.«

»Da steckt, scheint mir, noch mehr dahinter als eine erotische Affäre. Also reden Sie!«

»Setzen Sie sich, Herr Pfarrer, das wird ein bisschen dauern.«

Der Geistliche nahm auf den Stufen Platz, die zum Altar hinaufführten.

Semmler erzählte alles. Vom Tag der Überschwemmung bis zu Ursulas Krankheit. Die nahm den breitesten Raum in seiner Erzählung ein. Semmler erwähnte alle Ärzte, die sie aufgesucht hatten und referierte bis ins Einzelne die Gutachten. Der Pfarrer schien sich mehr für Ursulas Krankheit zu interessieren als für die Vorgeschichte.

»Eine organische Ursache ist also ausgeschlossen?«

»Völlig. Kein Tumor, kein gar nichts …«

»Ich sehe nicht, wo das diagnostische Problem liegt: Wenn die Symptome einer ausgeprägten Depression vorliegen, dann wird es halt auch eine sein!«

»Aber sie spricht auf keine Medikamente an! Sie liegt nur in ihrem Zimmer und ist … apathisch. Sie hat keinen Kontakt mehr zur Außenwelt. Ich kann sie nicht dazu bewegen, auch nur spazieren zu gehen. Sie hat das Haus seit drei Monaten nicht mehr verlassen! Verstehen Sie mich recht, Herr Pfarrer, es geht mir nicht darum, dass ich den ganzen Haushalt machen muss, obwohl mir das schwer fällt mit dem Bein. Es geht vielmehr darum, dass nicht nur keine Besserung eintritt, sondern dass es immer schlimmer wird …«

»Hat man schon einmal die Möglichkeit einer Einweisung erwogen?«

»Das will ich nicht! Das will ich auf keinen Fall! Wenn ich sie einweisen lasse, kommt sie nicht mehr raus, das weiß ich, das wäre …«

»Was wollen Sie?«, unterbrach ihn der Pfarrer.

»Dass sie gesund wird natürlich!«

»Verzeihen Sie, ich bin vielleicht etwas schwer von Begriff. Aber im Gegensatz zu allen anderen Menschen besitzen Sie doch eine unfehlbare Methode, Ihre Wünsche durchzusetzen. Sie brauchen doch nur dem … wie war das …?«

»… dem Universum …«

»… dem Universum einen Deal anbieten. Das hat doch jetzt schon, wenn ich richtig mitgezählt habe, viermal funktioniert. Stattdessen eiern Sie monatelang herum und suchen diese Frau Mießgang. Warum? Was soll die Ihnen raten oder sagen, was sie nicht schon geraten oder gesagt hat …?«

»Ich hab nichts mehr!«, rief Semmler. »Als Angebot, als Opfer! Bei diesem Deal geht es um Opfer. Das muss in einem gewissen Verhältnis zum Gewünschten stehen …«

»… hat Frau Mießgang gesagt.«

»So ist es. Ich weiß nicht, was ich jetzt noch opfern soll. Meine eigene Gesundheit ist ruiniert, mein Vermögen verloren, also …«

»Moment! Sie haben diese Wohnung …!«

»Nur Miete!«

»Trotzdem. Sie könnten sie verlieren wie den teuren Wagen und das Haus.«

»Das steht doch in keinem Verhältnis! Sie hat schon zweimal versucht …«

»… sich umzubringen, ach so. Dann geht es also um das Leben Ihrer Frau? Das ist was anderes … Sie könnten Ihr eigenes Leben anbieten … das wäre aber auch kontraproduktiv …« Er schien laut nachzudenken.

»Ich hätte ja dann nichts davon«, sagte Semmler.

»Stimmt«, sagte der Pfarrer. »Die Frau ist gesund und Sie liegen auf dem Friedhof. Davon hätten Sie nichts. Ich kann mich allerdings des Eindrucks nicht erwehren, dass Sie auch bei den anderen Deals nicht besonders viel davon gehabt haben.«

Semmler fixierte den anderen Leuchter, den noch nicht geputzten, und schwieg.

»Ich weiß, man hat leicht reden, solang man nicht in der Haut des anderen steckt, aber für mich stehen Sie da wie ein kompletter Idiot …«

»Jedes einzelne Opfer war angemessen, das kann niemand bestreiten …«

»Mag sein – Wenn Sie aber alles zusammenzählen, haben Sie ein sehr schlechtes Geschäft gemacht. Sie sollte sich auch fragen, warum Frau Mießgang nicht mehr aufzufinden ist. Haben Sie dazu eine Idee?«

»Nein.«

»Weil sie ihre Schuldigkeit getan hat. Sie hat Ihnen nichts mehr zu sagen und zu raten. Der nächste Schritt folgt logisch aus den bisherigen Schritten und wird zugleich der letzte sein, den Sie tun. Sie bieten Ihr Leben als Opfer an und sind tot. Oder Sie lassen es, dann ist Ihre Frau tot. Ganz einfach. Was werden Sie tun?«

Nach einer langen Weile sagte Semmler: »Ich möchte

weder das eine noch das andere tun … ich möchte raus aus diesem ganzen … wie soll ich sagen …«

»Reden Sie weiter, nur Mut.« Die Stimme des Pfarrers hatte sich verändert. Sie klang tiefer.

»… aus dem System«, fuhr Semmler fort. »Aus dem ganzen Opfersystem. Ich möchte aufhören … ja, aufhören. Aufstehen und gehen. Verstehen Sie, was ich meine?«

»Nur zu gut. Dann machen Sie das doch!«

»Aber wie? Ich müsste doch irgendwie … rechtlich verbindlich meinen Austritt erklären … wie bei einem Verein.«

»Aha. Und wem wollen Sie das erklären?«

»Dem Universum! Das Universum, hat Frau Mießgang gesagt, ist die Macht, die solche Deals anbietet, also müsste … Sie würden wahrscheinlich sagen: Gott – ich müsste also Gott …«

»Wie war das, was haben Sie da gesagt?!«

»Gott! Das Universum ist nur ein modernes Wort für Gott …«

Der Pfarrer stand auf und beugte sich weit vor. »Sie irren sich! Gott heißt immer noch Gott wie seit Jahrtausenden, glauben Sie mir, ich bin vom Fach!«

»So? Nun, wenn Sie es sagen … aber es hat doch funktioniert …«

»Natürlich hat es funktioniert! Sie haben einen Handel angeboten, einen Deal. Aber nicht Gott haben Sie das angeboten, sondern dem Universum. Wer immer sich hinter dieser kindischen Metapher verbirgt, es ist nicht Gott.«

»Sein Mund ist voll Fluchens, Falschheit und Trug; seine Zunge richtet Mühe und Arbeit an«, wiederholte Semmler leise.

»So ist es.«

»Es war nur … es fällt leichter, an das Universum zu glauben …«

»… als an Gott. Natürlich! Ein Zeitphänomen. ›Universum‹ ist ein so wunderbar wolkiger Begriff, alles umfassend und bedeutend – man tut keinem damit weh, ein wunderbar toleranter Begriff. Wer könnte etwas dagegen sagen? Nur übersieht man, dass ein Begriff, der alles bedeutet, auch nichts bedeutet, besser *das Nichts* bedeutet. Das große Nichts! Dieses Nichts war Ihr Handelspartner. Dem haben Sie geopfert. Daher ist die Gesamtbilanz auch so erschütternd negativ: Am Anfang hatten wir ein paar Menschen in relativem Glück und große Vermögenswerte. Am Ende stehen dieselben Menschen in großem Unglück, das Vermögen ist verloren … Ihre Lebensbilanz ist negativ. Sie wären gar nicht hier, wenn es nicht so wäre.«

Darauf wusste Semmler nichts zu erwidern. Der Pfarrer hatte recht.

»Ihr Problem ist einfach und schwierig zugleich«, fuhr der Pfarrer fort. »Wenn Sie sich an Gott wenden, müssen Sie ihn *bitten.* Im Neuen Testament …« Er verstummte, schien nach einer Formulierung zu suchen und sich bei dieser Suche in Gedanken zu verlieren. Er redete nicht weiter, begann im Mittelgang auf und ab zu gehen.

Es wurde dunkler in der Kirche, der Wetterbericht hatte für den Nachmittag den Durchzug einer Front angekündigt, Semmler wäre gern aufgestanden, vor das Tor getreten und hätte sich die schwarze Wolkenwand angeschaut, die von Westen über die Schweizer Berge hereinkam. Wenn er so schnell humpelte, wie das Knie es eben zuließ, konnte er die Haltestelle erreichen, bevor der Regen kam. Sonst müsste er eine weitere teure Taxifahrt bezahlen.

Aber er stand nicht auf, obwohl er zu frösteln begann. Es zog in der Kirche; der Wind, der durch das offene Tor hereinkam, fand unsichtbare Ritzen für seinen Ausgang, im Hintergrund des Altarraums, der in Düsternis gehüllt war, klapperte etwas wie ein kleines Stück Blech. Der Pfarrer hatte es auch gehört, ging zum Altar und verschwand dahinter. Semmler hörte ihn murmeln. Was reparierte er dort? Dann hörte er seine dröhnende Stimme.

»Im Neuen Testament, wollte ich sagen, kommt das Bitten, wie übrigens auch das Beten, gar nicht so häufig vor. Haben Sie das gewusst?«

»Nein«, sagte Semmler.

»Was?«, rief der Pfarrer vom Altar her.

»Nein!«, schrie Semmler, »hab ich nicht gewusst! Wie oft denn?«

»Was meinen Sie?«, rief Pfarrer Moser zurück.

»Wie oft es vorkommt!«

Der Pfarrer kam hinter dem Altar hervor. Das Klappern hatte aufgehört. Was war das, fragte sich Semmler. Er hatte so einen Altar noch nie von hinten gesehen. Eine Apparatur, um … um Wunder vorzuspiegeln, fiel ihm ein. Er verwarf den Gedanken.

»Etwa sechzig Mal«, sagte Pfarrer Moser, kam näher heran. »Einfache Zeitwörter wie ›liegen‹ oder ›bleiben‹ sind deutlich häufiger. Komisch, nicht? Dabei waren die Leute damals sehr arm, sie hätten also genug zu bitten gehabt …«

»Ja, ja, ich verstehe schon«, beeilte sich Semmler einzuwenden, er hatte kein Interesse an einer öden marxistelnden Predigt über Arme und Reiche; dorthin zog es den Pfarrer wie von einem Schwerkraftzentrum, das spürte er. Erstaunlich, wie rettungslos links die Pfaffen waren, sogar die härtesten konservativen Knochen wie dieser Moser.

»Also bitten«, drängte Semmler, »Gott bitten, okay. Worum bitten? Was soll ich da sagen?«

»Mathäus 7, Vers 7: ›Bittet, so wird euch gegeben, suchet, so werdet ihr finden, klopfet an, so wird euch aufgetan.‹ Also ganz einfach. Sie bitten um das, was Sie brauchen, verstehen Sie?«

»Einfach so?«

»Einfach so. Es gibt keine Abmachung, keinen Deal. Kein ›Do ut des‹.«

»Das wäre wunderbar …«

»Nicht wahr? Die Sache hat nur einen Haken, den ich Ihnen nicht verschweigen will. Viele Bitten erhört Gott, aber nicht alle. Das lehrt die Erfahrung durch Jahrtausende. Da Gott allmächtig ist, liegt das Problem nicht darin, dass er nicht alle Bitten erfüllen kann, sondern darin, dass er es nicht will …«

»Es könnte doch aber auch sein«, sagte Semmler, »dass ihn zwei Leute um Gegensätzliches bitten – dann kann er nicht beide Bitten gleichzeitig erfüllen. Von der Logik her …«

»Ja, das ist ein beliebtes Argument. Es gilt allerdings nur, wenn die Realität so beschaffen ist, wie wir das seit zweitausendfünfhundert Jahren glauben. Wenn allerdings die so genannte Viele-Welten-Theorie zutrifft, wäre es möglich, dass bei jeder Bitte an Gott sich die Realität in zwei Zweige aufspaltet: im einen erfüllt er die Bitte, im anderen nicht – oder in Ihrem Beispiel: In der einen Welt erfüllt er die Bitte von A, in der anderen die von B. Ist doch prima, oder? Damit wäre allen gedient. Und die Wissenschaft sagt sogar, das sei logisch möglich!«

»Und was hilft mir das?«

»Äh … nichts, fürchte ich. Genau nichts. Aber immerhin haben Sie den Trost, dass Sie in einer Parallelwelt mit gesundem Bein herumlaufen, in einer weiteren Ihr Wagen noch in Ordnung ist, in noch einer weiteren Ihr Haus nicht abgebrannt, Frau Ursula gesund und munter und an Ihrer Seite – oder nicht an Ihrer Seite, und so weiter und so fort; ganze Heerscharen laufen dort herum, die alle so aussehen wie Sie, die *Sie* sind, faszinierend … wenn man Ihr individuelles Schicksal dagegen stellt, sind Sie eine verschwindende Minderheit …«

»Das mag ja sein. Aber das ist doch für mich kein Trost! Nicht hier und heute!«

»Nein? Das tut mir echt leid. Etwas Besseres können Sie von dieser Seite nicht erwarten – von der Wissenschaft und so … ich kann es Ihnen nicht verhehlen: Gott … nun ja …« Er verstummte wie vorhin. Vielleicht leidet er an Gedankenflucht, kam es Semmler in den Sinn, zugleich fiel ihm der Professor Holzer ein, der damals im Gymnasium dasselbe Problem gehabt hatte; mitten in der Rede aufhören, zwei Minuten in eine Ecke starren und dann fortsetzen, als ob nichts gewesen wäre. Sie hatten die zwei Minuten ausgenützt, um Unsinn zu machen. Pfarrer Moser starrte nicht mehr in eine Ecke, sondern begann wieder, im Mittelgang auf und ab zu wandern.

Der Wind hatte aufgehört, es zog nicht mehr. Es war aber dunkel geworden. Die Fensterflächen und die Türöffnung hoben sich fahl gegen die Finsternis ab, die sich von den Ecken her in der Kirche ausbreitete. Durch die offene Tür kam das Geräusch eines gleichmäßigen schweren Regens.

»Ich sagte«, begann der Pfarrer, »Ihr Problem sei einfach

und schwierig zugleich. Immer verglichen mit Ihrer bisherigen Praxis … Deal mit dem ›Universum‹ und so weiter. Einfach: weil Sie nur bitten müssen: kein Deal, keine Versprechungen, kein Opfer, gar nichts von Ihrer Seite. Bis auf eins – und genau da liegt die Schwierigkeit, die es auch wieder schwer macht: Sie müssen glauben! Sehen Sie, das Neue Testament ist voll von Leuten, die fest glauben, dass Jesus sie heilen oder sonst was für sie arrangieren kann – und die Sache funktioniert dann auch jedes Mal. Aussätzige, Blinde, Krüppel, der Hauptmann von Kapernaum und so weiter – ein buntes Panorama gesundheitlich oder sozial Benachteiligter. Macht aber nichts, weil diese Leute *glauben*! Und sie haben diesen Glauben nicht nach schweren inneren Kämpfen, sondern frisch, fromm, fröhlich, frei. Für die ist die Sache gegessen, sobald Jesus am Horizont auftaucht: Ach, da ist Jesus! Jetzt kann ich die Krücken gleich wegschmeißen … Hallo! He, Jesus! Ja, hier drüben, tschuldige, hast du mal ne Minute, ich hab da dieses Problem mit meinem Bein … sie bitten ihn um Heilung, wie sie einen Bekannten um Feuer bitten, von dem sie wissen, dass er starker Raucher ist und immer ein Feuerzeug bei sich hat. Es gibt keinen Zweifel. Verstehen Sie?«

»So zu glauben – das kann ich nicht«, sagte Semmler mit leiser Stimme. »Nicht einmal annähernd so.«

»Das ist sehr schade. Denn genau von diesem Glauben würde es gar nicht viel brauchen! Mathäus 17, Vers 20: ›So ihr Glauben habt wie ein Senfkorn, so mögt ihr sagen zu diesem Berge: hebe dich von hinnen dorthin! So wird er sich heben und euch wird nichts unmöglich sein.‹ Das ist schon eine starke Ansage!«

»Ja, aber aus der Formulierung wird doch auch klar, dass

dieser Glaube in der realen Welt nicht existieren kann. Wer hat jemals einen Berg versetzt? Ich habe von diesem Glauben nicht für ein Senfkorn …«

»… nicht einmal ein Milligramm, nicht ein Mikrogramm, nicht ein einzelnes Atom davon«, unterbrach ihn der Pfarrer. »Ich weiß, ich weiß. Aber dieser Glaube existiert sehr wohl in der Welt, das darf ich Ihnen versichern …«

»Mag sein. Ich hab ihn nicht. Gibt's eine Alternative?«

Der Pfarrer schwieg lang und musterte Semmler. Der stand auf. »Ich hab schon verstanden. Bemühen Sie sich nicht weiter. Danke für den Vortrag. War interessant …« Er wandte sich zum Gehen.

»Warten Sie! Noch sind wir nicht fertig. Setzen Sie sich.« Semmler nahm wieder Platz. Er tat es gern, denn beim Aufstehen hatte sich das Bein mit scharfem Schmerz gemeldet, ein Strahl von oben bis unten. Der Pfarrer stand nun vor ihm, ganz nah, aber seine Figur war im Dunkel der Kirche nur ein schwarzer Umriss, ein verschwimmender Schatten. Der Schmerz im Bein ließ nach, als er wieder auf der Bank saß, er spürte die Kälte, die von allen Seiten heran kroch. Natürlich, dachte er, darum heißt es ja Kaltfront. Er wunderte sich über diesen Gedanken. Es sollte in seiner Lage doch egal sein, ob es kalt oder warm war. Aber es war nicht egal. Das erfüllte ihn mit Staunen.

»Ihr Fall ist nicht einzigartig. Wenn ich den Leuten nur Mathäus 17, 20 anbieten könnte, müsste ich den Laden zumachen. Glauben von dieser Art haben und hatten nur die Heiligen. Ihr Fall ist aber nicht so hoffnungslos, wie Sie jetzt meinen: Schon die Tatsache, dass Sie das Bitten überhaupt in Erwägung ziehen, dass Sie hier und jetzt mit mir dieses Gespräch führen, weist doch auf eine gewisse Glaubensbereitschaft hin; vielleicht sollte man sagen: auf einen Protoglauben, eine Vorform …«

»… und das gibt schon Punkte?«

»Ja, gewissermaßen gibt das schon Punkte!«

»Was soll ich also tun?«

»Steigen Sie aus!«

»Wie … aussteigen … woraus aussteigen?«

»Sie wollen doch aufhören mit der Dealerei, oder nicht?«

»Ja, sicher … ich will … raus …«

»Raus … das ist das Stichwort! Sie wollen aufhören. Dann sagen Sie es doch! Sagen Sie laut und deutlich: *Ich widersage!*«

»Wem?«

»Das müssen Sie nicht dazusagen, es ist unerheblich – Sie haben ja auch bei diesen Opfersprüchen keinen Adressaten genannt, oder?«

»Nein …«

»Sehen Sie! Und es hat doch funktioniert, das kann man nicht bestreiten. Also wird auch dieses Mal zuhören, wen es angeht.«

»Ich widersage – das ist alles?«

»So ist es.«

»Dann ist es vorbei?«

»Dann sind sie raus – vorausgesetzt, Sie wollen es auch wirklich …«

»Natürlich will ich – oder gibt es da irgendwelche theologische Spitzfindigkeiten?«

»Absolut nicht! Aber bei diesem Punkt machen sich die Menschen oft etwas vor. Behaupten, etwas zu wollen – und insgeheim wollen sie das Gegenteil. Sie müssen sich sicher sein über Ihre innersten Wünsche. Wenn Sie den Kontrakt lösen, treten Sie wieder in die normale Welt hinaus, wo es Glück gibt und Unglück, Freude und Leid. Alles ist wieder auf Null gestellt, alle Chancen sind wieder da und alle Gefahren …«

»Das heißt, Ursula kann auch sterben …«

»Und gesund werden! Und Sie können sterben – noch in dieser Minute, ein kosmischer Hauch kann Sie hinwegraffen, eine Kleinigkeit – aber genau so können Sie ein gesegnetes Alter erreichen. Und Sie können Gott immer bitten – wenn Ihnen das nicht peinlich ist – bitten um dies und das. Und sei es nur um einen glücklichen Tag. Um das Wohlergehen eines geliebten Menschen. Um Großes, um Kleines. – Ob die Bitte erfüllt wird, lässt sich nicht sagen. Aber das können Sie immerhin hoffen, jedes Mal neu. Das ist der Vorteil, wenn man keinen Deal hat. Die Zukunft ist offen. Sie sind nicht geschäftlich gebunden.«

»Nicht geschäftlich gebunden …«

»So ist es. Sie sind … wie sagt man am besten … nun ja: Sie sind dann frei.«

Das Reden schien den Pfarrer ermüdet zu haben. Vielleicht war er doch älter. Er setzte sich auf die erste Bank in der anderen Reihe. Die Gestalt war im trüben Dunkel kaum noch zu erkennen. Semmler, der den Pfarrer von der Seite zu fixieren suchte, kam es so vor, als sei die Figur zusammengesunken.

»Es tut mir leid«, sagte er, »dass ich Sie so beansprucht habe …«

»Lassen Sie nur«, sagte der Pfarrer mit leiser Stimme. Semmler erwartete eine weitere Phrase von der Art ›dafür bin ich ja da‹ oder dergleichen, aber es kam nichts mehr von der linken Bankreihe.

»Sie haben mir geholfen«, sagte Semmler. »Ich sehe jetzt alles klarer …«

»Und Sie lassen sich die Sache noch einmal durch den Kopf gehen, ich weiß!« Eine müde und traurige Stimme. »Ich überleg es mir noch – das sagen die Leute, wenn sie beim Messestand einen Rückzieher machen. Ich überleg es mir noch … natürlich sieht man sie nie wieder …«

»So ist das nicht«, protestierte Semmler, »ich brauch nur ein bisschen Zeit …«

»Ja, ja. Gut. Machen Sie die Tür zu, wenn Sie gehen.« Der Pfarrer stand auf.

»Sie … Sie … wollen weg?«

»Das scheint Sie zu erstaunen. Ja, ich will weg, ich habe zu tun.«

»Müssen Sie denn nicht vorne abschließen?« Semmler deutete auf das fahle Rechteck der Türöffnung.

»Ich muss nicht. Ich hab auch keinen Schlüssel. Ich halte nichts von Schlössern.«

»Ich dachte, Sie gehören hier … dazu … es ist doch immerhin Ihre Kirche …«

»Wie kommen Sie da darauf?«

»Aber Sie sind doch der Pfarrer Moser?«

»Ich muss mich wiederholen: Wie kommen Sie darauf? Pfarrer Moser ist übrigens viel älter.«

Semmler schwieg.

Der Andere sagte nach einer Weile: »Jetzt sind Sie mit einem Verrückten, den Sie für den Pfarrer gehalten haben, allein in einer Kirche außerhalb des Ortsgebietes, und sonst ist kein Mensch hier. Unangenehm.« Dann begann er zu lachen. »Keine Angst! Nur ein Scherz. Mich wundert, wie Sie auf die Idee mit dem Pfarrer kommen konnten. Bei all dem, was Sie mir erzählt haben – diese ganzen Eskapaden, die Sie sich geleistet haben: Glauben Sie nicht, ein echter Pfarrer hätte diese Sachen genauer beleuchtet, von wegen Schuld, Sünde, Sühne und so weiter?«

»Jetzt, wo Sie es sagen …«

»Na also. Aber Schuld und Sühne interessiert Sie nicht so, ich verstehe das, kann ich nachvollziehen. Man muss sich darum kümmern, wer die Regeln verletzt hat. Wie beim Autofahren. Mich beschäftigt aber nicht die Vergangenheit, nur die Gegenwart. Und manchmal die Zukunft … also: machen wir es kurz. Zwei Möglichkeiten. Die erste: Sie opfern Ihr Leben für das Ihrer Frau; funktioniert wahrscheinlich, ist aber kontraproduktiv, das hatten wir erörtert. Oder zweitens: Sie sagen sich los und überlassen alles Weitere dem Willen Gottes. Was dann passiert, kann niemand sagen, ich auch nicht, tut mir leid. Vorteil: Sie sind den Stress los. Sie sind frei. Das wär's. Treffen Sie Ihre Wahl. Leben Sie wohl!«

Die dunkle Gestalt bewegte sich auf die Tür zu, dort im hellen Rechteck noch einmal als schwarzer Umriss.

»Warten Sie!«, rief ihm Semmler nach. »Wer sind Sie?«

»Stellen Sie sich nicht blöd! Sie wissen genau, wer ich bin!«

Dann war er verschwunden. Und er hatte Recht.

Der Regen hatte zugenommen, es rauschte von der Tür her wie von einem Wasserfall. Ich habe noch Zeit, dachte Semmler, ich muss sowieso warten, bis das nachlässt.

Er hatte Zeit zum Nachdenken. Nicht wahnsinnig viel, begriff er. Gute Präsentation. Jetzt, im Nachhinein, hätte es etwas zügiger gehen können; aber dann wäre er nicht mitgekommen, das war auch wieder wahr. Und diese Leute hatten auch einen anderen Zeitbegriff.

Er setzte sich in die Mitte der Bank und ließ sich alles durch den Kopf gehen.

Nach einer langen Weile stand er auf und sagte etwas in die Schwärze der leeren Kirche hinein. Er sprach laut, übertönte den Regen. Er sagte, was zu sagen war.

Koslowski hatte erst nicht gehen wollen. Es erschien ihm auf vage Art unpassend. Er hätte nicht genau sagen können, warum. Erst als Karin ihn fragte, ob er hingehen würde, kam die Sache zur Sprache, er musste sich entscheiden und die Entscheidung begründen, denn mit Karin konnte er nicht so umgehen wie mit irgendwelchen Leuten. Sie redeten darüber und kamen zum Schluss, dass es gar keinen Grund gebe, nicht hinzugehen. Es würde niemand da sein, dem Koslowski unter allen Umständen aus dem Weg gehen müsste oder wollte, ganz bestimmt nicht. Und wenn doch, dann würden so viele Leute da sein, dass man in der Menge untertauchen könnte. Also ging er hin.

An dem Tag regnete es in Strömen. Es hatte am Vorabend angefangen, dann die ganze Nacht hindurch geschüttet und setzte sich nun als nieseliger Landregen fort, nicht das erste Mal in diesem Frühjahr. Die Zeitungen schrieben den üblichen Sermon über die Klimaänderung; das Fernsehen zeigte Bilder der ersten lokalen Überschwemmungen. Karin hatte gesagt, sie würde auch da sein, er sah sie aber nicht; als er ankam, war alles schwarz von Regenschirmen, hinein konnte man nicht mehr, ausgeschlossen, die Leute standen in einer breiten Traube vor der Tür. Die Traube war so groß, dass man als spät Gekommener nicht einmal in die Nähe kam, was drin passierte, war nicht zu hören. Koslowski musterte die Umstehenden, um Gesichter zu erkennen, sich zurückziehen zu können, wenn ihm eines auffiel, das ihm nicht passte – reine Paranoia, dachte er dann, was für Gesichter müsste ich fürchten? Es fiel ihm kein einziges ein.

Es war langweilig, wenn man es mit der dem Anlass angemessenen Höflichkeit ausdrücken wollte. Koslowski bedauerte nicht, dass er von den Vorgängen nichts mitbekam, er vermisste das Ritual nicht, er hatte keine Bindungen an Rituale, gleich welcher Art. Er bedauerte nur, dass allmählich Wasser in die Nähte seiner Schuhe drang. Der Boden war nicht eben, auch der Kies konnte die Senken nicht völlig ausgleichen, in einer stand er, im langen Regen war es nun eine flache Pfütze. Es lag auch an den Schuhen, er hatte sie erst vor drei Wochen gekauft und mit der Selbstverständlichkeit alter Gewohnheit das untere Preissegment gewählt, obwohl das nicht nötig war, er hätte sich die teuersten Schuhe leisten, machen lassen können, Maßarbeit, mit Nähten, die kein Wasser durchließen. Karin durfte das sowieso nicht wissen, sie schimpfte, wenn sie dahinter kam, dass er wieder »billigen Mist« gekauft hatte; eine Angewohnheit der Studententage und mit dem Geld, das er nun hatte, doppelt idiotisch. Aber dieses Geld wollte er nicht verprassen, sondern so anlegen, dass Karin etwas davon haben würde; das trieb ihn um, wann immer er sich nicht durch andere Beschäftigungen ablenken konnte, wie eben jetzt, als er mit Unbekannten im Regen stand und abwarten musste, bis es vorbei war.

Es kamen immer noch Leute und drängten nach vorne, als gebe es da vorn etwas gratis abzuholen; Koslowski ließ sich zurückfallen an den äußeren Rand der Menge, kam so auch aus der Pfütze heraus, er musste heim, die Schuhe wechseln, eine Trottelei der Schuhkauf, unverzeihlich; er könnte sich hier eine Lungenentzündung holen – durch nichts verursacht als schmutzigen Geiz, so war es doch! Er ärgerte sich. In letzter Zeit ärgerte er sich oft. Immer über sich selbst. Er wurde den eigenen Ansprüchen nicht gerecht. Er hätte etwas Sinnvolles machen sollen, aber so sehr er auch darüber nachdachte, es fiel ihm nichts ein. Und dann das Geld. Er musste es anlegen, die Inflation war niedrig, fraß aber doch an seinem Geld wie Ungeziefer. Es war keine Lösung, es im Keller zu verstecken; das Geld musste gewaschen werden, er wusste nicht wie, oder angelegt an Orten, wo man nicht nach der Herkunft fragte. Solche Orte gab es sicher, aber er hatte keine Ahnung von den herrschenden Modalitäten, das war alles kriminell, keine Frage. Wenn er jetzt in die Karibik fuhr und sich dort einem Bankinstitut anvertraute, würde er, das war so sicher wie das Amen in der Kirche, im besten Fall alles verlieren, im schlimmsten mit durchgeschnittener Kehle in einem Hafenbecken treiben. Es war mit der Kriminalität wie in allen Branchen: man musste etwas davon verstehen, besser noch, das Metier beherrschen, wenn man Erfolg haben wollte. Er aber verstand nichts davon, er hatte einfach Glück gehabt, unverschämtes Glück, von Rechts wegen sollte er jetzt im Gefängnis sitzen und nicht hier im Regen stehen. Amateure wurden Opfer der Justiz, so war das; er konnte es nicht einmal missbilligen, er hasste alles Amateurhafte, alle Probleme in seinem Berufsleben waren darauf zurückzuführen gewesen, dass jemand seinen Job nicht beherrschte. Wenn jeder nur das täte, was er wirklich konnte und von allem anderen die Finger ließe, wäre die Welt ein besserer Ort … an diese Stelle der Überlegung war er schon oft gekommen, immer an dieselbe. Er drehte sich im Kreis. Es wird nichts übrig bleiben als das Zeug auszugeben. Kleinweis. Reisen, teure Anschaffungen. Teuer, aber klein. Er hasste Reisen …

Er spürte den Blick. Dieser Blick ruhte schon geraume Zeit auf ihm, jetzt erst merkte er das.

Eine Frau mittleren Alters, fahlblondes, kurzes Haar. Sie trug schwarze Schuhe mit halbhohen Absätzen und einen dunklen Mantel mit ein paar Flecken am Kragen; ein Mantel, wie er nur bei solchen Gelegenheiten ausgegraben wurde.

Die Frau lächelt ihn an. Sie sieht nett aus, auf schwer zu bestimmende Weise, es geht etwas Positives von ihr aus, das spürt er, das ist selten bei so etwas wie dem hier … er fasst Vertrauen, er lächelt zurück.

»Haben Sie …«, sagt sie, unterbricht sich, wird verlegen, scheint ihm, als ob ihr erst jetzt einfiele, dass diese Frage womöglich als indiskret empfunden werden könnte; macht eine vage Geste nach vorn, wo sich das Geschehen hinter allzu vielen Rücken, Hinterköpfen und Schirmen verbirgt, »… gekannt?«, vollendet sie die Frage.

»Ja«, antwortet er, und »Wollen Sie?« Denn erst jetzt fällt ihm auf, dass die Dame ohne Schirm ist. Es nieselt nur noch ganz leicht, dies zu seiner Entschuldigung, und zogen nicht manche Frauen die Nässung eines leichten Regens jeder Bedeckung vor, weil das besser für ihr Haar ist? Koslowski winkelt in einer Geste, die ihm in diesem Augenblick elegant vorkommt, den Arm ab, um ihn ihr anzubieten, sie hakt sich bei ihm unter, schlüpft unter den Schirm.

»Ja«, wiederholt er, »recht gut sogar, seit …«

»Haben Sie die Predigt gehört?«, unterbricht sie ihn. Er blickt sie von der Seite an. Sie ist aufgeregt. »So was von daneben! Ich meine, er hätte sich doch ein bisschen was Originelleres ausdenken können …«

»Ich war gar nicht drin«, sagt Koslowski.

»Entschuldigen Sie«, sagt die Dame, »ich bin da vielleicht auch zu kritisch und ich weiß ja nicht, in welcher Beziehung Sie …«

»… in keiner engen«, beeilt er sich zu versichern, »wirklich nicht.«

»Ich bin Haushälterin bei einem Pfarrer«, sagt sie, »beruflich vorbelastet.« Sie lächelt wieder, besinnt sich auf den Anlass, wird ernst.

»Tragisch«, sagt sie dann.

»Ja, schon«, sagt Koslowski, »obwohl … ich meine, es war ja … also … man sagt ja: über die Toten nur Gutes …«

»De mortuis nihil nisi bene«, sagt sie.

»Genau«, sagt er, und wundert sich, dass die Haushälterin Latein kann, und sie sagt: »Ich war nicht immer Haushälterin.«

»Aha«, sagt er und sie: »Das muss Ihnen nicht unangenehm sein, es geht in den meisten Biographien viel auf und ab. Wie man auch hier sieht.«

»Eben!« ruft er und ist froh über die Wendung und die Art, wie sie das Gespräch führt, denn schon hat er die Einsicht, dass sie es ist, die es führt. Aus Gründen, die er nicht versteht, hält er das aber für gut.

»Ich wollte nur sagen«, sagt er, »es war ja abzusehen …«

»Da haben Sie allerdings vollkommen recht!«, sagt sie mit einer Emphase, als habe er einen komplizierten, von allen gefühlten, aber nie formulierten Sachverhalt genialisch auf den Punkt gebracht, zur unvergessbaren Sentenz verdichtet. Das schmeichelt ihm. Es tut ihm gut. Sie ist ihm sympathisch. Eine Frau mit dem Herzen auf dem rechten Fleck. Auch sonst stimmt alles. Die käme in Frage … als er das denkt, spürt er, wie sein Herz einen kleinen Satz macht, aber es beunruhigt ihn nicht, obwohl er das noch nie erlebt hat. Das Herz hüpft vor Freude, denkt er, so heißt es doch, das gibt es also wirklich, ausgerechnet hier, obwohl er solche Anlässe immer verabscheut hat, Karin ist natürlich da, weit vorne, er muss Karin beistehen, das ist doch keine Frage, sie nimmt es gelassen, erstaunlich, wenn man bedenkt, dass es … er spürt, wie er ins Grübeln kommt, das ist jetzt ganz falsch, es geht darum, die Gelegenheit beim Schopf zu packen, jawohl, beim Schopf, diesem dichten Schopf …

»Es ist sehr ungemütlich hier«, sagt er, »und bis wir vorne sind …«

»Ja«, sagt sie, »ich hätte andere Schuhe anziehen sollen.«

»Ist Ihnen kalt?«

»Ein bisschen.«

»Dann kommen Sie mit! Wir fahren in ein Café, dort machen sie einen wirklich guten Glühwein, nicht dieses Industriezeug.«

»Das hört sich verlockend an«, sagt die blonde Dame. Die beiden lösen sich, als Paar, Arm in Arm aus dem Randbereich der Menge. Der Kies knirscht unter den Sohlen. Das Regnen hört auf, nun gänzlich, nicht einmal Nieseln ist noch zu spüren, dafür kommt die Sonne durch. Koslowskis Stimmung verbessert sich, je weiter er mit der hübschen Frau am Arm voranschreitet, fortschreitet von dem traurigen Anlass, von der Vergangenheit, der Grübelei, was nun richtig war und was nicht, aber auch von der, was in Zukunft richtig sein würde und was eben nicht … es war doch alles dasselbe, unfruchtbar, und führt zu nichts anderem als dazu, das Leben zu versäumen, das schillernde Leben selbst, das diese Frau verkörpert zum Beispiel. Sie geht neben ihm, passt sich seinem Schritt an, im Gleichschritt gehen sie, das fällt ihm auf, marschieren sie, könnte man sagen, es gefällt ihm.

Das Café mit dem guten Glühwein ist nicht weit.

Erst später, viel später wird er sich fragen, warum er eben, als sie dort ankommen, am Café mit dem guten Glühwein, nach dem Autoschlüssel gesucht hat in all seinen Taschen. Etwas hat ihn dazu veranlasst, aber er wird nicht darauf kommen, was. Er bleibt stehen vor dem Café und wird un ruhig. Der Schlüssel ist weg.

»Der Schlüssel ist weg!«, sagte er lauter, als er es beabsichtigt hat, der Schweiß bricht ihm aus. »Der Autoschlüssel«, präzisiert er auf ihren fragenden Blick.

»Ach«, sagt sie – und etwas in ihrer Stimme veranlasst ihn, sich zu beruhigen und ihr zu glauben, »das macht nichts, den kriegen Sie wieder!«

»Wie denn?«

»Ich habe«, antwortet sie, während sie schon die Tür des Cafés öffnet, halb zurückgewendet, »eine Methode dazu …«

»… Sachen zu finden?«, fragt er.

»Sachen zu finden und Dinge zu erreichen und alles andere«, sagt sie beim Hineingehen, »eine unfehlbare Methode.«

ENDE

Danksagung

Beatrix Thurnher-Sohm hat mich mit finanztechnischen Informationen versorgt, Bezirksinspektor Daniel Heinzle mit solchen zur Polizeiarbeit. Herzlichen Dank an beide! Wenn ich von ihren Daten etwas falsch verstanden oder falsch dargestellt habe, geht das natürlich auf mein Konto.

Die Handlung dieses Romans ist frei erfunden, jede Ähnlichkeit mit lebenden oder verstorbenen Personen nicht beabsichtigt und zufällig.